Le Patient du docteur Hirschfeld

Nicolas Verdan

Le Patient du docteur Hirschfeld

roman

Bernard Campiche Editeur

L'écriture de cet ouvrage a bénéficié
d'aides accordées par

Etat de Vaud

et

prohelvetia

L'auteur les en remercie

Cet ouvrage a bénéficié d'aides à la publication accordées par

Etat de Vaud

et

prohelvetia

L'éditeur les en remercie

« Le Patient du docteur Hirschfeld »,
deux cent quatre-vingt-dix-neuvième ouvrage
publié par Bernard Campiche Éditeur,
a été réalisé avec les collaborations
de Janine Goumaz, de Daniela Spring et de Julie Weidmann
Couverture et mise en pages : Bernard Campiche
Couverture : huile sur toile de Felix Nussbaum (1904 -1944),
« Der tolle Platz » (1931), © BPK / Reinhard Friedrich,
97 x 195,5 cm, détail, Berlin, Berlinische Galerie,
© 2011, ProLitteris, Zurich
Photographie de l'auteur : Philippe Pache, Lausanne
Photogravure : Bertrand Lauber, Color+, Prilly,
& Cédric Lauber, L-X-ir Images, Prilly
Impression et reliure : Imprimerie La Source d'Or,
à Clermont-Ferrand – (ouvrage imprimé en France)

ISBN 978-2-88241-300-0

Grand-Rue 26 – CH-1350 Orbe
www.campiche.ch

Chapitre 1

Berlin, 28 février 1933

Marinus, qui vient de la mer. Marinus Van der Lubbe, vingt-quatre ans, citoyen hollandais, auto-stoppeur. Les nazis tenaient déjà leur coupable : un garçon hirsute, torse nu, errant hier soir dans le Reichstag en flammes. En sueur, l'air hagard, disaient les journaux, il sortait de la salle Bismarck, quand il s'était fait prendre. Ce matin, les manchettes étaient sans appel : l'incendiaire est communiste. Communiste et homosexuel.

Magnus, le grand. Magnus Hirschfeld, soixante-cinq ans, citoyen allemand, sexologue, fondateur de l'Institut de sexologie de Berlin. Ennemi désigné du Reich : fornicateur, incite la jeunesse à la dépravation. Homosexuel. Juif. En voyage. La Gestapo précisait : retour en Allemagne incertain.

Entre le Reichstag, ou ce qu'il en restait, et l'ancien hôtel particulier du Prince Hatzfeld, aujourd'hui dédié à la recherche en sexologie, il n'y avait que six cents mètres. Une courte distance parcourue à cette heure tardive par un homme qui s'était mis en tête de corriger le sens que prenaient les événements. Non pas qu'il cherchât à résister à l'installation des forces nouvelles. Au contraire, son uniforme, dissimulé ce soir par un manteau de ville et un élégant chapeau à larges bords, marquait sa foi absolue dans l'ordre qui s'établissait sous la bannière à croix gammée. Or, c'est précisément pour conserver son rang dans la Waffen SS que cet homme allait, dans un instant, entrer par effraction dans l'Institut de sexologie. Il lui fallait à tout prix y précéder les enquêteurs de la police secrète.

De Marinus Van der Lubbe, cet homme ne connaissait rien. Sinon son portrait diffusé dans les communiqués de la *Preussische Pressedienst*. De Magnus Hirschfeld, il conservait le souvenir détestable de leurs promenades dans le Tiergarten. Le Docteur, après l'avoir reçu une première fois dans son luxueux bureau, lui avait proposé une série de consultations en plein air. C'était son habitude. Il prenait ses patients par le bras et les conduisait dans les allées du parc. Le Docteur disait qu'on devise plus facilement en déambulant qu'en restant assis dans un fauteuil. Les mots, lors de leur première sortie, étaient venus tout seuls, c'est vrai. Il avait pu lui dire ce qui le tourmentait. Le Docteur, à l'écoute, hochait la tête, il l'encourageait à tout raconter. À sa grande surprise, il lui avait dit que son cas n'avait rien d'extraordinaire. Il n'était pas malade, il n'avait rien à se reprocher.

Lui n'avait retenu que le mot « cas ». Il s'était très vite senti catalogué par le Docteur qui ne cessait pourtant de lui dire que ses pulsions étaient normales. Il ne fallait pas qu'il s'en fasse, d'autres agissaient comme lui. À l'époque, il imaginait pouvoir encore s'en sortir, en finir avec ses fantasmes. Mais le Docteur se comportait avec lui comme s'il était un spécimen venu compléter sa collection d'étrangetés de la nature.

Ces promenades avaient duré un temps. Le Docteur avait fixé une dizaine de consultations et il semblait toujours prendre un certain plaisir à son contact. Parfois, lorsqu'ils atteignaient les environs du zoo, le Docteur lui serrait le poignet de sa main boudinée et désignait d'un air complice des hommes dissimulés dans un buisson. L'entretien s'interrompait alors. Un jour d'été, Magnus Hirschfeld s'était même laissé distraire par un jeune ouvrier, posté à l'entrée des toilettes publiques et qui leur adressait des clins d'œil entendus. Le sourire aux lèvres, soupirant comme à regret, le Docteur lui avait fait signe de l'index, comme s'il grondait un élève indiscipliné : « Ah, ces petites canailles de chômeurs ! Prêtes à tout pour quelques marks. » Sans même s'excuser de cet intermède, le Docteur avait repris : « Où en étiez-vous, jeune homme ? Vous me disiez que vos envies revenaient tout le temps. »

L'homme passa devant le Krolloper. Cette ancienne résidence des compagnies d'opéra et de ballet d'État prussiennes avait fermé ses portes il y a deux ans, sur l'air final des *Noces de Figaro*. Le bruit courait que les nazis allaient en faire le nouveau Parlement du Reich. Rangées contre le mur de l'édifice, plusieurs piles de planches d'échafaudages laissaient entrevoir l'imminence de travaux de restauration.

Le sifflet d'une locomotive fut aussitôt accompagné d'une sonnerie d'horloge. La St. Johanniskirche, un peu plus loin vers Moabit, indiquait minuit. De l'autre côté de la Spree, un convoi faisait son entrée dans la gare de Lehrter en soufflant.

L'homme était arrivé devant un bâtiment néoclassique, à la façade imposante avec ses oriels à la vue plongeante sur le carrefour de la Beethovenstrasse et de la rue In den Zelten. Cela faisait des années qu'il ne s'était pas retrouvé devant l'Institut de sexologie. Son dernier rendez-vous avec le Docteur remontait à 1924. Peu avant qu'il ne rejoigne la SS. La haine qu'il avait fini par éprouver pour Magnus Hirschfeld se trouvait désormais renforcée par la menace que la soudaine exposition du médecin aux foudres nazies faisait peser sur lui-même. Son nom figurait certainement dans les questionnaires que le Docteur faisait remplir à tous ses patients. Une liste comportant près de quinze mille noms. Il lui fallait mettre la main dessus au plus vite.

Le ciel, mauve, disparaissait dans les brumes de la rivière et les arbres du parc formaient une épaisse ligne brune, striée par les troncs blancs de bouleaux squelettiques. L'homme se tenait dans leur ombre quand, au détour de la rue In den Zelten, apparut une femme emmitouflée dans un manteau à col de fourrure. Courbée, mais de haute taille, elle avançait à petits pas maladroits, gênée par ses bottines à hauts talons. À la hauteur du portail, elle fit halte pour fouiller dans son sac à main. Elle ne pouvait pas le voir. L'homme était sorti du parc pour aussitôt se cacher derrière l'un des deux tilleuls du trottoir.

La femme sortit un trousseau de clés. Elle tourna alors la tête, comme si elle avait entendu un bruit. Son ombre dessinait une silhouette immense, traversant la rue jusqu'à la lisière du Tiergarten. Il attendit qu'elle eût tourné la clé dans la porte massive à deux battants pour l'assommer. Il la tira à l'intérieur, la bâillonna puis la ligota. Sans ôter ses gants, il lui fouilla les poches et la poussa du pied sous un banc, calé contre un radiateur. Il traversa ensuite le vestibule et monta les escaliers de marbre. Il se dirigea tout droit vers une porte avec un écriteau : Dr Magnus Hirschfeld. Elle n'était pas fermée à clé. Située à la hauteur des becs de gaz, la pièce baignait dans une lumière jaunâtre, suffisante pour éclairer une collection de photographies tapissant une paroi entière. Fixées par paires, sur fond noir, leur agencement ne devait rien au hasard. On y découvrait une série d'hommes et de femmes, posant en vis-à-vis, vêtus, ou nus.

Vu de plus près, chacun de ces couples n'était formé que d'une seule et même personne, d'apparence tantôt masculine, tantôt féminine. À gauche, le visage empreint de tristesse, un monsieur en smoking apparaissait tout sourire une fois vêtu d'une robe de confection grossière. À droite, il était assis sur un rouet, tenant dans ses mains une pelote de laine, ses cheveux longs tenus par un bandeau.

L'allure fière, un bras dans le dos, l'autre reposant sur le haut de la cuisse, à la manière d'un escrimeur au repos, un homme semblait attendre un geste du photographe. Sur un autre cliché, le même individu, nu, un bras levé à hauteur d'épaule, comme s'il tenait un bouclier invisible, exhibait une paire de seins minuscules et un vagin.

Sur une photographie de format plus large apparaissait un moustachu en redingote à queue de pie, portant des lunettes à grosses montures, écartant de ses mains boudinées les lèvres d'un sexe féminin pour en extirper un pénis minuscule. De toute évidence un médecin, assis sur un tabouret, penché sur sa patiente, étendue sur une bergère à tissu rayé, la tête renversée en arrière sur le dossier, les pieds en éventail. Elle portait des bas de nylon, serrés par un élastique à mi-mollets. En lettres grasses, pour toute légende : Dr Magnus Hirschfeld, *Sexual Transitions*, Sexes intermédiaires, *Sexuelle Zwischenstuffen.*

L'homme reconnut cette odeur de formol qui l'avait pris au nez la première fois qu'il avait rencontré le Docteur. À la hauteur de son visage se trouvaient des bocaux rangés sur des étagères. Sur les étiquettes, on pouvait lire : organes mâles de pseudo-hermaphrodite. L'homme avisa un secrétaire à rouleau en bois clair. Tirant une baïonnette de la poche de son manteau, il glissa la lame sous le verrou du meuble et fit sauter la serrure. Il attendit quelques secondes, espérant n'avoir réveillé personne dans la maison. Il ne perçut que le tic tac d'une horloge murale. Elle indiquait une heure moins vingt. La femme, sous le banc, devait reprendre conscience.

Accroupi, il souleva le rideau de bois qui rendit une odeur de cigare et d'acide phénolique : toute la mémoire et les projets d'avenir du Dr Hirschfeld étaient là. Avec l'aide de son briquet, il commença à examiner les classeurs : rôle des glandes, développement de l'embryon humain, influence du sperme sur le sang féminin…

Agité, il poursuivit son examen : libido, érection, impuissance cérébrale, fétichisme, type de mariage parfait, métatropisme…

À genoux maintenant, s'appuyant d'une main sur le bord du secrétaire, il promenait l'autre avec lenteur, approchant la flamme quand les lettres se perdaient dans le noir. Il se redressa d'un bond. Il avait trouvé le tiroir où le Docteur rangeait ses questionnaires. Il l'ouvrit et poussa un juron. Il était vide. Tous les dossiers médicaux avaient disparu.

Ligotée, Dorchen, le serviteur dévoué et fidèle de l'Institut de sexologie, avait repris ses esprits. Mordant son bâillon, elle ne parvenait à émettre que de petits grognements. Paniquée, elle craignait le pire : « Et si c'était un violeur venu s'attaquer aux pensionnaires du deuxième étage ? »

Le Dr Hirschfeld était en Suisse. Il revenait d'un long voyage en Asie. Karl Giese, son compagnon, qui dirigeait l'institut en son absence, lui avait déconseillé de rentrer à Berlin. Les choses avaient changé après son départ. Magnus Hirschfeld n'était plus le bienvenu en Allemagne. Juif et homosexuel, le Docteur avait deux bonnes raisons de retarder son retour.

Une heure au clocher de Moabit. La bonne entendit clairement sonner le coup, suivi d'un bruit de pas dans les escaliers. Elle crut défaillir, une nouvelle fois, quand elle vit une paire de bottes s'arrêter à la hauteur de son visage.

L'intrus était toujours là. Elle sentait son odeur de cirage et de laine mouillée. Il fit un pas en avant. Elle eut juste le temps d'entendre le raclement d'une semelle sur le carrelage avant de sentir une douleur fulgurante dans le bas-ventre.

CHAPITRE 2

Tel Aviv, 28 août 1958

LE CORPS des hommes l'a toujours fasciné. Ce matin, rue Ben Yehuda, c'est une main qu'il aperçoit. Une main brune, veinée, parsemée de poils noirs où perlent des gouttelettes de sueur. Une main sur une crosse de fusil.

Karl se dit que la journée a bien commencé. La main est solide, belle dans sa crispation. Mais Karl ne saurait pas dire la couleur des yeux du soldat. Il y a longtemps qu'il ne regarde plus les visages. Il ne faut pas.

Il y a du monde en ville. Le premier supermarché dans l'histoire d'Israël a ouvert ses portes à dix heures. Le *Supersol* accueille ses premiers clients en grande pompe. Cela fait quelques jours que la radio annonce l'événement : « Chaque client peut se servir lui-même et choisir de ses propres mains les produits dont il a besoin. »

Au signal de l'ouverture, diffusé par micro, la foule massée devant l'entrée se précipite dans les rayons du grand magasin au son d'une musique jazzy. Karl hausse les épaules, il a le temps. Il cherche un rasoir électrique, et rien d'autre. Une infidélité faite à son barbier, un Sépharade assommant, qui tient boutique un peu plus haut dans la rue. À trop l'écouter raconter ses souvenirs de 1948 au sein de la Haganah, Karl finira par savoir fabriquer des explosifs avec de l'insecticide et du chlorate de potassium.

Dans les allées du *Supersol*, c'est l'embouteillage. Les Israéliens découvrent le self-service. Encore une victoire de Tel Aviv sur l'Orient.

La dernière fois que Karl avait mis les pieds dans une grande surface, c'était chez *Karstadt*, en décembre 1933. Le U-Bahn s'arrêtait directement sous le magasin tout droit sorti de *Métropolis*, et qui donnait à Kreuzberg des airs de studio UFA. En montant les escaliers mécaniques, les tout premiers du genre à Berlin, Karl comprit tout de suite que quelque chose n'allait pas. Des SA goguenards patrouillaient dans les couloirs de la station avec des pancartes attachées par une ficelle autour du cou : « *Kauft nicht bei Juden.* » Il reconnut parmi eux un garçon qu'il croisait régulièrement au *Cosy Bar*, une boîte de nuit du côté de Hallesches Tor, aux murs couverts de photos de boxeurs et de cyclistes. Dans les étages de *Karstadt*, il croisa des vendeuses en pleurs. La direction, forcée de prouver la « christianité du commerce », mettait à la porte tous les employés d'origine juive.

Vitrines des cités en devenir, les grands magasins en disent beaucoup sur les pouvoirs en place. Avec ses huit étages accueillant des bureaux et des appartements, le *Supersol* est une ambassade américaine en Terre promise. Sa laideur vient bousculer l'élégance trop lisse de Tel Aviv. Ce n'est pas pour déplaire à Karl. Il ne s'est jamais fait à cette ville jardin, dont le tracé régulier et aéré obéit à la vision humaniste d'immigrés allemands, comme lui.

Hantés par le souvenir des rues charbonneuses de la *Mitteleuropa*, des architectes aux patronymes germaniques se sont assis un jour sur les plages de Tel Aviv. Réfugiés du nazisme, ils étaient bien décidés à en finir avec la culture du ghetto. Ils ont sorti de leur serviette un jeu de plots et de cubes tout neufs, fabriqués dans leur Allemagne natale. En bâtissant la Ville blanche, ces *Formmeister* ont abattu symboliquement des murs de briques, vieux de plusieurs siècles. Ils ont banni les arrière-cours mortifères, les ruelles sans issue où dépérissait le peuple juif. Grâce à eux, les toits n'abritent plus ces greniers poussiéreux où croupissait la mémoire d'un trop long exode. Désormais, les maisons sont coiffées de terrasse. On y dort à la belle étoile et l'on y reçoit ses amis au coucher du soleil.

Ceinturés de ponts-promenades, leurs paquebots en ciment brut se sont amarrés solidement au sol. Ils donnent sur une mer sans cap, une mer sans appel du large. Personne ne songe à quitter une terre promise.

Ce foyer, baigné de lumière, dans sa clarté revancharde, Karl n'a jamais su l'habiter. En plein midi, sur l'écran des murs trop blancs de Tel Aviv, il projette le film d'une nostalgie muette : une ville, une vraie ville apparaît, tremblotante dans la lueur jaune des becs de gaz. Kommandantenstrasse, une rue parmi d'autres. Il pleut. Dans le miroir d'une flaque, la façade du numéro soixante-douze ondule. Des lettres rouges surnagent dans cette encre noire : *Zauberflöte*.

Un travesti en combinaison dentelle noire avec nœud carmin tire sur la guinde. La rue disparaît dans l'entrelacs des poulies. Un décor en chasse un autre. Sur le bar du cabaret, une entraîneuse pommadée croise les jambes en minaudant. Une colonne de fumée bleue s'élève au-dessus d'un cendrier en bakélite encombré de porte-cigarettes ambrés.

L'orchestre joue, sans le son. Dans la salle, il y a plein de marins, tous des faux avec leurs maillots de corps serrés sur des torses malingres. Les soldats, la casquette relevée sur le front, la tunique dégrafée, sont des vrais.

Des couples aux yeux masqués par des loups dansent entre les tables rondes, des hommes soulèvent leurs jupes et réajustent leurs perruques. Sous les nappes retroussées, de grosses blondes, fesses à l'air, marchent à quatre pattes. Elles jouent au petit train avec des messieurs à monocles, empêtrés dans leurs pantalons en accordéon, descendus jusqu'aux mollets. Des plumes roses auréolent les coupes à la garçonne, des bijoux de verre alourdissent des mains boudinées fouillant des corsages bourrés de ouate, des robes froissées tapissent le parquet piétiné par le bal des bottines cirées. Une femme exhibe de gros suppositoires sur sa jupe : des zeppelins brodés sur soie.

Mais Berlin n'existe plus, déjà. Dans un ultime effort, le travesti a bandé ses muscles. Il fait coulisser le décor d'après la ville, lorsque même les pissotières ont fermé leurs portes, quand l'amour sous les ponts du chemin de fer s'est perdu dans le vacarme des convois de tanks pour le front de l'Est. Des livres brûlent sur la place de l'Opéra, tous les livres de Hirschfeld, ceux de Freud par-dessus, une synagogue part en fumée, des vitrines se brisent. Les hommes en bas résille doivent se planquer, ils troquent leurs escarpins vernis pour des godillots à lacets. Les tantes sont à la rue, les folles se déguisent, mais à l'envers. Elles enfilent les pantalons remisés dans une valise où elles enfouissent maintenant leur dentelle sous des piles de linge taché. Les cravaches ne bottent plus des culs consentants. Elles lacèrent le dos nu des efféminés dans les cellules de Columbia Haus, un KZ, un camp de concentration en plein Berlin.

Depuis cette époque, Karl a le sentiment d'évoluer dans un champ de ruines. En Palestine, il n'a pas trouvé ce paradis terrestre décrit par le Dr Hirschfeld. Il l'entend encore chanter les grâces des jeunes sionistes : « Dans leur habit simple, sans couvre-chef, le cou et les pieds nus, ils paraissent si pleins de joie et d'énergie qu'ils semblent avoir surmonté toutes les inhibitions et tous les sentiments d'infériorité si fréquents à cet âge. » Israël ? Un paradis pour les Juifs, peut-être. En tout cas pas pour les invertis. Comme il se doit, le paradis referme toujours ses portes sur l'existence d'avant.

Si seulement Karl pouvait trouver ici en Israël une main à serrer. Une main, comme celle du soldat tout à l'heure, qu'il ne lâcherait pas jusqu'à ce qu'il ose enfin lever les yeux sur le visage de l'ange.

Ce n'est pas faute d'avoir essayé. Un jour, Karl a invité un confrère à boire un verre dans le café *Sapphire*, rue Bialik. Un type à peine plus jeune. Il s'était, comme lui, spécialisé dans le droit foncier. Affaires florissantes. C'était en 1944, au printemps. La nouvelle d'un possible débarquement en France excitait les esprits. À Tel Aviv, le Théâtre Cameri venait tout juste d'être inauguré. L'ambiance était à la fête. Sur la terrasse du café, la guerre était si loin. Un vent léger soulevait la serviette posée sur le seau à glace où reposait une bouteille de rosé. Moshe, le type s'appelait Moshe, Karl s'en souvient maintenant. C'était un beau mec, joliment musclé, presque chauve, mais il avait eu le bon goût de se raser les tempes et la nuque. Il parlait beaucoup et trop vite. Il s'essuyait souvent le front avec un mouchoir rouge planté dans la poche de son élégant blazer en laine fine et soie. À un moment, la main de Moshe avait effleuré celle de Karl. Il n'aurait pas su dire s'il l'avait fait exprès. Karl n'avait pas osé lui proposer de l'accompagner chez lui. Il était devenu trop méfiant depuis ce jour de 1940. Quand il s'était laissé aller. C'était la première fois qu'il essayait depuis son arrivée en 1939. Le type lui avait balancé son poing dans la figure, devant tous les clients du café du bord de mer. Il l'avait traité de sale pédé.

Sale pédé. À Berlin, à la fin, on lui disait « sale pédé de Juif ! » Il y avait progrès.

Karl s'était déclaré encore une ou deux fois. Avec l'électricien, chez lui, cela n'avait rien donné. Le type avait haussé les épaules et il était parti en sifflotant.

Sa plus amère expérience remontait à 1951. Il s'était lancé lors d'une excursion dans un kibboutz. Le jeune homme était torse nu, il montait une charpente sur un toit. Le soleil tapait fort. Encouragé par le sourire de l'ouvrier, Karl l'avait complimenté sur ses muscles. Le type était alors descendu de son échelle. On eût dit un gamin. Il souriait de toutes ses dents blanches, fier comme un coq.

« T'as encore rien vu ! » avait-il dit. Un pied sur une caisse à outils, le coude en appui sur sa cuisse, il avait joué du biceps sous les yeux ébahis de Karl.

« Mais, dis-moi, tu ne serais pas pédé, toi ? » avait-il ajouté en éclatant de rire.

L'organisateur de l'excursion avait assisté à la scène. Prenant Karl à part, à la sortie de l'autocar dans la station de bus de Tel Aviv, il s'était cru permis de le sermonner.

« Nous sommes en Israël, ici. Ne recommencez jamais ce cirque. Vous pourriez avoir de sérieux ennuis. »

Karl en avait pleuré. Ce soir-là, il s'était assis sur son balcon tout blanc. Il commençait à croire qu'il s'était trompé de bateau en 1939. Tout au moins trompé de port d'attache. Karl avait fumé des cigarettes anglaises jusqu'au petit matin. Leur goût sucré ranimait en lui les effluves réconfortants des cabarets. À l'aube, il s'était aspergé le torse d'un vieux parfum rapporté de Berlin. Il conservait ce flacon avec quelques reliques de ses costumes de travesti dans une petite valise.

Les palmiers, au bout de la rue, s'étiraient en hauteur dans les premiers rayons de soleil. La promesse du feu ardent semait la panique dans les branches gazouillantes des eucalyptus.

Penché sur la balustrade, il s'était demandé quel effet aurait son corps parfumé, les membres brisés sur le sol de ciment devant l'entrée de l'immeuble : un cadavre embaumant. Il avait souri à cette idée. Une oie d'Égypte avait pris son envol sur un toit voisin. Cela sentait l'arrosage. Non, Karl ne sauterait pas du balcon. Il avait trop lutté dans sa vie pour se supprimer. Il avait su comment éviter les maîtres chanteurs, qui guettaient la nuit dans les fourrés du Tiergarten. Il avait semé la Kripo, qui traquait les paragraphes cent soixante-quinze dans les cabarets de Berlin. Il s'en était sorti de justesse, filant par la loge des artistes avec les travestis affolés.

Les clubs fermaient les uns après les autres. L'univers de la nuit était sous scellés. Des affiches « votez Hitler, liste numéro un ! » remplaçaient les photos des spectacles dans les vitrines. Le rideau était tombé pour toujours. Plus de rappel possible sous les banderoles en tissu à fond blanc, disque rouge et croix gammée, recouvrant les fenêtres de l'*Eldorado*.

Un jour d'été, comme celui qui pointait ce matin-là à Tel Aviv, Karl avait failli être mis en pièces par les chiens des SS, lâchés sur la nappe du pique-nique sur les rives du Wannsee. Karl, nu, avait couru dans les bois. Karl leur avait toujours échappé. Il avait même échappé à Anton, de la Gestapo.

Anton avait un beau visage, lisse, imberbe. Anton ne souriait pas, il avait l'air d'un enfant triste, résigné. Lorsqu'il avait poussé la porte de la cave du Spielberg, il n'avait pas hurlé comme ses collègues.

Il dit « salut Karl, je m'appelle Anton ». Il ôta sa veste avant de retrousser les manches de sa chemise.

Anton alluma une cigarette. Sans se presser, il alla chercher les électrodes.

Anton s'approcha de Karl avec douceur. Karl était debout, les bras en croix, les poignets entravés par des menottes fixées au mur suintant d'humidité, creusé à même la roche de grès. Anton ne lui souffla pas la fumée dans le visage, comme les autres, dans les bureaux, en haut.

Anton lui baissa les pantalons, doucement.

Anton agit avec précaution, sans regarder. Quand il attacha les électrodes sur le scrotum, il semblait fixer un point derrière lui.

Anton ne l'insulta pas. Il ne le traita pas de « sale pédé de Juif ».

Anton était si jeune. Pas même trente ans. Il avait pourtant déjà beaucoup d'assurance dans son travail.

Anton ne s'en cachait pas, il aimait voir souffrir et c'est pour ça qu'il était là, en face de Karl, soucieux de bien faire. Il aimait la souffrance de Karl, il se l'appropriait, c'était la sienne.

Anton ne lui demanda rien. Les autres avaient essayé de lui arracher des aveux. Ils voulaient savoir où étaient passés les questionnaires du Dr Hirschfeld.

Anton, lui, cherchait simplement à faire le mal. Anton voulait faire son travail de bourreau jusqu'au bout. Il aurait souhaité voir mourir Karl. Karl, secoué, déchiré par la douleur, ses jambes couvertes d'excréments qu'Anton essuyait avec une éponge mouillée, entre deux séances d'électrodes.

Anton aurait tué Karl si le téléphone mural n'avait pas sonné.

Anton décrocha le combiné. Il dit quelque chose, il avait l'air surpris. Ou plutôt non, il semblait déçu. Mais Karl n'entendait déjà plus rien. Il n'y avait plus que l'ampoule, nue, tournoyant au plafond, toute cette lumière qui incendiait sa tête bourdonnante. La douleur dans le ventre était terrible. Karl s'était évanoui.

Karl, quelques semaines plus tard, s'était retrouvé sur un bateau pour la Palestine. C'était en mars 1939. Karl n'avait pas parlé. Quelqu'un, pourtant, avait signé son ordre de libération. Karl ne veut plus se souvenir. Il n'avait pas le choix. Il était condamné à l'exil. Le bateau n'accueillait que des passagers juifs, comme lui. Le vapeur allait lever l'ancre. Direction Haïfa. Sa poupe portait son nom en lettres hébraïques : « Tel Aviv ». Il battait pavillon allemand. La croix gammée flottait en haut du mât. C'était la dernière année où les nazis collaboraient avec les sionistes pour favoriser l'immigration juive en Palestine. À l'heure du départ, au coup de sirène, il n'y eut personne pour agiter des mouchoirs. Sur les quais, deux soldats de la Kriegsmarine patrouillaient avec leurs dobermans. Ils avaient disparu dans la fumée des remorqueurs.

La foule continue d'affluer dans le *Supersol*. Karl Fein passe à la caisse avec son rasoir. En ressortant dans la rue Ben Yehuda, il avise un petit café situé juste en face. Les commerçants du quartier y tiennent un véritable conseil de guerre, furieux de la nouvelle concurrence, dont les huit étages font de l'ombre au souk.

Karl se faufile entre les chaises en osier avant de trouver une petite table ronde. Il commande une bière. La chaleur est déjà pesante. Un vent marin, chargé d'humidité, transforme la rue en étuve. Karl change de place pour se déplacer à l'intérieur. Un frigo *made in USA*, ventru, ronfle comme un moteur V8 au point mort. Karl commande un jus d'oranges pressées. Le serveur lui apporte un verre d'eau fraîche. Karl le presse contre son cou, à la racine des cheveux, sous l'oreille. Puis il se passe un mouchoir sur le front. Une odeur de café moulu et de cardamome se mêle agréablement à celle des cigarettes, dont le parfum épais, oriental flotte à mi-hauteur, brassé par les pales d'un ventilateur spasmodique, fixé au plafond.

L'après-midi s'annonce calme. Karl n'a pas de rendez-vous et c'est mieux ainsi. Avec cette chaleur, son étude doit être un four.

Une sieste, puis Karl ira à la mer. Vers les cinq heures, le soleil tape moins fort et c'est le moment où la jeunesse de Tel Aviv descend vers la plage. Il aime voir les surfeurs lancer leurs planches sur les vagues.

Le jus d'oranges est arrivé. Karl en boit des litres tous les jours. Ce breuvage a la saveur de son existence en Israël : douce et amère. L'orange, c'est le fruit défendu. Karl y a goûté et il s'en mord les doigts. Il s'en veut d'avoir écouté le Dr Hirschfeld. Le vieux, « papa », comme il l'appelait, lui avait chanté les vertus et les beautés de la Palestine. Il n'avait pas tout dit. Ou, comme trop souvent, le Docteur n'avait pas voulu voir.

La rumeur, sur la terrasse du café, s'est tue. Les commerçants ont regagné leurs boutiques. Dans la salle, un dernier client règle sa note. Karl va se lever quand il voit entrer un homme qui fait une courte halte sur le seuil, avant de chercher son regard. De petite taille, mais de corpulence athlétique, le cheveu dru, la quarantaine, le nouveau venu est vêtu d'un impeccable pantalon blanc et d'une chemise bleue à manches courtes, comme Karl les abhorre.

Le type le fixe avec insistance. Karl frémit et baisse instinctivement les yeux, faisant mine d'avoir égaré quelque chose sous sa chaise. L'homme a un beau visage, mais ce n'est pas la raison qui pousse Karl à fuir son regard. Il a tout de suite su à qui il avait affaire. Il les reconnaît, ils débarquent comme ça, l'air de rien, avant de vous emmener.

Le type le dévisage toujours, souriant d'un air qui se veut désinvolte. Karl ne lève toujours pas la tête. Il ne sait pas comment réagir. À Berlin, dans une situation pareille, il aurait peut-être tenté sa chance, faisant mine d'aller aux toilettes, avant de s'enfuir par la porte de service.

L'homme n'a pas bougé. Karl se demande comment ils procèdent ici en Israël. Il n'a encore jamais eu affaire à eux. Il ne va pas chercher à fuir, c'est ridicule. Il a une adresse, une étude bien en vue et des types de ce genre savent tout sur vous quand ils cherchent à vous parler.

La suite des événements est déjà écrite, les rôles sont distribués. Karl fera mine de sortir et lorsqu'il passera devant l'homme à la chemise bleue, il entendra : « Herr Fein ? » Bon, ici il n'y aura pas de « Herr », mais cela revient au même. Ensuite, le type dira, sans se présenter : « Suivez-moi ! »

Karl voit maintenant le type qui s'approche en souriant.

— Karl Fein ?

Karl regarde dehors.

— Shalom ! lance l'homme.

Karl ne parvient pas à articuler un mot. Ce *shalom* sonore et cordial le perturbe. Sa tête résonne d'aboiements secs, d'ordres hurlés, d'injures.

Le type lui tend la main. Karl doit la serrer, il doit dire quelque chose. Mais c'est un piège. Il se retrouvera aussi dans une voiture, on lui posera des questions. Toujours les mêmes questions.

Les pales du ventilateur lui semblent soudain énormes et c'est tout le café qui tourne maintenant.

— Vous vous sentez mal, Monsieur ?

Karl sent la main du type sur son épaule. Il entend « Monsieur, Monsieur ? » On l'aide à s'asseoir, le serveur apporte un verre d'eau.

Karl Fein reprend ses esprits. Il n'a rien à craindre. Il est citoyen israélien, il vit dans un État démocratique, il a des droits. L'autre est juif, comme lui.

Karl trempe les lèvres dans le verre. Sa main tremble. Cela n'échappe pas au jeune homme à la chemise bleue.

— Ne soyez pas si nerveux, Karl, je m'appelle Dany, je veux seulement vous poser une ou deux questions.

« Karl... » Il a dit « Karl », comme s'ils se connaissent depuis toujours. Cette familiarité ne dit rien de bon à Karl.

— Que me voulez-vous ?

— Vous vous souvenez du Dr Magnus Hirschfeld ?

Le bruit du frigo s'interrompt dans un hoquet de minuterie. Le feulement du ventilateur, jusque-là inaudible, meuble le silence. Le serveur a disparu. Un deuxième type se tient devant l'entrée, interdisant l'accès au café.

Karl aperçoit une Ford blanche, la portière arrière ouverte, rangée devant la terrasse.

— Suivez-nous ! ordonne Dany.

Chapitre 3

Berlin, 4 septembre 1932

Au Wannsee, l'été en redemandait. Des enfants, de l'eau jusqu'à mi-cuisse, se rassemblaient en grappe autour de la coque d'une boutique de glace flottante, amarrée au ponton. Sur la plage de Nikolassee, les cabines en osier ressemblaient à des corbeilles remplies de baigneurs en maillots rayés.

Dans le ciel sans nuage, un dirigeable, arborant une croix gammée, stationnait au-dessus des fumées de pique-niques.

En shorts noirs, les manches de leur chemise brune retroussées, des membres des jeunesses hitlériennes transportaient des chaises pliables, sous l'œil indifférent des familles, trop occupées à retourner leurs *Brühwurst* sur leurs grils bricolés.

Ce soir-là, il allait y avoir un grand feu d'artifice. Le spectacle s'annonçait grandiose. Une initiative du nouveau comité *Reisen, Wandern und Urlaub.*

Karl Fein, un jeune avocat de Brno, se trouvait lui sur une rive moins fréquentée, à quelques centaines de mètres de là, le long de la Havelchaussee. Il campait avec ses camarades du mouvement *Nacktkultur*. Venus de Berlin à vélo, ils avaient traversé le cercle de verdure entourant une forêt d'aulnes, aux fleurs hermaphrodites, pour gagner les rives les plus sauvages du lac.

Vibrant de tous leurs muscles, Karl et les autres se jetèrent à l'eau. Plongeant, nageant à coup de brasses nerveuses le long des berges, s'ébrouant sur les galets recouverts de feuilles grasses, ils laissèrent filer l'après-midi. Le soir venu, frissonnant de leur ivresse nudiste, ils déployèrent leurs tentes et firent un feu.

Karl regardait les eaux noires où dansait maintenant le reflet tremblotant des lanternes accrochées aux barques. Des insectes affolés tournaient autour des loupiotes devant les buvettes. On entendait des rires et des craquements dans les fourrés, des frôlements. Soudain, les premiers tirs de fusées firent tomber une pluie multicolore sur la surface du lac.

Karl n'oublierait jamais cette nuit-là. L'atmosphère était chargée de senteurs automnales. Seule la nuit semblait devoir marquer le changement de saison. Il y avait dans l'air un vrai bonheur, de ceux qui ne durent pas.

Karl, allongé sur le dos dans le sable froid, laissa venir ses larmes. Trouant l'obscurité comme un brusque coup de projecteur, le feu d'artifice balayait le ventre nu des garçons. L'odeur de la cordite, poussée par la brise, leur arrivait dessus, réveillant leurs ardeurs.

Sur la plage, la foule poussait des hourras. Les feux éclairaient les barques et un vieux vapeur.

Heide, qui fêtait ses seize ans ce jour-là, se sentait heureuse comme jamais auparavant. Pour la première fois depuis des années, elle n'entendait que des rires. Tout le monde était à la fête. Les garçons avaient fière allure dans leur chemise brune. Heide ne savait pas comment dire, mais chacun semblait enfin trouver sa place.

Au Wannsee, Heide se sentait entourée. Elle avait trouvé sa famille. Elle pouvait enfin oublier sa mère malade et son père au chômage. Les murs tachés de moisissure de son appartement de Neukölln lui feraient moins peur désormais.

Était-ce les vapeurs d'essence des canots à moteur ? Ou le parfum de savon devant les douches publiques ? Peut-être l'odeur de peinture fraîche sur les hangars à bateaux. Heide percevait un changement. Elle laissait monter en elle une excitation inconnue. Le sentiment que demain serait plus exaltant, plus beau.

Relevant ses tresses blondes par-dessus ses épaules, elle se pencha vers une amie pour lui chuchoter à l'oreille le nom du garçon en cuissettes de cuir qui venait de passer.

Karl, là où il était, ne pouvait pas voir Heide. Il n'apercevait que les rives noires du Wannsee, bombardées de fils d'or et les dos nus de Ludwig et d'Otto et Leo, luttant comme de jeunes chiots.

Karl photographiait dans son esprit ces visages aimés : Otto et Leo, roulant maintenant dans le sable. Otto était un garçon vigoureux mais il ne savait que faire de sa force. Il était querelleur, têtu, une sale bête de Kottbusser Tor, le quartier noir de suie où il avait vu le jour.

Karl l'avait trouvé un soir, le nez cassé, les arcades sourcilières fendues, couvert de bleus, prostré sous un pont de la Bahnhof Zoo. C'était l'hiver, le gel formait des stalactites à l'embouchure des gouttières courant sur les murs de briques de la gare. Karl s'était penché vers le gamin. Il devait avoir dix-huit ans, quelque chose comme ça. Otto s'était fait tabasser par une bande de SA. Il les avait cherchés, comme souvent. Otto se disait communiste, comme son oncle qui l'avait élevé. Mais le soir, les nazis et les kozis, comme lui, fréquentaient tous la même cave enfumée, où le jeu consistait à se tripoter dans une semi-obscurité. Quand il avait vu les Chemises brunes descendre les escaliers, Otto s'était rué sur eux en les traitant de « sales brutes ». Les poings avaient surgi, des matraques aussi. Les ampoules de la cage d'escalier avaient volé en éclats. Blessé dans les premières secondes de la bagarre qui avait gagné tout le sous-sol, Otto s'était traîné dehors avant d'aller se réfugier à l'abri des arches de la station. Là où Karl l'avait déniché dans une encoignure, meurtri, comme un chat malade venu se cacher pour mourir.

Karl avait emmené Otto dans sa chambre. Il lui avait essuyé son visage avec une serviette humide, il avait désinfecté ses plaies. Otto avait réclamé du schnaps et une cigarette. Il s'était endormi comme une masse, avec ses gros souliers et sa veste maculée de sang. Karl avait dormi sur le divan. Le lendemain, il s'était étiré et avait demandé s'il y avait du café. Puis il s'était recouché. Otto n'avait pas de travail. Karl n'avait pas eu le cœur de le chasser. Le gaillard avait pris pension dans son vieux lit de fer où il passait le plus clair de la journée, ne sortant que la nuit. Ils finirent par dormir ensemble. Ils se tenaient chaud. Une relation comme une autre. Elle avait duré un temps.

Karl regardait Otto qui soufflait maintenant, les cheveux en bataille. Leo, les yeux fermés, avait posé sa tête sur les genoux de son camarade. Leo et Otto s'étaient trouvés il y a peu. Leur différence les rapprochait. Leo travaillait dans une librairie sur Unter den Linden. Il portait des lunettes rondes et des costumes trop grands pour ses frêles épaules. Il passait ses soirées à lire, quand il ne sortait pas dans les clubs pour garçons où il s'était lié avec Karl. C'est lui qui les avait présentés l'un à l'autre. Otto trouva dans le petit Leo un être à dorloter, comme un nounours à caler sur son oreiller.

Leo était né dans une famille de la moyenne bourgeoisie juive assimilée de Berlin. Pétri de culture allemande, il avait découvert ses racines en lisant *Ich und Du* de Martin Buber. Sa pensée anarchiste se nourrissait désormais de la tradition hassidique. Tout cela ne disait rien à Otto qui s'amusait à lâcher des vents sur le divan de Karl quand Leo leur faisait la lecture.

Karl ne partageait pas l'optimisme de son jeune camarade affirmant que l'homme n'est pas condamné à l'attente et à la contemplation. Notre rédemption, professait Buber dans la bouche de Leo, c'est aussi et d'abord notre affaire. Dieu, malgré son omnipotence, ne changerait rien à la condition humaine sans la participation des hommes.

En fait de société idéale, soudée et unifiée par la spiritualité et la culture, c'était tout le contraire qui se préparait à Berlin. La métropole nourrissait désormais en son sein un monstre d'angoisse, cet *Übermensch* qui soignait sa peur de l'autre en projetant sur lui ses terreurs et ses hontes. Le Juif, l'homosexuel devaient disparaître en lui. Inoculées dans la chair des nouveaux parias, les peurs paniques du peuple allemand trouvaient une échappatoire.

Karl en avait plus que jamais conscience ce soir au Wannsee. Sa ville, son pays était livré à l'absurde, à l'injustice autoritaire et au mensonge. Il trouvait ces jours consolation dans *Le Château*, un petit livre que lui avait donné Leo. Publié à peu d'exemplaires chez un éditeur de Munich quelques années auparavant, il figurait sur la liste des ouvrages bannis par les nazis. Son auteur, dont le nom lui échappait à l'instant, était un compatriote dont il ne connaissait pas même la photo.

Les berges du lac s'illuminèrent. Les pétards du bouquet final marquaient pour Karl la fin d'une époque. Les corps, qui avaient aspiré à tant de liberté et de jouissance, étaient désormais mis en rang, uniformisés. Des torses glabres et bombés étaient exhibés sur les pages des magazines, mais il y avait toujours une médaille, un ceinturon ou un drapeau dans le fond pour marquer leur appartenance à l'ordre nouveau. La virilité était récupérée par la propagande. Les muscles se bandaient sur des affiches électorales, les jambes défilaient sur des terrains de gymnastique, des forêts de bras se levaient, les nuques jaillissaient des chemises à épaulettes, les mentons se tendaient.

Il y avait les corps sains et les autres. Il y avait les corps allemands, les corps juifs, les corps russes, les corps nègres, les corps indo-européens. Ils faisaient désormais l'objet d'un tri méticuleux.

Karl regardait jouer ses camarades. Et c'est comme s'il les savait déjà morts. Otto finirait les membres brisés sur les marches d'escalier menant au Steinbruch, la carrière de granit du KL de Flossenbürg.

Leo, ses lunettes brisées, serait obligé d'enfiler des chaussures à talons avant d'être jeté, comme une vulgaire poupée de chiffon, aux chiens des SS de Nordhausen.

Ludwig, le blond solaire, l'aryen, le pédé, peut-être, mais l'Allemand, le vrai, le pur ? Pour toute sépulture, une ornière creusée par les chenilles de chars aux portes de Minsk.

C'était encore de l'histoire à venir. Mais Karl en pressentait toute l'horreur dans cette masse soudain compacte, asexuée, qui formait la nouvelle Allemagne. Plus qu'un seul corps, somme toute, assujetti au nouvel ordre.

Karl ne connaissait pas Heide. Elle aussi n'était qu'un élément indistinct, perdue dans la foule, là-bas sur la plage de Nikolassee. Galvanisée par la foule, Heide ne vit pas l'homme s'approcher d'elle. Ses tresses rebondissaient sur sa blouse à carreaux rouge et blanc. Elle riait, renversant la tête en arrière, manquant de toucher l'homme qui se tenait derrière elle.

Les gens se pressaient les uns contre les autres sur la plage. Fondus dans cet ensemble dénommé peuple, les baigneurs de l'après-midi formaient désormais un monstre incontrôlable qui se coulait jusqu'aux escaliers conduisant à la gare du S-Bahn.

Heide posa le pied sur les marches conduisant à la station. Elle avait la permission de minuit. Il était presque onze heures et elle ne voulait pas que ses parents s'inquiètent. Elle ne vit pas l'homme qui la frôlait maintenant, serrant une paire de ciseaux dans la poche de sa veste.

Karl était assis, la tête entre ses genoux. Il ne voulait plus rien voir, plus rien entendre. Le bruit des fêtards lui parvenait de loin. Ses camarades, étendus sur le côté, fumaient et parlaient à voix basse.

Dans la bousculade générale, Heide sentit un léger tiraillement dans les cheveux. Elle n'y prit d'abord pas garde. Mais une fois arrivée sur le quai de gare, elle eut une sensation terrifiante. Sa tête était plus légère, trop légère. Instinctivement, elle passa sa main sur sa nuque. Ses cheveux en désordre ne touchaient pas même ses épaules.

Karl ne vit pas la scène qui suivit : Heide, sans ses tresses, sous le regard horrifié de ses amies. Heide les yeux écarquillés par l'effroi, ouvrant la bouche.

Karl, là-bas, sursauta. Il lui sembla que toute la foule hurlait.

Chapitre 4

Tel Aviv, 28 août 1958

Karl se tait. Il est assis depuis plus d'une heure à une table, dans une pièce sans fenêtre. Il transpire sous la chaleur des spots braqués sur son visage.

Dany a commencé l'interrogatoire par une simple déclinaison d'identité: Karl Fein, citoyen israélien, né en 1894 à Brno, Tchécoslovaquie. Profession : avocat.

Karl a fait oui de la tête.

— Vous avez bénéficié de l'accord de transfert Haavara, Monsieur Fein, précisa Dany. Vous êtes arrivé en Palestine le 8 mai 1939.

— Je ne sais plus le jour exact.

— C'est noté dans nos dossiers, Monsieur Fein. C'est curieux que vous ne vous souveniez plus du jour de consécration de votre *alya*.

Karl ne sait pas où il est. On lui a bandé les yeux quand il est monté dans la Ford blanche. Le trajet a duré vingt minutes à peine. En sortant de la voiture, Karl a senti une odeur d'eucalyptus. On entendait le bruit lointain d'une tondeuse. Le cliquetis d'une cisaille et le raclement d'un râteau métallique l'ont accompagné jusqu'au ronron d'une porte coulissante.

L'ascenseur s'est arrêté au quatrième. Karl s'est repéré au bruit. À chaque étage, il y avait un frottement différent.

Dany prie Karl de reprendre son récit. Mais Karl a peur de raconter la suite. Il a peur et honte à la fois. Jusqu'à maintenant, il a tout dit : le jour où la Gestapo a débarqué chez lui à Brno. Ils avaient fait vite. Deux jours après l'entrée de la Wehrmacht en Tchécoslovaquie, ils enfonçaient la porte de son appartement. Il était quatre heures du matin, en ce 17 mars 1939. Les deux agents l'avaient giflé. Ils voulaient les questionnaires du Dr Hirschfeld. Karl les avait déposés dans un coffre de banque à Zurich en 1932, déjà. La Gestapo avait retourné son bureau. Les brutes avaient éventré son matelas, renversé sa bibliothèque. Elles l'avaient frappé avant de le traîner dans les escaliers jusqu'à leur voiture. Il avait été conduit dans la forteresse du Spielberg, où elle venait de prendre ses quartiers. Après quelques heures de cachot, on l'avait emmené dans une salle aux murs suintant l'humidité. Anton, son bourreau, l'avait trouvé là.

— Où sont passés les questionnaires ? insiste Dany.

— (Silence.)

— Vous nous avez dit à l'instant qu'ils n'étaient probablement plus dans le coffre de la banque à Zurich.

— C'est exact, confirme Karl en déglutissant péniblement. J'ai signé un ordre de procuration spéciale…

— Vous avez autorisé quelqu'un à l'ouvrir à votre place ? Qui ?

— Je n'avais pas le choix, tente de se justifier Karl en tordant ses deux mains sur la table.

— Qui est cette personne ?

— (Silence.)

— Karl, jusqu'ici vous avez collaboré, insiste Dany. Nous n'en avons pas après vous. Si vous nous aidez, vous rendrez un grand service à Israël.

— J'ai signé un ordre de procuration pour le compte du Standartenführer Klaus Peiper.

— Un SS ? s'étrangle Dany qui se lève en faisant un signe en direction du miroir sans tain recouvrant la paroi derrière lui.

— Peiper est venu me chercher dans l'infirmerie, reprend Karl d'une voix faible. J'étais dans un état lamentable. Une Mercedes noire attendait devant la porte du Spielberg. On est allé chez moi, rue Masarykowa. Il m'a dit qu'il me donnerait un visa pour la Palestine si je lui disais où étaient les questionnaires.

La porte s'ouvre. Un homme au crâne chauve, le teint hâlé, portant lui aussi une chemise à courtes manches, vient chuchoter quelque chose à l'oreille de Dany.

— Vous n'auriez pas un verre d'eau ? implore Karl, en nage.

Le nouveau venu le fixe avec un air étrange. Dany se tourne vers le miroir, la tête renversée. Il agite à trois reprises son pouce replié devant sa bouche.

— Peiper vous a-t-il dit pourquoi il faisait tout ça ? intervient pour la première fois l'homme au crâne chauve.

— Non. Il m'a donné une demi-heure pour faire ma valise et prendre mes papiers. Nous sommes partis pour Berlin avec son chauffeur. J'ai passé une semaine enfermé dans une villa du côté du Müggelsee. Je ne tenais pas debout. J'avais des brûlures atroces. Peiper m'a fait soigner par un vieux médecin puis il a disparu. Un matin, il est venu me chercher. Il avait toujours le même chauffeur. Je me souviens, il portait un chapeau tyrolien. Nous avons roulé jusqu'à Hambourg.

— Comment se comportait-il avec vous ?

— Dans la voiture ?

— En général.

— Il était poli. Mais je ne l'ai vu que deux fois.

— Pouvez-vous le décrire ? intervient Dany.

— Il avait l'air d'un fils de bonne famille. Il était très jeune pour son grade. Il avait une tête bien faite, le prototype de ces officiers modèles qu'on trouvait sur la couverture des magazines de propagande.

Dany et son collègue sortent quelques minutes de la pièce. Karl ne verrouille plus sa mémoire. Oui, c'est ça, Peiper était poli. Il semblait absent aussi. Karl ne se souvient pas d'avoir échangé un mot avec lui. De Brno à Berlin, Peiper n'avait rien dit. Il semblait absorbé par les vallons de Moravie, chargés d'une brume épaisse montant des marécages. Peiper était très nerveux. Il ôtait tout le temps sa casquette pour se passer la main dans les cheveux, comme pour rajuster une mèche invisible.

Le voyage pour Hambourg avait été tout aussi silencieux. Les pneus de la Mercedes tressautaient à cent vingt kilomètres à l'heure sur les joints de la nouvelle autoroute. Peiper était plus calme. Il fumait un cigare, enfoncé dans la banquette. Il changeait souvent de position. Il ne semblait pas savoir que faire de ses longues jambes bottées. Peu avant Parchim, Peiper avait demandé au chauffeur de faire halte. Avant d'ouvrir la portière pour aller se soulager dans le fossé, il avait regardé Karl, comme pour l'inviter à faire de même. Karl n'avait pas osé. Il pensait que Peiper sortirait son pistolet et l'abattrait d'une balle dans la tête.

Karl n'oubliera jamais les derniers instants avec Peiper. À Hambourg, ils se rendirent directement au port. Peiper le poussait devant lui. Il lui avait fait traverser les contrôles, sans même qu'il ait à présenter son passeport. Sur leur passage, les bras se levaient. Peiper rendait le salut, comme un automate.

Peiper entra dans des baraquements alignés sur les quais. Karl, déboussolé, l'attendit sous l'œil intrigué d'une sentinelle de la Kriegsmarine. Il faisait un froid terrible. Karl tremblait de tout son corps devant la coque noire du paquebot. Il avait oublié son manteau dans la précipitation du départ à Brno.

Un remorqueur ventru s'approchait des flancs du « Tel Aviv » qui vibrait et crachait de petites fumées noires. Le départ était imminent.

Peiper ressortit de la baraque, suivi par un officier SS qui essayait visiblement de lui dire quelque chose. Peiper ne desserrait pas la bouche. Il fit signe à Karl de s'approcher. De sa main gantée, Peiper lui tendit son visa. Karl ne savait pas comment réagir. Peiper lui indiqua un dernier groupe de passagers. Tous juifs, comme lui. Deux dobermans aboyaient, tirant sur leurs laisses tenues par deux gardes postés devant le bateau. Jusqu'à la dernière minute, Karl s'était dit qu'il y avait un piège. En montant à bord, il se retourna. Immobile sur le quai, les pans de son manteau noir agités par le vent, Peiper le fixait du regard. Une infinie tristesse se lisait dans ses yeux.

— Nous avons encore une ou deux questions.

Karl sursaute. Le chauve est revenu seul dans la pièce. Son ton sec contraste avec la froideur polie de Dany.

— Au Spielberg, les agents de la Gestapo n'ont rien dit en vous voyant quitter la prison avec le SS ?

— Il n'y avait personne quand nous sommes sortis, explique Karl. Nous n'avons pas été contrôlés avant la frontière allemande. Dès que l'officier des douanes a vu le grade de SS, il a fait le salut hitlérien en s'excusant. À Hambourg, c'était la même chose.

Le chauve fait les cent pas dans la pièce, avec l'air de chercher quelque chose dans sa tête.

— Vous avez appelé la banque à Zurich, une fois arrivé en Palestine ? demande-t-il en fixant Karl dans les yeux.

— Non. Je voulais oublier. Une nouvelle vie commençait.

— Avez-vous jamais eu des nouvelles de Peiper, depuis ?

— Jamais. Comment aurais-je pu entendre parler de lui ?

Le chauve fronce les sourcils.

— Vous n'avez aucune idée de l'endroit où peuvent se trouver les questionnaires ?

— Non. J'ai toujours pensé que Peiper les avait détruits.

— C'est terminé. Ne parlez à personne de cet entretien. Cela pourrait vous causer de sérieux ennuis. Nous pourrions avoir rapidement besoin de vous. Ne quittez Tel Aviv sous aucun prétexte.

— Je suis libre, alors ?

— Vous n'étiez pas en état d'arrestation Karl, intervient Dany qui se tient sur le pas de porte. Il s'agissait d'une simple conversation.

Karl se lève, les jambes flageolantes.

— Mais pourquoi…

— Non, Karl, coupe Dany. Ici, c'est nous qui posons les questions.

Chapitre 5

Berlin, 16 octobre 1932

Son regard inquisiteur était connu de toute la SS. Surtout par les plus jeunes recrues, en âge de prendre une épouse. Sans son tampon dans le Livre des *Sippen*, pas d'union possible avec l'élue de son cœur. Affilié au RUSHA, le Bureau pour la race et le peuplement, le Standartenführer Wilfried Blume était chargé d'examiner toutes les demandes de mariage des membres de l'organisation. Et dans cette affaire, la race, la compatibilité physique et idéologique primaient sur les sentiments amoureux. Une lignée pure, ça ne se laisse pas muter comme ça, déjà que la substance biologique du peuple allemand était en grand danger. Le chiffre des naissances augmentait en Europe, d'est en ouest et du sud au nord. À l'opposé de la répartition de la race nordique. Le danger provenait essentiellement de l'accroissement des classes sociales inférieures des peuples occidentaux, les plus pauvres en sang nordique. Blume en savait quelque chose. Il avait eu la chance de suivre les cours de Hans F. K. Günther, titulaire de la chaire d'anthropologie sociale à l'Université d'Iéna. Un privilège qui lui fut accordé lors de son intégration dans la SS.

Ce matin, à sept heures trente, ils étaient deux à attendre le verdict. Auraient-ils le droit de convoler avec leurs bien-aimées ? Dans le vaste hall d'entrée de l'ancien palais des Beaux-Arts de la Prinz-Albrecht-Strasse, qui servait désormais de quartier général de la SS, le Sturmhauptführer Herbert Wieder et le Scharführer Konrad Pfannkuch s'efforçaient de cacher leur angoisse. Debout dans leur uniforme de parade, ils ressemblaient à deux statues posées devant une immense fenêtre plein-cintre. Que diraient-ils à leur Gisela et à leur Gretl si, par malheur, elles avaient raté l'examen de la juste noce ?

— Wieder, à moi !

L'ordonnance de Blume fit signe au premier candidat au mariage de le suivre au premier étage.

Le visage très pâle, la tête haute, le jeune officier monta les escaliers. La porte du bureau était ouverte. Il franchit le seuil d'un pas résolu et s'arrêta net, claquant les talons, le bras levé.

— Heil Hitler !

— Heil Hitler ! Prenez place, Sturmhauptführer, répondit Blume en désignant un fauteuil.

Le colonel était assis derrière une longue table de chêne où il avait disposé deux piles : à droite, il y avait celle des Livres de *Sippen*, à la couverture bleu-gris ; à gauche, les *Ahnenpass*, qui délivraient le certificat d'aryanité, avec leur jaquette brune. Sans mot dire, il saisit un exemplaire sur celle de droite et l'ouvrit d'un air ennuyé.

— Herbert Wieder, né à Erfurt, le 28 mai 1906, issu d'une lignée de paysans qui a sa base en Thuringe et sa source tribale en Franconie. La *Sippe* des Wieder est constituée en majorité de marchands de bestiaux et de propriétaires terriens aisés. Cheveux blonds, yeux bruns. Taille : un mètre quatre-vingt-sept. En ce qui vous concerne, tout est en ordre. Mais ce n'est une surprise pour personne.

Blume regarda le jeune officier. Il avait un visage fin, les cheveux et les yeux clairs, un digne représentant de la race nordique. Ce garçon lui plaisait. Wieder avait déjà compris qu'il y avait un problème avec sa fiancée, mais il n'en laissait rien paraître. Il était le parfait exemple du soldat dont l'Allemagne avait besoin : courageux, aux ordres, maîtrisant ses émotions.

Le Standartenführer poursuivit son énoncé en fronçant cette fois les sourcils.

— Gisela Pulvermacher, née le 6 janvier 1909 à Berlin. La taille, un mètre soixante-neuf est dans les normes admises. Elle est fertile, en bonne santé, rien à redire. Sa fiabilité politique est à toute épreuve. Mais l'ascendance présente des failles…

— Mon Standartenführer, je vous demande pardon ? intervint Wieder, la voix blanche.

— Votre fiancée ne remplit pas les conditions répondit Blume. Nos services de généalogie ont étudié l'arbre des Pulvermacher, en remontant jusqu'à 1750. Eh bien… Croyez-moi, c'est pénible à dire. Il y a deux branches de Pulvermacher. L'une est aryenne, sans aucun doute, mais elle s'est éteinte en 1890. L'autre est juive. Et j'ai le regret de vous informer que votre fiancée appartient à la branche pourrie.

— Gisela, une Juive ? Non, mon Standartenführer, il doit y avoir erreur.

— Mes collaborateurs sont formels. Ce patronyme allemand a été emprunté par une famille juive. Et ce n'est malheureusement pas un cas isolé. Les Juifs ont toujours cherché à se dissimuler derrière des noms de famille allemands pour mener à bien leurs affaires. Cela complique considérablement notre travail.

— Je vous assure, ses parents sont de bons catholiques, ses grands-parents aussi.

— Au diable les bons catholiques, Wieder ! Votre Gisela a du sang juif qui coule dans ses veines. Ce n'est pas avec elle que vous lutterez contre l'annihilation biologique de notre race. Vous devriez nous remercier, Wieder. Elle est là, la chaîne sans fin de vos aïeux. Le sang qui coule dans vos veines leur appartient. Suivez et obéissez à la loi dont vous êtes issu. Vous n'allez quand même pas mélanger votre substance à celle d'une Juive. Sturmhauptführer, lança brusquement Blume, séparez-vous de votre amie au plus vite. Ou alors, vous quitterez la SS !

Wieder ne dit rien. C'était la première fois qu'il doutait d'un ordre. Dans ses prunelles, les insignes du Standartenführer se dédoublaient, agitées comme de furieuses flammèches.

— Soyez sans crainte, nous avons tout prévu, poursuivit Blume. Pour vos besoins sexuels, nous tenons à disposition les meilleurs bordels de la ville, avec plus d'une centaine de femmes de race pure à votre disposition. Vous serez intégré dans une cité SS de Berlin. Dans votre cas, ce n'est pas bon de rester seul chez soi. Vous aurez l'occasion d'y croiser des jeunes femmes issues de nos rangs, sélectionnées par nos services.

Wieder sentait son cœur battre à tout rompre. La seule idée de quitter Gisela lui donnait la nausée. Il avait trop chaud dans sa veste boutonnée jusqu'au col. En manque d'air, il cherchait des yeux la fenêtre, dans le dos du Standartenführer. Le soleil s'était levé. Un paquet d'ouate jaunâtre tamponnait les toits ruisselant de rosée.

— Rappelez-vous que le mariage est une obligation. Ne renoncez pas à cause de cet échec. Bien sûr vous êtes libre de trouver la femme qui vous plaira, poursuivait Blume. Pourvu qu'elle soit de haute qualité raciale. Les dîners et réceptions ne manquent pas. Si vous le souhaitez, nous vous inviterons au repas donné par le RUSHA pour la fête du solstice, le 21 décembre. Il y aura du beau monde, soyez-en sûr ! C'est un peu loin, encore, c'est vrai. Que diriez-vous de participer à l'action de grâce des récoltes, dans deux jours ? La cérémonie a lieu dans un village du Brandenburg. Imaginez un peu ! De jolies paysannes, les bras gainés de dentelle noire dans leur costume traditionnel. Leur ascendance aryenne ne fait aucun doute. Nous avons vérifié.

Wieder ne répondit rien. Les joues en feu, il se leva et fit le salut hitlérien. À l'instant où il fit mine de sortir, le Standartenführer Blume le rappela.

— Vous oubliez votre Livre de *Sippen*, Wieder. Et surtout, rompez très vite votre relation avec cette… Comment s'appelle-t-elle, déjà ?

Le cas suivant fut vite réglé. Konrad Pfannkuch, un SS de race nordique, avait choisi une Bavaroise, de race dinarique, une variante nordique acceptable, typique du sud de l'Allemagne. L'hérédité sanguine de Gretl était claire comme de l'eau de roche. Une Hautzenberg, un nom alpestre, de solide ascendance. Juste un souci : sa taille. Cette perce-neige faisait un centimètre de moins que la norme réglementaire. Blume tendit le *Sippenbuch* à Pfannkuch avec un sourire : « Vous faites un mètre quatre-vingt-dix. Au final, la race s'y retrouvera. Faites quatre enfants, si possible des garçons. Deux pour la race, deux pour la patrie ! »

Une fois seul dans son bureau, Blume se promit de ne pas oublier de faire surveiller ce Wieder. Il était déçu par sa réaction. Il crut une seconde avoir affaire à un SS digne de ce nom. Et puis non, le capitaine avait semblé révolté. Surprenant, inquiétant, même. Blume ne tolérait pas le moindre sentimentalisme chez les candidats. Le mariage était une étape nécessaire de la vie de l'Ordre noir. Il assurait la reproduction du peuple allemand et du clan SS. Aucun homme ne devait se soustraire à ce devoir de reproduction biologique. Mais c'est évident, il y avait encore beaucoup de travail pour faire passer ce message au sein de l'organisation. Lui-même militait pour la distribution d'une brochure encore plus explicite que celle diffusée par le Reichsführer à la fin de l'année dernière. Elle s'intitulait « Fiançailles et prescriptions de mariage ». Il fallait désormais en finir avec ces théories pseudo-scientifiques qui polluaient les esprits. Blume pensait en particulier à cette salope de Tante Magnesia avec son Institut de sexologie. Cette tapette juive, le Dr Hirschfeld, y avait ouvert en 1919 une clinique matrimoniale, comme il disait. Un lieu à surveiller, où circulaient des idées dangereuses. Ce pédé de Hirschfeld y professait que le mariage soit « libéré de la tyrannie de l'État ».

Blume soupira. Il se promit d'être encore plus précis avec les candidats au mariage. Au fond, c'était très simple. Les hommes devaient comprendre, une fois pour toutes, que c'est la valeur héréditaire qui compte le plus chez une jeune fille. Beaucoup plus que la valeur individuelle. N'y a-t-il pas eu depuis toujours un classement de la valeur de la fille selon son aptitude au mariage ? Son chef le disait bien lui-même : « Qu'on l'épouse pour la richesse de son père, la beauté de sa voix, la forme harmonieuse de son corps, dans chaque cas, jusqu'à présent, la fille a été soumise par l'homme à une appréciation de sa valeur basée sur l'attirance sexuelle. » Dans ces conditions, le classement selon la doctrine héréditaire ne sera pas le plus mauvais.

Les prochaines visites étaient prévues dans l'après-midi. À huit heures trente, le Standartenführer avait rendez-vous avec son chef, l'Obergruppenführer Walther Darré. Il devait lui soumettre un cas pour le moins délicat. Blume fouilla dans la pile des Livres des *Sippen*. Il en sortit le livret du SS Klaus Peiper, né le 6 décembre 1905. Un brillant sujet, élevé dans la SS-Junkerschule Bad Tölz tout près de Munich. À bientôt vingt-sept ans, il était temps que le jeune homme prenne femme. L'idée ne venait pas de nulle part. C'était le Reichsführer Himmler, en personne, qui l'avait suggérée au bureau des mariages. Il nourrissait des sentiments amicaux pour le jeune Peiper qu'il avait affecté à son état-major. Or, il y avait fort à craindre que son protégé n'ait jamais songé à se marier. De source sûre, Blume avait appris qu'il entretenait une liaison très virile avec l'un de ses camarades. Le Standartenführer ne savait pas trop comment il allait aborder la question avec son supérieur direct. La proximité du jeune officier avec le Reichsführer était plus qu'embarrassante. Mais Blume était formel : jamais il n'autoriserait le moindre mariage de couverture pour un homosexuel. Il en allait, encore une fois, de la survie de la race. Qui plus est, le Standartenführer ne supportait pas la seule idée qu'il y ait des pédés dans la SS. Et malheureusement, Peiper n'était pas un cas unique. Mais il en était convaincu, les temps allaient changer. Somme toute, cette affaire de mariage était une occasion unique de sensibiliser sa hiérarchie à cette décadence qui touchait jusqu'à l'élite du clan.

Blume allait commander un café à son ordonnance quand le téléphone sonna. C'était Darré. Un rendez-vous urgent avec Heydrich : « On reporte le rendez-vous à demain matin, même heure. Et pendant que j'y pense : samedi soir, vous êtes convié à dîner chez moi, dans ma résidence de chasse, au Trämmersee. Vous connaissez le chemin. Ma femme me prie de vous dire que cette fois elle n'admettra aucune excuse de votre épouse. Notez qu'elle a raison. Nous ne la connaissons toujours pas. Nous allons finir par croire que vous nous la cachez. Un comble pour le directeur du bureau des mariages. Ha-ha-ha ! »

Le visage blême, Blume raccrocha. L'invitation de son chef le contrariait bien plus que le report de leur séance. Il lui fallut sortir, marcher un peu. Il ne faisait pas froid. Dans les rues, l'humidité était telle qu'on eût dit qu'il pleuvait. Brouillée par la brume matinale, la lumière n'en était pas moins éblouissante. Débouchant sur Unter den Linden, recouverte d'un tapis de feuilles mortes, Blume cligna des yeux. Avec ses rares cheveux, qui formaient comme un duvet de plumes blanches et brunes sur son crâne, et la courbe agressive de son nez, il ressemblait à l'un de ces aigles de pierre montant la garde au portail des bâtiments officiels du Reich.

Le Standartenführer suivit la Friedrichstrasse. Juste après le pont de l'U-Bahn, il s'arrêta net. Fraîchement collée sur la surface noircie d'une façade, une affichette attira son regard : *Le Dibbouk, drame en trois actes. Supplémentaires les 19, 20 et 21 octobre. Herrnfeld-Theater, Kommandantenstrasse* 57. Blume nota l'adresse dans un calepin. Puis il arracha du mur de briques le papier gondolé qui finit par terre. Il consulta sa montre, rebroussa chemin et disparut dans la foule de la gare toute proche.

De l'autre côté du trottoir, un jeune homme à casquette n'avait rien perdu de la scène. Intrigué par le geste du SS, il traversa la rue et se pencha sur les pavés détrempés. Il ne restait pas grand-chose de l'affichette transformée en pâte humide. Mais sur l'un des lambeaux, qui semblait imprimé sur le trottoir, on distinguait encore l'image coloriée de l'actrice principale, incarnant le rôle de Lea : les yeux levés au ciel, implorante, son beau visage était encadré par deux longues tresses.

Chapitre 6

Tel Aviv, 30 août 1958

Le Mossad accompagnera Karl Fein à Zurich. À la fin du mois, le temps d'informer le premier ministre de l'opération et d'assurer la sécurité de la mission. Sans la présence de Fein, l'accès au coffre de l'Union de Banques Suisses est impossible. Les questionnaires du Dr Hirschfeld ne s'y trouvent peut-être plus. Mais il y a au moins une bonne raison de vérifier : le Standartenführer Klaus Peiper n'avait pas eu beaucoup de temps pour se rendre en Suisse, après avoir conduit Karl Fein à Hambourg. Il avait disposé de dix jours pour rejoindre la garnison SS du KL de Dachau, transformé en camp d'entraînement pour les unités concentrationnaires.

Rapport de Dany, inspiré par les archives du Sicherheitsdienst (SD) allemand : *Le 1er septembre 1939, Peiper participe à l'invasion de la Pologne. Deux ans plus tard, envoyé sur le front de l'Est, sa famille reçoit un avis de décès : « Mort dans un accident de voiture à*

Sébastopol. » En réalité, Peiper est accusé d'avoir contrevenu au code militaire et à l'article cent soixante-quinze, relatif à l'homosexualité. Il a menti au Heiratamt (bureau des mariages de la SS) sur ses penchants. Il a pris une épouse à laquelle il ne fit jamais d'enfants. Elle lui servit de couverture pour continuer à forniquer (un verbe choisi par Dany) *avec des hommes. Prié de choisir entre la stérilisation forcée et un pistolet posé sur la table* (commentaire de Dany qui extrapole), *il tente de faire jouer ses bonnes relations avec Himmler. Ses camarades « l'aidèrent »* (Dany ne reproduit pas tel quel le terme qui figure dans les archives du SD, préférant le mettre entre guillemets) *à opter pour la seconde solution.*

En Suisse, un seul agent suffira. Jusqu'ici, Fein a collaboré sans faire d'histoires. Vu son âge et sa situation personnelle, les risques de fuite sont peu probables. La mission est confiée à Anat Perez. Une jeune femme parlant parfaitement l'allemand. Un agent très bien noté par ses supérieurs : caractère fort, polyvalente, grande résistance nerveuse, haut niveau d'éducation. Et un physique avenant, passe-partout. Elle se fera passer pour la fille de Fein. Sur place, il n'y aura personne pour la seconder. En cas de besoin, l'agent Seidel, basé à Vienne, pourrait la rejoindre rapidement.

En admettant que les questionnaires se trouvent bien à Zurich, ils seront aussitôt examinés par Anat Perez. Sur place et sans perdre de temps. La jeune femme n'a pas reçu pour mission d'éplucher toute la liste des personnalités du Reich qui consultèrent le Dr Hirschfeld entre 1920 et 1930. Ses supérieurs l'ont avertie. Pas besoin de s'attarder sur le passé d'un certain Rudolf Hess, qui se faisait appeler Schwarze Maria lorsqu'il sortait dans les clubs pour travestis. Quelle importance maintenant ? Ce criminel est derrière les barreaux, il a eu son procès à Nuremberg. Anat Perez devra se concentrer sur une seule information. Un profil psychobiologique détaillé, une description physique complète, toutes les informations nécessaires à l'identification d'un individu que le Mossad a de bonnes raisons de croire encore en vie. De cet homme, les traqueurs de nazis ne savent que deux choses : sa passion pour les tresses de jeunes filles et sa participation active à la déportation des Juifs de Grèce et de Yougoslavie. Son nom est inconnu. Le classement des patients par catégorie de pathologie devrait aider Anat Perez à l'identifier.

L'agente connaît le dossier par cœur. Elle a lu et relu le rapport de Dany : *Les faits remontent au mois de février 1943, quand le Sturmhauptführer Aloïs Brunner débarque à Salonique. Salonique, la Jérusalem des Balkans, où vivent alors cinquante-quatre mille Sépharades. L'un des centres judaïques européens les plus importants depuis le XV*[e] *siècle. Le commandement de la Wehrmacht tarde à appliquer les lois raciales de Nuremberg. Brunner a reçu l'ordre de Himmler en personne : déportation systématique de l'un des derniers nids de Juifs en Europe. Le contexte n'est pas favorable. Les Juifs sont bien intégrés dans la ville. La résistance grecque harcèle les troupes du Reich. Et l'Allemagne est pressée par le temps. Rien ne va plus à l'Est. La pression augmente en Méditerranée et en Afrique du Nord. Mais Brunner a sa petite idée. Il persuade le rabbin Tezvi Koretz de lui fournir la liste de tous les noms des Juifs de la ville. En attendant, les SS commencent à rassembler la population juive dans trois ghettos. Quelques jours seulement après l'arrivée des hommes du SD, un étrange phénomène se produit dans l'un des quartiers où sont confinés les Juifs. À Kalamaria, à l'est de la ville, tout proche de la mer, douze jeunes Juives ont été séquestrées par un individu qui leur a coupé les tresses. Après la guerre, des témoignages de résistants grecs et juifs ont rapporté que celles-ci furent arrêtées par l'un des acolytes SS de Brunner dont ils ignoraient le nom. L'une d'entre elles, qui parvint ensuite à rejoindre le maquis avec son frère, raconta que l'homme les avait enfermées dans une maison. Tour à tour, elles durent le rejoindre dans une pièce. Celles qui avaient les cheveux dénoués durent les tresser sous son regard. Toutes durent ensuite lui présenter leurs nattes, qu'il coupa avec des ciseaux avant de les disposer soigneusement sur une table* (ce passage relève de l'interprétation libre de Dany, les témoins n'ayant pas donné autant de détails). *Elles furent aussitôt libérées.*

Le 15 mars 1943, le premier convoi de wagons à bestiaux s'ébranle pour Auschwitz, avec deux mille huit cents déportés à bord (le seul paragraphe dans le rapport de Dany).

Deux ans plus tôt, un viol du même genre est commis en Yougoslavie. Les circonstances sont les mêmes. En novembre 1941, les SS décident d'en finir avec les femmes, les enfants et les vieillards juifs de Belgrade. La plupart des hommes ont déjà été fusillés. La Wehrmacht rechignant à la tâche, des Einsatzgruppen se chargent d'organiser le massacre des familles dans la petite ville de Zemun, sur l'autre rive de la Save. Là encore, des témoins ont raconté qu'une dizaine de Juives ont été contraintes de « donner » leurs tresses à un SS. Quelques jours plus tard, elles furent hissées à bord de l'un des camions à gaz asphyxiants envoyés de Berlin.

Un fétichiste parmi les Einsatzgruppen. Une bizarrerie, sordide, inscrite dans les événements qui précèdent l'extermination des Juifs de Salonique et de Belgrade. En regard du mal, une manie sexuelle qui n'explique rien. Combien d'humiliations, de vexations, de tortures avant l'envoi dans les camps de la mort ?

Mais pour le Mossad, ces deux épisodes ont valeur de piste. Il y a deux mois, une brève parue dans le *New York Herald Tribune* a été soumise à l'examen de l'agent Dany : *Dans la ville de San Carlos de Bariloche, dans la province des Misiones, en Argentine, trois jeunes filles se sont fait couper leurs tresses par un inconnu. La première fut agressée à la sortie de la messe. La deuxième lors d'un trajet en autobus et la troisième en pleine séance de cinéma.*

Cette nouvelle a été signalée au Mossad par un rescapé de Buchenwald, un *Nokmin*, un vengeur avec lequel l'agence a l'habitude de coopérer dans la traque aux nazis. Dans sa vie antérieure, comme il aime dire, c'est-à-dire dans l'Allemagne qui fut la sienne avant l'avènement du troisième Reich, les journaux avaient relaté de semblables agressions. Ce fait divers lui a mis aussitôt la puce à l'oreille. Il ne doit pas exister beaucoup de pervers de ce genre dans le monde. Ce maniaque est probablement le même que celui de Berlin. Et pour ce chasseur de nazis, un Allemand émigré en Argentine est forcément un suspect.

Dany, qui ne néglige aucune piste, a mené son enquête. Il n'a pas mis longtemps à faire le lien avec les épisodes grecs et yougoslaves. Un coupeur de tresses est mentionné dans le dossier Brunner. Ses liens directs avec lui représentent une occasion unique de retrouver la piste de celui que le Mossad appelle « l'ingénieur de la solution finale ».

La machine est lancée. La traque peut commencer. Or, sans nom, sans visage, comment retrouver cet homme ? Là encore, le chasseur de nazis s'est révélé de précieux conseil : « Cherchez dans les dossiers du fameux Dr Hirschfeld. Je me souviens qu'on disait que toute la faune la plus bizarre de Berlin avait passé dans son bureau. »

Dany a mis quelques semaines avant de tomber sur le nom de Karl Fein. En fouillant dans le passé du Docteur, il a découvert que l'avocat de Brno fut son exécuteur testamentaire. S'il vivait encore, il serait utile.

Rapport de Dany : *À Berlin, les proches de Hirschfeld ont disparu. Il existe bien un certain Tao Li, un Chinois qui fut son compagnon. Aucun moyen de le localiser.*

Un agent basé à Francfort s'est alors rendu en Tchécoslovaquie. Rapport de Dany, toujours : *À Brno, l'étude de Fein, rue Masarykowa n'existe plus. Les bureaux de Karl Fein sont aujourd'hui occupés par un bureau d'une section de jeunesse du parti communiste. Les témoignages des voisins se contredisaient, sauf sur un point : Fein est arrêté par la Gestapo en 1939. Ensuite, la piste se brouille : il aurait été fusillé, il serait mort en déportation. Certificat de décès introuvable, pas de trace de son nom dans la liste des déportés, impossibilité de fouiller dans les archives de la jeune République tchèque.*

Dany, en désespoir de cause, a fait appel aux archivistes de l'armée américaine qui détiennent une partie des documents du SD.

Dany a fini par trouver le nom de Karl Fein sur la liste des Juifs au bénéfice de l'accord de transfert Haavara. Rapport de Dany : *L'avocat de Brno vit en Israël. Son adresse : Nahalat Binyamin, 27. À localiser au plus vite pour interrogatoire.*

CHAPITRE 7

Berlin, 21 octobre 1932

CELA se passait toujours comme ça. Le rideau se levait et Karl, drapé dans ses plis, se tenait dans les coulisses. Il ne perdait rien du spectacle des travestis ; sur scène, comme dans les loges où les folles se livraient à d'autres performances auxquelles il était souvent invité à participer : schlague avant la séance d'habillage, batailles de perruques avant le maquillage.

Karl était chez lui dans les loges. Dans les miroirs, son regard rencontrait les yeux écarquillés de ses semblables, affairés à leur métamorphose. Il aimait ces visages fardés, ces lèvres dessinées, démultipliées par le jeu des glaces. C'était lui qui brillait dans le feu des rampes d'ampoules nues, surchauffées.

Il connaissait la douleur du genou tordu, la faute aux bottines à talons. Il savait le plaisir du dos cambré, le corset lacé distraitement par une tante. Jambes épilées, gainées, savon, nylon. Mousse et résille. Tanin épais du mascara, relents acides de cocotte sur la peau des hommes et odeur de brûlé : « Zut, le fer à repasser, la robe, vite ! Ouh là là ! » L'orchestre de jazz, le piano, la clarinette. Un solo de trompette bouchée, suivi d'un roulement de batterie. Le signal. « Susanne, c'est ton tour ! » Précipitation, la tête d'affiche trébuche, petits cris, cils affolés qui battent, la voix qui déraille. Sourire figé de clown, raclement de gorge. La mue est inachevée, pas grave. Encouragements, tapes sur les fesses : « Vas-y la belle, t'es une vraie reine ! »

Et puis ce soir, non, Karl ne serait pas du spectacle. Les cabarets, ou ce qu'il en restait, ne répercutaient plus que l'angoisse du dehors. Fanfares dans les brasseries, roulements de tambour dans les rues, le sinistre folklore de la peur était assourdissant depuis quelques semaines. La haine et la bêtise faisaient désormais trop de bruit. Tête basse, évitant les meutes de jeunes sportifs et leurs fanions, Karl décida de regagner sa garçonnière, au 10, Brunnenstrasse, à Prenzlauer Berg. Il louait une chambre située au-dessus de l'entrée de la station de métro de la Rosenthaler Platz, dans l'odeur de la sciure et du vernis d'une fabrique de meubles située dans l'arrière-cour.

Un vent froid charriait des relents de cave humide. Au milieu de l'avenue, entre deux files d'automobiles à l'arrêt, il aperçut le U lumineux d'Oranienburger Strasse. Les épaules rentrées, Karl attendit le passage d'un tram, bourré d'étudiants beuglant des chansons à boire derrière le jaune sale des vitres embuées. Le sol trembla sous ses pieds. Une fois la voie libre, il traversa, pressé de rejoindre le couloir souterrain. Il descendait les marches quand il entendit crier son nom : « Karl, tu vas où comme ça ? Attends ! »

C'était Rivka, penchée vers lui, qui lui disait de remonter : « Allez, pas d'histoires, suis-moi ! Ce soir, théâtre ! »

Karl rejoignit la jeune femme qui lui sauta au cou et le serra dans ses bras.

— Au théâtre ? Bientôt ils nous en interdiront aussi l'accès, tu verras, dit-il avec un ton d'autorité qui ne lui ressemblait guère.

— Tu as raison. Mais je ne t'emmène pas au Deutsches Theater. Nous allons dans un petit théâtre de la Kommandantenstrasse. J'ai déjà vu la pièce deux fois, mais je ne t'en dis pas plus, tu serais encore capable de dire que ce n'est pas pour toi.

Rivka portait un chapeau rond qui lui donnait un air de cerise. Une écharpe carmin dissimulait son visage jusqu'à hauteur de ses pommettes. Sa bouche, invisible, débitait un flot de paroles, gaies, qui semblaient ne sortir que de ses yeux rieurs. Son allure de garçonne n'enlevait rien à sa féminité, gracieuse, aérienne.

Karl avait connu Rivka la semaine de son arrivée à Berlin. Elle logeait dans une pension de Grenadierstrasse, là où il avait trouvé sa première chambre. Rivka étudiait les lettres et la musicologie, mais sa passion, le théâtre, avait pris le dessus, au grand désespoir de ses parents. La vie dans sa famille était devenue impossible. Et puis son père ne comprenait pas son intérêt soudain pour les sources du judaïsme. Comment sa fille, qui avait lu Goethe, Schiller, pouvait-elle s'intéresser aux textes hébraïques ? Plus étrange encore, ce retour aux traditions juives s'accompagnait d'un refus des codes sociaux : mariage, vie de famille et patrie. Le père de Rivka, médecin, s'était distingué sur les champs de bataille de la Première Guerre mondiale. Désormais, tout son monde s'écroulait. Son identité allemande était remise en question à la fois par les nazis et par sa propre fille.

Bras dessus, bras dessous, Karl et Rivka décidèrent de faire le trajet à pied. Il y en avait pour une demi-heure jusqu'à Spittelmarkt.

— Tu sais, je n'aime pas dire « nous », dit Karl. C'est comme si je leur donnais raison.

— Nous ?

— Oui, je te disais que, au point où ils en sont, les nazis allaient bientôt nous empêcher d'aller au spectacle. Eh bien, ce « nous » me dérange. C'est comme si j'acceptais désormais cette étiquette « juif » qu'on m'a collée sur le front sans rien me demander. Il y a un an encore, je n'aurais pas dit « nous » parce que je ne me sentais pas appartenir à cette communauté.

— Eux ne disent pas communauté mais race. Mais c'est égal, je comprends ce que tu veux dire. Moi, tu vois, je me sens juive et je n'ai pas attendu les nazis pour le savoir. Sais-tu que je fais partie d'une troupe de théâtre yiddish ?

— Comment veux-tu que je le sache ? Cela fait des mois qu'on ne se voit plus.

— La faute à qui ? Tu as disparu comme ça, je ne savais pas où te trouver.

— Le yiddish, je ne comprends pas cette langue.

— Ne dis pas ça. Tu vas voir ce soir, tu ne vas pas perdre un seul mot.

— Quoi ? Tu veux dire qu'on va voir une pièce...

— Tu verras, mon petit Karl. Le théâtre juif, c'est notre nouvel espace de liberté. Les nazis n'auront rien à y redire. Nous y jouons nos pièces, nos drames, et c'est un moyen de résister à leur barbarie.

— Rivka, tu ne crains pas de jouer leur jeu en te cantonnant dans ce registre ? On dirait que tu renies ta culture allemande.

Rivka partit d'un éclat de rire et elle se serra contre son ami, tout en marchant.

— Je ne renie rien du tout. Peut-être même que sans le romantisme allemand, je n'aurais pas découvert la magie de la kabbale.

— Allons, Rivka, voilà maintenant que tu me parles de la kabbale. Qu'est-ce qu'il ne faut pas entendre ! Moi je crains surtout qu'un jour nous ne soyons obligés de n'être plus que des Juifs.

— Et c'est vrai que toi, t'es d'abord une tante, hein mon chou ? lança Rivka en riant de plus belle. Un jour, je t'expliquerai pour la kabbale. Tu n'es pas encore prêt, c'est tout.

Karl dégagea son bras, minaudant, avec un air faussement vexé. Il aimait quand son amie le taquinait. Ils se connaissaient bien, même si leurs rencontres s'étaient espacées ces derniers mois. Il leur arrivait de passer plusieurs jours ensemble. Ils dormaient alors dans le même lit, enlacés tels deux enfants perdus dans une grande forêt hostile, comme dans les contes. Leur relation tenait plus de la fraternité que de la passion amoureuse. Rivka aimait autant les hommes que les femmes, elle ne s'en cachait à personne. Karl éprouvait une grande tendresse à son égard. Ce qu'il aimait par-dessus tout chez elle, c'était son optimisme. Elle n'avait peur de rien. Tout semblait possible à Rivka. Comme de se lancer dans le théâtre yiddish.

Les rues étaient désertes. Au loin, on entendait des chants de brasserie, ponctués de hourras. Karl et Rivka étaient arrivés devant un bâtiment qui avait l'air abandonné. Rien ne laissait deviner un théâtre, si ce n'est une affiche, collée sur une colonne à l'entrée : *Le Dibbouk, drame en trois actes.*

— C'est là, nous y sommes, dit Rivka en désignant une porte monumentale.

— Tu es sûre que c'est la bonne adresse ? fit Karl, interdit devant la façade grise, sans lumières.

Sans répondre, Rivka lui prit la main et poussa la porte qui s'ouvrit sur un vaste hall, éclairé aux bougies et aux lampes à pétrole. Sur les parois, des ombres immenses formaient un ballet de silhouettes hérissées de couvre-chefs démesurés. Il devait bien y avoir une centaine de personnes. Devisant à voix basse, fumant, elles attendaient l'ouverture des portes. Il n'y avait ni vestiaire, ni caisse et tout le monde gardait bonnet, chapeau, manteau et veste. Il faisait plus froid que dehors. Les radiateurs, glacés, étaient saupoudrés de résidus de plâtre ; ici ou là, des seaux récoltaient de l'eau tombant du plafond écaillé.

— Bienvenue au *Herrnfeld-Theater*, ma chérie, chuchota Rivka en serrant le bras de Karl.

— Où m'as-tu emmené, Rivka ? On se croirait dans une crypte.

— Ce théâtre a vécu les beaux jours du théâtre et du cabaret juif. C'était un lieu prisé dès les années dix. Les frères Herrnfeld avaient du succès avec leurs comédies. La crise a tout gâché. Il a fermé en 1920, expliqua Rivka.

Une voix de femme, à l'accent slave, interrompit le murmure général. Le public, composé essentiellement de jeunes gens, commença à rejoindre la salle de spectacle plongée dans le noir. Seule la lueur de la scène permettait de se repérer. Éclairée aux chandelles de suif, une vieille synagogue aux parois de bois noircies composait le décor aux angles envahis par l'ombre. Une lampe vétuste en laiton était suspendue au plafond aux poutres apparentes. Au centre, une table chargée de livres. Au milieu du mur de droite, l'arche sainte où sont rangés les rouleaux de la Thora. Sur l'autre côté, une armoire bibliothèque et, le long d'un mur, des bancs et des pupitres.

Karl se laissa entraîner jusqu'au premier rang par Rivka.

— Ce soir, c'est la dernière représentation du *Dibbouk* à Berlin, chuchota la jeune femme. La plupart des gens qui sont ici ont déjà vu la pièce, comme moi. La troupe de comédiens est extraordinaire. Ils viennent de Moscou, ils sont en tournée mondiale. Demain, ils partent pour Hambourg. Ils sont attendus à New York.

— Mais pourquoi ici, dans ce théâtre abandonné ?

— Chut !

Un chant s'éleva dans la salle. Une mélopée prononcée à mi-voix, qui semblait sortir de nulle part. Seule l'arche était éclairée, mais des mouvements d'ombres indiquaient une présence dans la synagogue.

La voix plaintive, suivie d'une autre, puis d'une troisième reprenaient maintenant en chœur la psalmodie :

Pourquoi, pourquoi
du haut des sommets,
l'âme se précipite-t-elle
vers les gouffres ?
Mais la chute porte en elle
l'élan de la remontée...

Un long silence. La lumière revint, diffusée par des chandeliers de terre cuite, disposés sur le plancher. Karl découvrit trois chanteurs, les yeux absents, les mains posées sur leur pupitre, le dos droit. Ils se balançaient et semblaient perdus dans leurs pensées.

Rivka tenait toujours la main de son compagnon. Elle ne la lâcha pas durant tout le spectacle. La jeune femme la sentit se refroidir dans sa propre paume. Karl ne bougeait plus. Toute l'énergie de son corps se fixait désormais dans un point central, quelque part dans son ventre. Un nœud se libérait, dénoué par une présence inconnue, brûlante comme la morsure du froid d'une évidence trop longtemps refoulée. Une voix disait : *Ah, ah, vous m'avez enterré, mais je suis revenu.*

Sur scène, debout, le regard halluciné, une femme tenait son visage des deux mains. Ses longues tresses noires descendaient jusqu'à ses hanches. C'était Lea, la belle Lea qui parlait maintenant avec une voix d'homme. Contrainte de se marier avec un homme dont elle ne voulait pas, elle se débattait, possédée par le *Dibbouk*. Son amant, défunt, le seul homme qu'elle eût jamais aimé, parlait dans sa propre bouche. Le masculin avait pris possession du féminin.

Je suis de ceux qui cherchent des chemins nouveaux, disait la voix d'homme.

Le rabbin exorciste disait : *Dibbouk, pourquoi es-tu entré dans la jeune fille ?*

Parce qu'elle m'était prédestinée, répondit Lea-Dibbouk.

D'après les saintes lois de la Thora, il est interdit à un mort de demeurer parmi les vivants, poursuivit l'exorciste. Mais Lea-Dibbouk, avec sa voix d'homme, refusait la loi qui voudrait régir l'amour : *Rabbi de Miropol ! Je connais votre pouvoir ! Vous pouvez commander aux anges et aux chérubins. Mais pas à moi. Où irais-je ? Tous les chemins se ferment devant moi.* Lea sanglotait et la voix d'homme en elle poursuivait : *Il y a le ciel et la terre, il y a des mondes infinis, et nulle part il n'y a de place pour moi. Ici enfin j'ai trouvé le repos. Ne me chassez pas.*

Et puis les applaudissements, au mépris des chemises brunes en patrouilles. Une ovation, muette. Le rappel. La Voix : *J'ai brisé toutes les barrières, j'ai passé à travers la mort, j'ai dit non aux lois qui régissent le monde depuis les origines des générations. Je t'ai quittée mais pour revenir encore.*

Il y eut les larmes de Karl, debout, réconcilié, pour la première fois, avec ses origines. Non, ce n'est pas vrai. Il n'était réconcilié avec rien du tout. Il avait simplement compris les paroles de cette pièce. Il s'était entendu parler, c'était le son de sa propre voix qui sortait de la bouche de Lea.

Il y eut aussi ce dîner improvisé dans le décor de la synagogue. Rivka connaissait Hana qui jouait Lea. On parla yiddish, on parla du yiddish. On dansa au son d'un violon. On leva quelques verres, il y avait même du vin. Rivka porta un toast à l'amitié entre les peuples. Moscou devait porter le message amical de Berlin à New York. On s'embrassa, on s'étreignit. Sur les planches, il y avait des Juifs allemands, des Allemands, des Juifs russes, des Russes, mais on ne se présentait pas comme tel, on disait des femmes et des hommes, des êtres vivants réunis par la passion du verbe.

Personne, ce soir-là, n'avait peur de rien. Karl retrouvait cette insouciance qu'il avait cherchée jusqu'ici dans les cabarets. Dehors n'existait plus. Plus que jamais, il fallait retourner l'angoisse comme un gant. Jouer, jouer encore et encore, se déguiser. L'inversion pour faire barrage à la terreur.

Dans la chambrette de Grenadierstrasse, Karl dit merci à Rivka. Il se sentait comme un homme qui aurait fait le tour du monde avant de retrouver, avec un regard neuf, la terre qui l'avait vu naître. Il pleurait, mais de joie. Rivka lui lécha les larmes sur le visage. Il s'endormit dans ses bras, respirant cette odeur que les hommes n'ont pas. Un parfum apaisant, comme un vague souvenir qu'aucune pulsion ne le poussait à posséder.

Vers midi, Karl rejoignit son étude. Le temps était clair. Sur l'Alexanderplatz, un groupe de SA prenait la pose. Comme si le soleil ne brillait que pour eux. À peine avait-il ouvert la porte de son bureau que le téléphone sonna. C'était le Dr Hirschfeld. Il lui demandait de le rejoindre en Suisse. Sur les bords d'un lac, tout proche de la frontière italienne.

Chapitre 8

Tel Aviv-Zurich, 1er octobre 1958

KARL ne pensait jamais prendre un avion. Il est assis, côté fenêtre, dans le vol d'El Al E449. Le Super Constellation vient tout juste de décoller de l'aéroport de Lot. Atterrissage à Zurich prévu à quinze heures trente, heure locale.

Karl n'a jamais eu d'enfants. Il est accompagné de sa fille, Anat Fein, trente-trois ans. Deux chambres sont réservées en son nom à l'hôtel *Zum Storchen*.

Karl avait laissé l'Europe derrière lui, en mars 1939. Depuis ce jour, le port de Hambourg n'a jamais fini de disparaître dans la brume. Aujourd'hui, Karl découvre Tel Aviv en un seul coup d'œil, sa ville scintillante, dans la lumière matinale. Il voit la côte jusqu'à Haïfa, les montagnes de Judée. Pour la première fois, Karl sait où il vit. Cette bande côtière, ces oliveraies, ces champs d'orangers, ces pâturages, ces collines pelées, c'est chez lui. Il ne s'est jamais senti aussi israélien qu'aujourd'hui. Cela ne le rend pas heureux pour autant. Mais quitter ce pays, qui lui apparaît aujourd'hui minuscule, le tranquillise. Son existence d'après l'Allemagne est déterminée géographiquement. Déjà ça. Le jour de son arrivée à Haïfa, il n'avait découvert qu'un bassin saumâtre, écrasé de chaleur, puant l'huile et le poisson. Tout ce qui avait suivi, la capitainerie envahie par les mouches, la file devant les toilettes (où il vit son premier Arabe, lavant le carrelage à grande eau), la paperasse, les autobus alignés, avec des noms de villages inconnus, chacun son bled, pas le choix, les soldats britanniques en short, tout ça, ce n'était pas un pays. Juste un tri sur le quai. Une loterie, sans ombre, sous un soleil trop fort.

L'avion vibre, le bruit des moteurs est assourdissant. Karl regarde Anat. Elle semble détendue. Elle a posé ses mains sur ses jambes. Elle se tient droite sur son siège. Elle ne lui fait pas peur, elle est gentille, il n'a pas envie de la décevoir. Karl accepte la situation. On fait appel à son passé, pour une fois. Anat et les autres s'intéressent à lui. Ils ne l'ont pas vraiment forcé. Disons qu'il se laisse faire. C'est aussi une manière pour lui de reprendre ses droits. Jusqu'ici, personne ne s'est jamais soucié de ce qui avait bien pu se passer avant son arrivée en Palestine. Palestine : encore un mot qui n'a plus lieu, une étape, une attache provisoire, avant cet Israël, cette patrie qu'il n'avait jamais rêvée et qu'on a fini par lui tamponner sur son passeport tout neuf.

Anat a de l'allure dans son tailleur. Elle a passé chez le coiffeur, ses cheveux auburn sont rassemblés en un élégant chignon. Elle ne ressemble plus à la soldate en pantalon qui l'a briefé les cinq derniers jours. Karl porte un costume de ville. Il y a longtemps qu'il n'a pas senti sur ses épaules le confort du tweed. Anat l'a conduit chez un tailleur. Sa valise contient six chemises et des nœuds papillons. Il a dû choisir deux gilets de laine et un manteau de pluie. Il a l'air d'un Européen. Il ressemble à ce vieil avocat juif, né à Brno en 1894. Cet avocat qui lui ressemblerait s'il n'avait jamais dû quitter son étude. S'il n'avait jamais quitté Berlin.

— J'ai l'impression de jouer une comédie, dit Karl.

— C'est exactement ce que nous vous demandons.

— Je me sens déguisé.

— D'après nos renseignements, vous avez l'habitude des déguisements.

Karl ne répond rien. Ils savent donc tout. Karl n'a pas honte, il n'a rien à cacher. S'il pouvait, il sortirait habillé en femme à Tel Aviv. Mais Karl peine à comprendre le sens de l'allusion d'Anat. Il ne sait pas ce qu'elle pense de lui. C'est la même chose avec Dany. Ils sont polis, ils sont aimables quand il faut. Ils font comme si de rien n'était. Bien sûr, Karl n'a pas eu le choix. Il a tout de suite compris qu'il ne fallait pas leur résister. Mais du moment que tu collabores, ils te laissent tranquille. Ils ne te demandent rien sur ta vie personnelle. Ton intimité ne les intéresse pas. Ils veulent simplement que tu ouvres le coffre, que tu leur donnes ces fichus questionnaires que tu avais oubliés. Tu ne voudrais pas non plus qu'ils te posent des questions intimes. Sauf que tu sais qu'ils savent. Cette petite phrase d'Anat le prouve. Ils connaissent ta vie sexuelle mais ils ne t'en parlent pas. Ils savent que tu aimes les hommes. Ils ont appris que tu aimais te vêtir en femme. Et eux ? Qu'est-ce qu'ils font ? Anat, par exemple, avec ses airs de boy-scout ?

— Et vous, est-ce que vous aimez aussi vous habiller en femme ? demande Karl.

— Quoi ?

— D'habitude, vous portez des pantalons et des chemises militaires. Aujourd'hui, vous êtes habillée en tailleur chic, avec une jupe et des chaussures à talons.

— Ce ne sont pas des questions qu'on pose à sa fille, Karl.

L'avion traverse un trou d'air. Les sièges craquent et Karl manque de heurter le plafond.

— Accrochez-vous, Karl, c'est passager. Et cessez de dire des bêtises.

— J'ai peur.

— Ce n'est rien, je vous dis. C'est toujours comme ça les voyages en avion.

— Oui, mais j'ai peur. J'ai peur de retrouver l'Europe.

— Je comprends Karl. Mais vous faites cela pour Israël, pour votre pays.

— Peut-être que si je savais ce que vous cherchez vraiment dans ces dossiers…

— Non Karl. Dany a été très clair sur cette question.

— La dernière fois que je suis allé à Zurich, c'était pour retrouver Hirschfeld. C'était en décembre 1932, quelque chose comme ça.

— Il vivait en Suisse, c'est ça ?

— Oui, il avait pris pension à Ascona, au Tessin.

— Et il est mort en France, c'est ça ?

— Oui, à Nice, en 1935. Il souffrait, le diabète, le cœur. Mais je crois qu'il est surtout mort de chagrin. Il n'a jamais supporté la destruction de son institut. Et surtout, il se sentait allemand, avant tout. Même s'il s'en défendait, il supportait mal de vivre en exil, loin de sa patrie qui le rejetait.

— Quel genre d'homme c'était ?

— Un bon vivant, un être attachant. Mais avant tout, c'était l'un des premiers militants de la cause homosexuelle.

Anat détourne le regard. Elle a lu et relu le dossier de Karl. Le Mossad a fouillé son passé. Avec l'aide du chasseur de nazis, toujours le même. Il a bien fait son travail. Il était le seul à pouvoir mener une telle enquête. Dans ce Berlin qu'elle a toujours eu de la peine à s'imaginer, Karl était connu dans le milieu homosexuel, il fréquentait des bars, parfois il sortait habillé en femme et sa garçonnière accueillait des hommes de passage. Mais bon, tout ça, ses trucs de travesti, ses tendances, ce n'est pas cela qui dérange Anat. Chacun est libre de faire ce qu'il veut de son corps. Du moins, dans la limite de l'acceptable. Et tant que ces choses se passent dans l'intimité. Enfin… Anat ne sait pas trop. Son mari, lui, est un sioniste convaincu, il porte la kippa, il suit les rites de base, même quand il est à l'armée, où il passe le plus clair de son temps. Ils sont heureux ensemble ; c'est vrai qu'ils se voient peu. C'est sûr, Anat se pose parfois des questions. Ils ne se touchent pas beaucoup. Vrai aussi, chaque matin elle se remet au travail dans sa chemise kaki et son pantalon. Elle aime cet uniforme, c'est comme une seconde peau. Mais d'ici à dire qu'elle se sent homme, non, bien sûr.

Anat en est persuadée : la sexualité, ce n'est pas primordial. Ça vient après. Après la nation, la famille. Après ou en complément, en soutien. En choisissant son mari, elle a eu le sentiment de devenir encore plus israélienne qu'avant. À eux deux, comme frère et sœur, ils participent à la consolidation d'Eretz Israël.

Anat ne peut pas avoir d'enfants. C'est comme ça. En échange, elle donne sa vie à sa patrie. Comme dit la chanson : *Nous sommes venus au pays pour le construire et pour qu'il nous construise.*

C'est drôle, mais Karl lui rappelle Jeremiah Seidel, un camarade d'études de la Balfour School à Tel Aviv. Oh ! bien sûr, toutes proportions bien gardées. Jeremiah, lui, n'avait rien d'efféminé. Tout le contraire, même. C'était un beau garçon, bien bâti, un géant, sportif. Anat l'avait tout de suite remarqué. Il avait vingt ans, il venait d'émigrer d'Allemagne avec ses parents. Il correspondait à son type d'hommes. Mais leur histoire n'avait pas duré. Il était si différent. Il ne voulait pas rejoindre le mouvement de jeunesse sioniste Bnei Akiva. Il avait des habitudes européennes. Oui, c'est ça, il ne s'était jamais débarrassé de ses vieux réflexes. Comme chez Karl, tout en lui respirait cette vieille Europe qu'elle détestait sans l'avoir connue.

Anat était née au Maroc. Elle avait trois ans quand ses parents s'installèrent en Palestine. Au kibboutz, les hommes étaient des héros : cultivateurs et combattants, ils étaient les messagers d'un judaïsme musclé. Son père, ses frères, ses oncles avaient les mains calleuses des *haloutsim*, ces semeurs qui distribuèrent à pleines poignées les graines du sionisme en Palestine.

Comment Anat aurait-elle pu bâtir quelque chose avec Jeremiah ? Il avait des manières raffinées, il était très intelligent, il parlait trois langues en plus de l'hébreu. Mais elle ne le comprenait pas. Il s'interrogeait tout le temps sur le sens de l'existence, il avait la tête trop remplie. Un esprit bourré de doutes. À force de tout remettre en question, on finit par se mettre en position de faiblesse.

Un jour, il lui avait montré un livre avec des peintures d'un Autrichien dont elle avait maintenant oublié le nom : les corps nus étaient tordus, jaunes, verdâtres. Ils semblaient traversés de spasmes nerveux. Les visages étaient torturés. Les poses, lascives, évoquaient la souffrance. Anat avait été horrifiée. Ces tableaux renvoyaient l'image d'une détresse physique et morale. La dégénérescence. C'était le mot qui lui était venu aux lèvres en feuilletant cet ouvrage d'art. Jeremiah avait bondi de sa chaise. Il l'avait insultée. Il lui avait dit qu'elle parlait comme les nazis.

Jeremiah, son peintre, Karl, tous auraient-ils oublié que notre chair est aussi sacrée que notre esprit ? Comme disait son mari, le retour à Sion passe aussi par la prouesse physique, par le retour à un corps sain et un esprit ardent enfermé dans des muscles puissants.

— Anat ?

Karl a posé sa main sur l'avant-bras de la jeune femme. Elle sursaute.

— Oh pardon, je vous ai fait peur. Je voulais juste vous demander…

— …Je vous en prie.

— Euh ? Il y a des toilettes à bord ?

Anat part d'un éclat de rire.

— Non, Karl, vous devez demander un pot à l'hôtesse.

Karl rit. Il se sent en sécurité avec la soldate, sa fille pour quelques jours. Une expérience unique, un travestissement comme il ne l'avait jamais imaginé. Il veut bien jouer le rôle du père. Sauf que, pour l'instant, elle a tendance à jouer celui de la mère.

Anat Fein. Nom d'emprunt. Si différente de lui. Elle a grandi dans un autre monde. Anat n'associera jamais la Rosh Hashana aux arbres qui perdent leurs feuilles. Elle a la peau brune, elle n'aura jamais cette pâleur des petites Juives de Brno. Elle n'a jamais dû porter le bonnet et des mitaines dans une salle de classe sans chauffage. Anat, sa fille. Nos enfants ne nous ressemblent pas.

Les douaniers n'ont posé aucune question. Deux citoyens israéliens, sans histoire, passent la frontière. Karl retrouve la pluie. Ses poumons se souviennent. Cet air frais et acide, qui vous fait marcher plus vite. Parer au plus pressé, trouver un taxi. Ne pas s'attarder, rien à voir. En mission. Et puis le lac. Un fond d'aquarelle, grisâtre. En 1932, déjà, cette opacité l'avait surpris. À Zurich, il s'était promené sur les berges bétonnées de ce bassin sans reflets. Une ville anthracite, immobile dans son bain révélateur. Karl avait deux heures de battement avant le train pour Ascona.

Le Dr Hirschfeld l'avait prié de le rejoindre en Suisse. Il y avait trouvé un refuge provisoire. Au vu des circonstances, un retour en Allemagne était exclu. L'Institut de sexologie était menacé. Son directeur en danger de mort. Plus que jamais. À Hambourg, en 1920, le Docteur avait croisé une première fois le chemin de ses agresseurs. Le film *Anders als die Andern* venait d'être interdit dans les salles : un manifeste pour l'abolition du paragraphe cent soixante-quinze, une histoire impossible d'amour homosexuelle. Un casting hors normes : Conrad Veidt, une star du cinéma allemand. Anita Berber, la sulfureuse danseuse et actrice androgyne qui repoussait les limites de la décence. Et Hirschfeld, fidèle à lui-même, conseiller scientifique de la production et qui jouait son propre rôle.

Jamais Magnus Hirschfeld n'était allé aussi loin dans la démonstration de son militantisme. La jeune et fragile république de Weimar n'assumait pas. Le verdict des censeurs était sans appel. Mais fort du succès populaire du film, il était décidé à se battre. Une première conférence à Hambourg, sous l'égide du Monistenbund. Bombes puantes, jets d'objets sur l'orateur. La guerre était ouverte. Le public et les services de sécurité eurent raison des « terroristes ». À Munich, cette même année, le Docteur faillit y laisser sa peau. Personne n'intervint pour le défendre. Tabassé, il finit inconscient dans le caniveau.

Désormais, il savait que ses ennemis auraient le dessus. Pour la première fois, il semblait moins combatif. Il reçut Karl dans les jardins du Castello San Materno, sur les hauteurs d'Ascona. Les hauts murs et la tour moyenâgeuse de cette villa abritaient alors de curieux réfugiés venus d'Allemagne : nudistes, théosophes, végétariens, psychanalystes y méditaient sur leur sort incertain dans ce qui avait été leur mère patrie. Hirschfeld, lui, s'était fait une raison : « L'Allemagne ne veut plus de moi. Alors, moi non plus. »

Karl s'en était ému. Le Docteur avait changé. Il y avait ce voyage autour du monde, beaucoup de fatigue. L'impression aussi, désormais, d'avoir tout vu, tout expérimenté ? Son diabète qui donnait à ses yeux malicieux une brillance fiévreuse. Les accès de malaria.

Magnus Hirschfeld avait besoin de repos. L'âge était là aussi, cette angoisse du retour impossible et la certitude qu'il ne reverrait jamais son institut. Même si, dans le décor alpestre en trompe-l'œil avec ses palmiers sur fond de montagnes aux pentes noircies par l'hiver sans neige, il semblait encore croire que l'œuvre de sa vie pourrait, elle au moins, être sauvée.

À ses côtés, ce jour-là, comme tous les jours à présent, il y avait Tao Li. C'était la première fois que Karl rencontrait le secrétaire particulier du Docteur. C'est ainsi qu'il présentait son nouvel amant. Hirschfeld cultivait la discrétion quand il s'agissait de sa vie privée. Il n'affichait jamais ouvertement ses préférences sexuelles. Encore moins ses amours.

Ces deux-là formaient un couple étrange. Le jeune Chinois suivait son compagnon comme son ombre. Prévenant, il anticipait ses besoins et ses désirs, comme s'il le connaissait depuis toujours. Il était tout le contraire de Karl Giese, l'amant éconduit. Tao Li, taciturne, ne semblait rien attendre de Magnus Hirschfeld. Giese, lui, s'était toujours comporté comme un enfant avec son cher Maître. Il réclamait des caresses, il avait sans cesse besoin d'être rassuré. La seule chose que le Docteur ne pouvait lui donner, c'était sa ration hebdomadaire de fessées et de coups de fouet. Mais l'institut ne manquait pas de candidats pour ce genre de tâches.

En présence de Tao Li, le Docteur apparaissait différent. Il semblait apaisé. La beauté de son amant, debout derrière lui, ses mains délicates posées sur ses épaules semblaient le combler. Il était sous perfusion de ce corps lisse qui agissait sur lui comme une drogue lui procurant l'oubli du désir, enfin comblé.

Lors de ses voyages, le Docteur avait toujours ramené des collections de jouets sexuels qui encombraient les rayons de ses bibliothèques. Karl ne pouvait s'empêcher de penser que Tao Li était la plus belle trouvaille exotique de Magnus Hirschfeld. Un garçon pareil, dans son lit, à son âge ! Mais l'amant, aussi peu loquace fût-il, ne se réduisait pas à un objet de collection. Il exerçait une influence certaine sur le Docteur qui le plaçait désormais à égalité avec son Karl Giese. Comme il le confiait justement à Karl, assis sur sa chaise dans les jardins du Castello San Materno, ces deux êtres chers seraient ses héritiers directs. À eux sa fortune, son institut. Mais à eux, également, la mission de faire perdurer l'œuvre de sa vie.

Karl doutait que Giese puisse jamais assumer une tâche aussi lourde. Le jeune homme, certes, était rempli de bonne volonté. Mais son adoration pour Hirschfeld ne suffirait pas. Il était fragile, en proie à de récurrentes crises d'angoisse. Sa passion masochiste l'avait rendu friable. Un jour, il s'effondrerait pour de bon sous les coups de martinet de la bonne de l'institut. Penaud, meurtri, il se réfugiait dans les bras du Docteur qui lui passait la main dans les cheveux. Giese était un petit être malheureux et le Docteur semblait l'aimer comme tel.

L'irruption de Tao Li avait changé la donne. Giese n'était plus qu'un gosse battu, pleurant son amant perdu dans les bras de « Papa Hirschfeld », ce père ambigu.

Karl ne voyait pas non plus dans le Chinois le digne successeur du Docteur. Cet homme était là seulement pour l'aider à traverser le fleuve. Il était le passeur, au doux visage sans regard. Son parfum d'opiacé agissait déjà sur son vieil amant. Magnus Hirschfeld fermait les yeux. Il n'écoutait plus Karl. Il ne l'entendait plus. Le lac Majeur, lisse, scintillait comme l'or de cette ultime alliance. Tao Li souriait dans le vide immense de l'hiver 1932.

Chapitre 9

Berlin, 25 octobre 1932

La route était déserte. La DKW F2 frôlait les cent vingt kilomètres à l'heure et Blume gardait le pied au plancher. Il aimait la vitesse, conduire lui faisait oublier. Tout oublier, ne rien penser, ne jamais réfléchir. Blume avait laissé Berlin dans le brouillard. À Prenzlau, lancé à vive allure sur les rives de la Panke, il trouva le soleil. Pourtant, il n'était pas pressé de se retrouver dans la résidence de chasse de Walther Darré, son directeur dans ses terres, en pleine nature, dans le Brandeburg, un point sur la carte d'une Allemagne dont le Reichsleiter, un favori du Führer, avait pleine licence pour redessiner les frontières. Sous le ciel immense aux nuages poussés vers l'est, le prophète de la culture agraire ruminait ses plans de ferme idéale, fomentant la construction d'un corps social sain, la paysannerie, débarrassée de la bourgeoisie et du corps ouvrier, ce grand malade gangrené par le bolchevisme.

Ce n'était pas la première fois que Blume se rendait chez le Reichsleiter, dans son laboratoire fermier, sur les rives sauvages du Trämmersee, un petit lac au cœur de l'immense forêt de Schorfheide, à quelque soixante-dix kilomètres au nord-est de Berlin. Il ne s'était jamais trop senti à l'aise dans cette atmosphère champêtre qui servait de décor aux théories agronomiques de Walther Darré. Bien sûr, il savait l'honneur que lui faisait le chef du RUSHA, le Bureau pour la race et le peuplement. Il ne suffisait pas de montrer son insigne de la SS pour être invité. Encore fallait-il appartenir au cercle restreint des initiés, ce club fermé de dignitaires du parti qui comptaient sur les gens de la terre pour régénérer le sang allemand. Dans son fief, créé de toutes pièces, son chef aimait s'entourer de personnalités instruites, des professeurs, des cérébraux. Pour l'occasion, ils portaient des chapeaux de feutre et un gros couteau de chasse, dans un étui de cuir accroché à leur gros ceinturon. Mais Blume ne les avait jamais vus saigner un cerf. Déjà qu'ils auraient dû le tirer au fusil et ça, ils ne savaient pas non plus le faire. Là-bas, dans les bois de pins, ce n'était pas le gibier qui manquait. Darré entraînait ses hôtes sur les pistes sablonneuses de la forêt teutonne, devisant sur la nécessité de définir une « politique de l'espace oriental », de nouvelles zones de peuplement aryen, plus à l'est, au-delà de cette ligne de bouleaux courant vers Schwerin, et plus loin encore, bien plus loin, dans les landes filant vers la Pologne.

L'été passé, Darré avait organisé dans sa maison de campagne l'une de ces fêtes dont il avait le secret. Ce jour-là, la chaleur était terrible. Un gros orage menaçait et l'humidité des landes rendait l'atmosphère difficilement respirable. Sur la route, comme aujourd'hui, Blume redoutait déjà l'épreuve des conversations dans le jardin, emprisonné dans son costume de SS qui était déjà trempé de sueur. À sa grande surprise, les convives étaient tous en maillot de bain et il lui fut aussitôt proposé de laisser tomber veste, chemise et pantalons. Il y avait là un petit comité de nordicistes, le cercle rapproché des amis de Darré. Blume se souvenait en particulier du Dr Johann von Leers, un SS qui parlait couramment cinq langues, dont le japonais. En présence de sa femme, qui applaudissait, il prônait la polygamie. Il avait les faveurs de Darré qui vantait à l'assistance son plan de développement de la race aryenne par la procréation : la création de cliniques spécialisées dans la conception d'enfants de race pure, les *Lebensborn*.

Frau von Leers, ce soir-là, finit par se dévêtir entièrement, encourageant les autres à faire de même. Cette blonde, au corps splendide, comme pouvait en juger Blume, se considérait comme une réincarnation d'une prêtresse de l'âge du bronze. Elle le disait à qui voulait l'entendre et personne ne songeait à la contredire. À la stupéfaction de Blume, plusieurs des invités, à l'exception notable de quelques représentants de la vieille noblesse allemande, visiblement choqués, rejoignirent cette folle dans son délire nudiste. Le colonel, incrédule, tentait de suivre les théories de Darré sur l'hygiène de la race, alors que, autour de lui, quelques couples mettaient en pratique les idées de von Leers, mais dans une version échangiste agréée par la conception de l'amour libre, également professée dans cette assemblée.

Blume traversa un village aux maisons basses, qu'on eût dit enfouies dans le sol marécageux avec leurs toits de joncs. À la sortie du bourg, la route n'était plus asphaltée. Droit devant, la forêt de Schorfheide épaississait la ligne de l'horizon. Un nouveau lac apparut.

Blume éprouvait un mélange d'admiration et de crainte envers le Reichsleiter ; il lui devait son poste, c'était lui qui l'avait formé aux entretiens de mariage. Mais il ne comprenait rien à ses discours sur la nature. Il disait que les animaux ont besoin de plus d'espace, il fallait protéger toutes les espèces, les végétaux comme les bêtes. Il en allait, disait-il, de la survie du peuple allemand. Blume n'avait connu que la ville. Il était né du côté de Tempelhof et la campagne se limitait aux parcs entourant Berlin. Avant de s'occuper des fermes, il vaudrait mieux se soucier de la faune urbaine. C'est là qu'il y avait du boulot. Du nettoyage à faire. Toutes ces cours d'immeubles infestées de Kozis et de pédés, des quartiers entiers abandonnés aux Juifs, et pas que des riches, des pouilleux venus de l'est.

Le Trämmersee n'était pas loin. Là-bas, au beau milieu des arbres, si ses souvenirs étaient bons. On se perdait facilement dans ces landes, avec tous ces ruisseaux et ces petits lacs. Quelle idée ils avaient tous d'aller se perdre dans ce trou marécageux ? Göring, lui aussi, s'était fait construire une maison dans les environs, une hutte suédoise, paraît-il. Même qu'il prévoyait d'agrandir son domaine.

Il devait y avoir un embranchement qui filait droit dans les pins. Il n'y en aurait plus que pour un ou deux kilomètres. Blume sentit son cœur qui battait. Il stoppa la DKW au milieu du chemin de terre, dans une courbe, et s'alluma une cigarette. Tous ces invités, ces intellectuels qui lui poseraient des tas de questions, il faudrait répondre, savoir que dire. Ce n'était pas ça qui lui pesait sur l'estomac. Il pensait à Charlotte Freiin von Vittinghoff-Scheel. Frau Darré, épousée en secondes noces par son chef. Une jeune femme… Comment dire ? Blume ne trouvait pas les mots. Seuls lui venaient les vers de Herybert Menzel :

Dans pareil peuple, les femmes servent en silence.
Elles sont la terre natale et elles sont la maison
Lorsque les hommes assument le risque,
elles leur offrent la confiance.
Elles se parent des œuvres accomplies par leurs hommes.
Elles sont les mères joyeuses de pareils fils
Elles les désirent, parachèvement de leur gloire.
Elles portent au fil des années tout ce qui est beau,
Elles œuvrent pour une humanité supérieure.

Charlotte Freiin von Vittinghoff-Scheel. Prononcer son nom, c'était invoquer sa présence, sa puissance maternelle. « Freiin… » Ces deux consonnes tranchantes, suivies du râle des voyelles, lui faisaient l'effet d'une morsure. La marque ne durait qu'une seconde. Les sens aussitôt remis à l'ordre par l'*Adel* du nom, de cette noble famille des territoires baltes.

Face à elle, Blume se sentait diminué. Il n'était plus qu'un page, terrorisé par sa maîtresse châtelaine. Frau Darré lui demanderait pourquoi il était venu seul. Une fois de plus, il devrait s'excuser, inventer quelque chose. Elle semblait toujours prendre plaisir à l'interroger de la sorte. Elle le fixait de ses yeux gris, elle savait qu'il mentait. C'était comme si elle connaissait son secret. Comme si elle savait.

Frau Darré ne cessait de le tourmenter et lui voulait se prosterner. Il ne désirait rien tant que de se jeter à ses pieds. Avec elle, ce n'était pas comme avec les autres. C'était elle qui décidait. Elle avait des cheveux si fins, coupés juste à la bonne hauteur. Il s'imaginait attaché dans la cour de la résidence de chasse, bridé par le cou. Il la voyait apparaître en tenue d'équitation. Elle venait droit sur lui. Elle allait le monter, elle allait lever sa main sur lui, lui battre la croupe et planter ses éperons dans ses flancs. Il se cabrerait, rien qu'un peu, juste pour l'entendre commander : « Blume ! bas, bas ! »

Un klaxon le fit sursauter. Une grosse Mercedes noire manqua d'emboutir sa voiture par l'arrière. Le chauffeur était déjà sorti, un SS en uniforme. Blume descendit la vitre et s'excusa.

— Heil Hitler ! – Heil Hitler ! – Un souci Standartenführer ? – Un petit ennui de moteur, mais ce n'est rien, je vais pouvoir repartir.

Dans le rétroviseur, Blume aperçut deux passagers dans la limousine. Il reconnut le Dr Günther Franz, probablement accompagné de son épouse. Un visage connu. Le Reichsführer se référait souvent à ses travaux universitaires en anthropologie.

Les deux automobiles redémarrèrent. Debout sur le perron d'une grande maison en madriers, au milieu d'une clairière traversée par un sentier de pierres plates, une femme aux oreilles de chatte tourna la tête. Elle avait entendu le bruit des moteurs. Son visage était empreint d'une indifférence que l'on eût dit constante. Sans bouger un cil, elle dit : « Walther, nos derniers invités arrivent. » Sa voix, au timbre cristallin, semblait sortir de nulle part, et certainement pas de cette bouche dessinant un sourire dénué de toute émotion. Tout en elle respirait la grâce d'une absence.

— Charlotte, très chère, où êtes-vous ? dit une grosse voix.

Mais Charlotte Freiin von Vittinghoff-Scheel avait disparu. Elle ne voulait pas être la première à accueillir les hôtes de son mari.

La journée se déroula comme Blume l'avait prévu. Walther Darré emmena son monde dans une partie de chasse qui n'en était pas une. Tout son état-major était là, et quelques têtes inconnues de Blume, une quinzaine de personnes en tout et pour tout. Il y eut bien quelques coups de fusil, mais c'était pour la forme. Un sanglier traversa le chemin en trottinant, mais personne ne sembla le remarquer. La température était douce pour la saison. L'odeur de la forêt était enivrante. Cette soudaine bouffée d'oxygène donna la migraine au Dr Günther qui préféra rentrer se reposer sur le banc de pierre entourant une vaste cheminée trônant dans le séjour du pavillon. Il n'y trouva personne, les épouses étaient elles aussi sorties se balader.

Blume chercha des yeux Frau Darré. Toujours invisible. À son arrivée, tout à l'heure, il fut surpris de ne pas la trouver. Personne au moins ne lui demanda pourquoi il n'était pas accompagné. Son chef lui serra la main d'un air distrait. Il semblait agité, son visage poupin était secoué par un méchant tic, un clignement de l'œil gauche, comme les jours où il devait prononcer un discours et qu'il fouillait dans ses classeurs métalliques contenant les fiches de sa documentation sur la biologie héréditaire de l'élite nationale-socialiste.

Discours, il y eut : « Mes chers amis, de même que nous avons régénéré notre bon vieux cheval hanovrien en partant d'étalons et de pouliches au sang dégénéré, de même nous recréerons le type pur de l'Allemand nordique par des croisements obligatoires au cours des générations. Peut-être ne sera-t-il pas possible de renouveler la race de tout notre peuple. Mais la nouvelle noblesse sera un élevage d'élite dans toute l'acception du mot. »

Un grand type au visage creusé, qui semblait flotter dans sa chemise de chasse à larges manches, demanda comment le Dr Darré comptait s'y prendre pour intégrer la paysannerie dans le corps de la SS.

Darré le regarda d'un air étonné : « Elle se ralliera au mouvement tout simplement grâce à son instinct. Vous connaissez comme moi cette bonne souche héréditaire, enracinée dans la terre. Alliée à la vieille noblesse de sang, elle formera un collège noble auquel nous confierons la tâche de coloniser de nouveaux espaces à l'est. Il nous faudra commencer par dépeupler ces zones de paysans slaves. Nous en ferons des prolétaires non possédants, afin de diminuer leur prolifération. Et nous donnerons les terres de culture à cette nouvelle classe de maîtres allemands. Quand nous créerons notre Grand Reich, nous aurons le devoir d'éliminer ces peuples de Bohême et de Moravie, ces Polonais et ces bolcheviks qui occupent notre territoire ancestral dans les États baltes. »

À la nuit tombée, tout le monde se retrouva autour de la grande cheminée. Le professeur Günther se sentait mieux. Il expliquait la position des Tyroliens du Sud dans son échelle des races. Celle que Darré appelait sa « petite sœur », la princesse Marie Adelheid Reuss zur Lippe, comparait les qualités du *Porc, comme critère des peuples nordiques et sémites*, le livre de Günther, avec *La Race*, le dernier ouvrage publié par son cher ami et dont elle était l'éditrice.

Blume cherchait toujours Frau Darré. Elle ne devait pas être loin. Blume sentait sa présence. C'était bien elle qui avait allumé le feu. Mme Günther était épatée. Elle racontait comment Charlotte Freiin von Vittinghoff-Scheel s'y était prise avec une seule allumette. Une odeur de café et de tarte aux pommes flottait dans la pièce. La maîtresse de maison était sûrement dans la cuisine.

Le Reichsleiter, qui avait troqué sa tenue de chasse pour son uniforme de SS, avait pris en aparté un jeune homme de petite taille, lui aussi en tenue de ville, très élégant, le regard vif et mobile, malgré ses poches sous les yeux. Ils s'étaient assis sous un énorme trophée de chasse, un cerf dont les bois traçaient des ombres curieuses sur leurs visages. Darré fit signe à Blume de les rejoindre.

— Standartenführer Blume, connaissez-vous le Dr Astel ? dit le Reichsleiter sans se lever de son fauteuil.

— Je n'ai pas cet honneur, Heil Hitler Herr Doktor ! répondit Blume, sur ses gardes. Il craignait plus que tout ces entretiens. Il lui faudrait parler, réfléchir à ses réponses, avoir l'air de comprendre.

Le Dr Astel lui tendit une main maigre et osseuse. Il semblait contrarié. Il préférait peut-être s'entretenir en tête à tête avec le Reichsleiter. Ou alors, c'était plutôt ça, il savait que ce jeune officier SS n'avait rien à lui apprendre et que sa conversation serait sans intérêt.

— Prenez cette chaise, Standartenführer, dit Darré. Mais poursuivez, Herr Doktor, vous me disiez que vous aviez une solution au problème de l'homosexualité.

— Comme vous le savez, nous étudions cette tare sous l'angle de la prévention. Mes travaux, qui portent sur le caractère héréditaire de cette perversion...

— Vous aviez raison de dire à l'instant – écoutez bien Blume ! – combien les homosexuels sont une menace pour l'État, interrompit Darré. Mon jeune camarade, le Standartenführer Blume, peut en témoigner, cette plaie infecte atteint l'élite de notre peuple, la Waffen SS.

— C'est vrai, Herr Doktor. Je suis préposé au bureau des mariages et je peux vous dire que j'ai constaté plusieurs cas de dissimulation. Des homosexuels avérés prennent une épouse, comme le veut notre ordre, mais n'en renoncent pas moins à leurs penchants, bredouilla Blume.

— Vous voyez Herr Doktor, même la SS est gangrenée par cette pourriture, lança Darré.

— J'ignore combien d'Allemands sont touchés par cette maladie héréditaire, dont nous ne savons pas encore grand-chose. Mais admettons qu'il y ait un à deux millions d'homosexuels en Allemagne. Vous imaginez les conséquences ? Ces malades psychiques présentent un fort taux de contamination. Les jeunes, en particulier, les soldats, nos SS, vous avez raison de le souligner, sont des milieux particulièrement vulnérables. Les homosexuels jouent sur la fraternité, l'amitié, la camaraderie pour entraîner leurs victimes dans le vice. Mais le Standartenführer a tort, permettez-moi de le dire, quand il dit que le mariage leur sert de couverture. Au contraire, le mariage fait partie de la thérapie ! Il faut les contraindre à prendre femme pour les guérir de cette maladie. Il n'y a que le Dr Hirschfeld pour s'opposer à cette idée.

Blume n'apprécia guère l'allusion à Hirschfeld, aux théories duquel le Dr Astel suggérait qu'il eût adhéré. Darré, lui, en restait à des considérations ethniques : « Rendez-vous compte, c'est l'équilibre même de notre race qui est en jeu. Un peuple sans enfants, un peuple d'hommes débiles psychiquement, notre race est en danger. »

— Je suis heureux de vous l'entendre dire, acquiesça le Dr Astel.

— Mais venons-en à la solution, Herr Doktor.

— À ce stade de mes travaux, je crois pouvoir dire que la castration s'impose à titre préventif pour les sujets encore peu actifs sexuellement mais présentant des tendances homosexuelles. Pour les autres, les criminels, ceux qui sont susceptibles de viol ou de meurtre, je pense qu'il faudrait tout simplement les éliminer.

— Les éliminer Herr Doktor ? dit Darré en fronçant les sourcils.

— Mon Reichsleiter, que l'on se comprenne bien. Commençons par renforcer l'arsenal législatif. Le paragraphe cent soixante-quinze n'est pas assez restrictif. Il faut élargir la notion de crime sexuel. Les relations contre-nature doivent être sévèrement punies et les homosexuels doivent être internés et subir des cures pour tenter de les ramener à la normale. C'est à ce stade qu'interviendront les castrations. Hélas, bon nombre d'entre eux semblent irrécupérables. Avec tous les risques que cela suppose : dépravation, viol, meurtre. Ceux-là présentent un danger pour la société, ils doivent donc être supprimés. Et je pense qu'il serait même utile d'agir à titre préventif. La peine de mort pourrait intervenir sans qu'il y ait eu crime avéré.

Il y eut un silence embarrassé. Walther Darré, toujours prompt à s'enflammer quand il s'agissait de politique des races, semblait désemparé par ce qu'il qualifia de détails :

— Tout cela relève de questions purement juridiques, je dirais même policières, Herr Doktor. À ce stade, nous ne pouvons encore rien pour vous. Mais je puis vous assurer que je prends très au sérieux la menace homosexuelle, car, c'est vrai, tout ce qui est contre-nature est contre la loi. Je vous invite à vous adresser directement au Reichsführer. La question l'intéresse de près et je sais qu'il s'inquiète en particulier des dérapages de la SA, grogna Darré en faisant signe à la bonne de leur servir un verre de schnaps.

— Si je peux me permettre, ajouta Blume, le Reichsführer a raison de s'inquiéter. Certains SA donnent une image désastreuse du parti. On en voit traîner dans les bars louches et ils participent à des coucheries entre hommes. Les communistes ont beau jeu de relever ces dérapages qui alimentent de pleines pages de leurs torchons de journaux.

— Disons que ce n'est pas le chef des SA qui donne l'exemple, lança Darré en ricanant.

— Je vous remercie de l'attention que vous portez à cette maladie héréditaire, mon Reichsleiter, dit le Dr Astel. Avant de lever mon verre à la santé de notre race nordique, je voudrais vous adresser une requête urgente.

— Urgente ? Mais dites, dites, Herr Doktor, répondit Darré qui semblait pressé d'en finir avec ces histoires d'homosexuels.

— Les travaux de recherche universitaire sur les crimes sexuels devraient être considérés comme prioritaires, mon Reichsleiter. Pensez-vous que le parti puisse nous fournir des listes de noms d'homosexuels, dont nous pourrions disposer pour réaliser quelques expériences ?

— Des listes ? Mais adressez-vous à la Kripo, Herr Doktor. Mais je note, je note, et le jour où nous disposerons des pleins pouvoirs, croyez-moi, vous aurez toute latitude pour mener vos études de cas.

— Je me permets aussi de vous signaler que la police aurait tout intérêt à fouiller les bureaux de l'Institut de sexologie du Dr Hirschfeld, ajouta encore le Dr Astel. Ce charlatan, qui fait honte à la recherche allemande, tient une liste de tous les pervers de Berlin.

— Écrivez donc à Himmler, cette affaire l'intéressera au plus haut point, dit Darré qui n'avait pas attendu pour avaler cul sec son schnaps et qui, toujours assoiffé, cherchait la bonne du regard.

Blume, lui, n'avait pas touché son verre. Il réfléchissait à toute vitesse. Ce qu'il craignait par-dessus tout allait se produire. Les services de renseignements n'allaient plus tarder à visiter l'Institut de sexologie. Si même les professeurs d'université se mettaient à alerter Himmler sur la mine de renseignements que représentaient les dossiers de Hirschfeld, les choses allaient s'accélérer. Sur le fond, il ne pouvait que saluer cette initiative. Mais la saisie des listes de patients de Hirschfeld pouvait signifier la fin de sa carrière, voire pire. C'était décidé, à la première occasion, il irait lui-même visiter les bureaux de l'institut.

Blume était tout à ses noires pensées quand une voix tranchante le fit sursauter.

— Standartenführer, vous prendrez bien un gâteau ?

Une belle jeune femme, les cheveux blonds admirablement ramassés en chignon plaqué sur l'arrondi parfait de son crâne, en tailleur, le cou serré par un foulard de soie, lui tendait un plateau d'argent couvert de pâtisseries.

— Frau Darré, je ne vous avais pas encore aperçue, répondit Blume, la voix tremblante.

— Et Frau Blume ? l'interrogea Charlotte Freiin von Vittinghoff-Scheel.

Blume sentit monter le feu à ses joues. Le Reichsleiter Darré et son épouse le regardaient d'un air sévère.

Chapitre 10

Zurich, 2 octobre 1958

KARL regarde passer les gens dans la Bahnhofstrasse. Sous les arcades du numéro quarante-cinq, il attend l'ouverture de la banque à neuf heures. Anat est à ses côtés. Elle ne dit rien. Elle est en mission et les minutes qui suivent sont déterminantes, tout se jouera à l'instant même où ils seront reçus par le banquier. Elle prend au sérieux son rôle de fille accompagnant son vieux père. Au petit déjeuner ce matin, elle calculait déjà ses gestes, elle était prévenante avec Karl. Elle lui a demandé s'il voulait encore un café, si tout allait bien. Elle lui a pris le bras jusqu'à sa chambre, souriant au personnel d'étage.

Dans la rue, elle a répété le même manège, collée contre lui, son bras passé sous son manteau.

Hier, elle en faisait moins. Ils ont passé quelques heures à préparer l'entrevue d'aujourd'hui. Anat a demandé à Karl comment Hirschfeld classait ses fichiers. Par ordre alphabétique.

Et puis Anat lui a laissé du temps. Il a pu prendre un verre au bar, tout seul. Elle n'était pas loin. Karl sait qu'elle le surveille, des fois qu'il lui viendrait l'envie de filer. Mais il n'a pas envie de fausser compagnie à la jeune femme. Il irait où ? Il se sent déjà chez lui à l'hôtel. Il est bien à Zurich. Karl regarde passer les gens, des hommes et des femmes ordinaires, des personnes, quoi ! Pour la première fois depuis si longtemps, il a le sentiment d'être à nouveau dans un monde banal. Comme à Brno, quand il était jeune, comme à Berlin, au début, quand on pouvait marcher dans les rues sans voir défiler des petits cons en chemise brune. L'Europe, cette Europe qui a tellement manqué à Karl, elle tient dans une forme de vanité : « Sortir le soir, aller où bon te semble, ne jamais se demander si tu es conforme. Brouiller les pistes, se travestir, rentrer chez toi, ou pas, traverser une pelouse publique sans penser à rien, aller au cinéma sans défier la moindre censure, tout dire, tout lire, ne rien lire, déployer son journal dans le tram sans paraître brandir la bannière de ta couleur politique. Illusion que tout cela ? L'œil te suivra jusqu'à la tombe et il y aura toujours quelqu'un pour te désigner du doigt : juif ou pédé, juif et pédé. Peut-être. Mais tu peux au moins rêver debout. Tu peux te lever le matin et marcher dans ton monde. En Europe, telle que tu la retrouves ici en Suisse, tu peux compter sur une bonne dose d'indifférence. Ici, on fiche la paix aux somnambules de ton genre. »

— Karl ?

Un geste du menton et un coup d'œil vers la grande porte de la banque. Anat lui signifie qu'il est temps de passer à l'action. Un ordre de marche d'Anat, la soldate, qui lui adresse un faux sourire. Trois coups, la comédie commence. Dans le hall étincelant, un huissier serre la boucle d'un cordon de séparation entre deux guichets. Les premiers clients font leur entrée, ils savent où ils vont. Le père Fein et sa fille hésitent. Une seconde. Et déjà un bruit de talons, une femme en tailleur, une voix d'alto :

— Madame, Monsieur, comment puis-je vous aider ?

— Bonjour Mademoiselle, nous voudrions accéder à un coffre. Un coffre à mon nom.

— Bien, Monsieur. Veuillez me suivre. Madame est avec vous ?

— Ma fille, elle m'accompagne.

Un bureau au premier étage. Une odeur de cigare froid, un fond d'eau de Cologne. Une main tendue, à Monsieur. Une voix suave, enrouée :

— Prenez place, Herr ?

— Herr Fein, Karl Fein de Tel Aviv.

— Israël ! dit la voix. Tout ce voyage pour venir nous dire le bonjour, Ha ! Ha !

— Je souhaite récupérer un document qui se trouve dans un coffre à mon nom.

— Bien sûr, Herr Fein, cela ne devrait pas poser de problèmes. Vous avez également un compte chez nous, Herr Fein ?

— Oui, enfin je crois.

— Nous allons voir tout cela.

Un costume sombre où surgit un long cou étranglé par un col blanc s'est levé. Un bracelet-montre trop peu serré sur un poignet maigre, des boutons de manchette ivoire, des mains jaunes qui saisissent un classeur dit fédéral.

— Voyons, voyons, Frick, Fouquet, Flegenheimer, Fassianos, non trop loin, trop haut, Fein, vous dites, Fein ? Non, je n'ai pas de compte à votre nom.

— Bon, le compte, je ne suis plus sûr, mais un coffre, je vous dis.

— J'ai bien entendu, Herr Fein, mais normalement, si vous aviez un coffre à l'UBS, vous devriez aussi avoir un compte.

— Alors pourquoi nous avoir demandé si j'avais un compte ?

— Papa, Monsieur cherche à nous aider, n'est-ce pas ?

Anat, les jambes croisées, a ouvert son manteau. Elle plante ses yeux verts dans un court bouillon où surnagent deux pupilles dilatées.

— Madame a raison. Madame ?

— Anat Fein, ma fille.

— Enchanté Fraulein Fein !

— Peut-être le coffre de mon père figure-t-il dans un autre registre ?

— Quand avez-vous ouvert un compte chez nous, Monsieur Fein ?

— En 1933.

— Et à l'époque, hum, hum, vous viviez déjà en Israël ?

— Israël n'existait pas, cher Monsieur.

— Papa, enfin ! Israël, Palestine, c'est un peu compliqué.

— Herr Fein ?

— Je vivais à Berlin.

— Je vois, je vois. Je crains que cela s'avère quelque peu compliqué.

— Compliqué ?

— La fumée ne vous dérange pas ?

Boîte jaune, alliance qui ne tient pas sur les doigts osseux, briquet en or, nuage. Le banquier allume son cigare avec l'air d'accomplir un rituel que rien ne saurait perturber, encore moins son embarras ainsi dissimulé derrière cette soudaine solennité.

— Nous sommes certains que vous saurez être de précieux conseil, insiste Anat.

La voix féminine fait son effet, des paupières clignotent dans le brouillard, les pupilles noires roulent dans les orbites, louchant vers le bas, vers les bas.

— Je dois passer un téléphone. Excusez-moi.

Index sur un bouton rouge. Cordon, combiné en bakélite.

— Passez-moi Schaller, au contentieux.

Bouffée, toux sèche.

— Hans ? c'est moi, Maurer. Dites-moi, vous pourriez m'apporter le classeur des comptes allemands ? Oui, allemands, vous voyez bien, oui c'est ça, avant 1940, vous savez. Les bloqués, oui. Lettre F, oui F, comme Fein, merci.

Karl regarde Anat qui lui sourit en lui prenant la main. Karl sait qu'elle bouillonne, mais elle n'en laisse rien paraître.

— Je vais devoir vous poser quelques questions, Herr Fein. Nous sommes obligés de vérifier votre identité en détail.

— Il y a un problème, Monsieur ?

— Écoutez, c'est une démarche normale avec les comptes allemands.

— C'est-à-dire ?

— Voyez-vous, l'UBS comptait de nombreux clients allemands avant la guerre. Et beaucoup d'entre eux ont, comment dirais-je ? Ils n'ont jamais plus donné signe de vie, vous savez bien, alors, vous voyez.

— Mais moi je suis là, devant vous, voici mon passeport.

— Ne vous faites pas de souci, mais procédons dans l'ordre. D'abord le classeur des comptes bloqués et ensuite…

— Vous voulez dire que vous avez bloqué le compte des Juifs allemands ?

— Oui, des Allemands, pas seulement des Juifs, enfin je veux dire pas seulement des Juifs d'Allemagne, mais c'est bien ça, du moins en quelque sorte. Avec ce qui s'est passé là-bas, à l'époque, nous ne savions rien, mais ensuite, quand tout s'est su, comment dire, nous avons dû prendre des mesures.

Karl sent la main d'Anat se contracter dans la sienne. Le costume sombre se renverse dans son fauteuil, il se tourne vers la fenêtre et regarde dehors, une manche à l'équerre, une colonne de fumée au bout.

— Vous avez quitté Berlin à temps, Herr Fein ?

— Vous nous aviez dit que les questions c'était pour après, cher Monsieur.

Anat change de ton. Un épais nuage flotte sur la ligne de front. Les deux camps se regardent avec hostilité.

La suite se résume à une guerre froide : questionnaire à remplir, comparaison de signatures, acte de naissance, téléphones plus haut dans les étages, jusqu'au quatrième, là où les fauteuils sont plus larges, visite dans un bureau tapissé de tableaux avec des bûcherons à bras noueux et des paysannes à tresses blondes, nouvelles présentations, retour au premier.

— Acte de mariage ?

Karl sort le document. Le Mossad a très bien travaillé.

À midi moins vingt, le costume sombre a perdu son parfum de Cologne. Il pue la cendre froide quand Karl et Anat le suivent dans les sous-sols de la Bahnhofstrasse 45. Une porte blindée s'ouvre sur un gigantesque rucher de tiroirs à deux verrous. Une morgue aux coffres bloqués. Combien de secrets, de bijoux, de papiers valeurs, de *Deutsch Mark*, de florins, de couronnes, de francs, à jamais… ? Karl ne trouve pas le mot juste. Anat, plus tard, dira « en déshérence ». La clé tourne dans la serrure. Karl s'avance. Il met la main, il palpe et c'est comme si l'avocat de Berlin, juif, né à Brno en 1894, le patient du Dr Hirschfeld, son ami, son exécuteur testamentaire, retrouvait un peu de sa dignité perdue au contact du cuir reliant quatre porte-documents. Comme si. Parce que, déjà, Karl Fein, débarqué en Palestine contre sa volonté en mars 1939, citoyen israélien depuis 1948, cet homme-là, lui-même, un autre, sait que le contenu de ce coffre ne lui appartient plus. Il sent, dans son dos, la présence féminine de l'intérêt d'État qui le dépossédera une nouvelle fois de ce qui lui fut confié.

Chapitre 11

Ascona, 18 décembre 1932

Karl trouva enfin l'occasion de parler seul à seul avec le Docteur. Tao Li avait-il compris que sa présence rendait difficiles les retrouvailles entre les deux hommes ? Non, il ne devait pas même imaginer qu'il pouvait déranger. Le jeune Chinois n'avait d'yeux que pour son vieil amant, qu'il enveloppait d'une affection exclusive. Il ne manifestait aucun intérêt pour Karl auquel il n'avait posé aucune question. Il ne se montrait pas non plus hostile à son égard, mais c'était comme si sa visite ne consistait qu'en une simple formalité. L'avocat venu de Berlin était là selon les vœux du Docteur qui devait lui transmettre la liste de ses patients et c'était bien ainsi. Après son départ, l'affaire serait classée, à l'abri dans le coffre d'une banque. On eût dit que, pour ce Tao Li, Karl n'était qu'une vague connaissance de Magnus Hirschfeld, une résurgence de sa vie passée, cette vie dont le Chinois pressentait et signifiait tout à la fois la fin. Tao Li savait que le

Docteur ne vivrait plus longtemps, il le sentait lorsqu'il parcourait de ses doigts le ventre de son amant, captant une accumulation de chaleur, une fièvre qui ne disait rien de bon et qu'il finissait par faire sortir dans le creux de la main.

Hirschfeld, lui, vivait ces instants avec Tao Li comme une grâce ultime et il comptait profiter de ce dernier souffle avant de le rendre. Aussi, ragaillardi par cette relation inespérée, il rassemblait ses dernières forces, oubliant son diabète, et décidé à sauver ce qui pourrait l'être de son institut. Il comptait également mener à son terme un livre sur le racisme. Il y développait les liens existant entre le fanatisme racial et les pulsions sexuelles refoulées. Mais, surtout, le Docteur attaquait de front « l'hygiène de la race », une construction médicale détournée par les nazis qui s'en servaient pour justifier leur antisémitisme. Il citait souvent son éminent confrère, le professeur Virchow qui avait étudié le cas de soixante-quinze mille enfants juifs en Allemagne : « Sur le nombre, trente-deux pour cent ont des yeux clairs et des cheveux tirant vers le blond, vous entendez ? » Hirschfeld n'admettait pas qu'on reproche aux Juifs de ne pas être de bons Allemands. Il se consolait en rappelant que même Goethe n'avait pas trouvé grâce aux yeux des nazis. Il rappelait, à qui voulait l'entendre, les reproches adressés par les nouveaux maîtres de l'Allemagne à ce grand poète : « métissé par le sang de sa mère, sa descendance juive se manifestait physiquement, mentalement et émotionnellement ».

C'était donc bien le Docteur qui avait arrangé ce tête-à-tête dans le salon de la pension. Il avait envoyé Tao Li en mission d'une journée à Locarno : une affaire de banque, un courrier à remettre, il avait trouvé quelque chose pour éloigner son ange.

Le soleil éclairait la chambre de séjour de la pension d'Elvira Bachrach, située sous l'étrange tour du Castello San Materno. Karl était forcé de cligner des yeux en parlant avec Hirschfeld, installé devant la fenêtre, sa silhouette auréolée dans la réverbération du lac Majeur. Le Docteur s'inquiétait en particulier du sort de ses proches. Il voulait des nouvelles précises de Karl Giese et de Dorchen, le travesti qui travaillait comme domestique. Comment supportaient-ils les vexations croissantes, les insultes ?

— Karl Giese est très agité mais il est l'un des seuls à réaliser la menace qui plane sur l'institut. Il viendra bientôt vous trouver, vous vous êtes parlé au téléphone il y a peu, je crois.

— Oui, je compte sur lui pour déménager une partie de mes travaux à Paris. Et la brave Dorchen ?

— Elle fait comme si de rien n'était. Elle continue d'accueillir les visiteurs avec le sourire, elle se montre plus prévenante que jamais. Mais vous savez, Herr Doktor, l'institut ne désemplit pas. Vos collègues accueillent toujours autant de patients, les demandes de conférences n'ont pas diminué. Je dirais que c'est surtout votre absence qui inquiète.

Magnus Hirschfeld prit un air peiné.

— Un retour est impossible, vous ne me direz pas le contraire, n'est-ce pas mon cher ami ?

— À l'heure qu'il est, Docteur, vous êtes clairement en danger. Et pas seulement en Allemagne, même ici, en Suisse, dans cette zone frontalière. Les fascistes sont là-bas, sur l'autre rive.

— Je sais, mon petit Karl. Et même ici les nazis ont des relais, en particulier dans la zone germanophone.

Ce n'était pas la première fois que le Docteur était en danger de mort. Il le savait bien, il était autant haï pour ses origines que pour ses idées. Le Docteur voulut savoir s'il était vrai que Röser, le bibliothécaire, portait un brassard à croix gammée.

— Oui, cet imbécile n'a jamais caché ses sympathies pour les nazis. Mais je me méfie plus de Haupstein.

— Haupstein, mon administrateur ?

— Oui, Herr Doktor, Haupstein cherche un moyen de protéger ses fesses. Je le soupçonne de collaborer avec les nazis à qui il serait prêt à livrer des informations en échange de sa sécurité personnelle. Il se désolidarise de vos collègues juifs en laissant entendre que c'est par eux que vient la menace sur l'institut.

— Je vois, je vois, il serait le premier à me vendre.

Magnus Hirschfeld se leva de son fauteuil. Soufflant, boitillant, il se dirigea vers sa serviette posée sur une commode.

— Mon cher, voici les listes de mes patients et les questionnaires qui vont avec. Cette liste a pour moi une grande valeur. Il y a là des années de travail, une quantité d'informations qui ont nourri mes recherches. À chaque nom correspond aussi un échange, une rencontre. Parfois, je n'ai indiqué que le prénom, ou uniquement le nom, mais je m'y retrouve dans l'ensemble, l'essentiel étant l'illustration de chaque pathologie par des exemples concrets. Vous savez combien j'aime mes patients, combien je les respecte, n'est-ce pas Karl ?

— Oui Docteur, je me souviens de ce jour où vous m'avez reçu pour la première fois. J'étais encore étudiant, je venais de débarquer à Berlin. Je me posais tant de questions à l'époque. Nous avions marché dans le parc, vous m'avez offert un thé.

— Et aujourd'hui, Karl ? Êtes-vous heureux ?

— Je ne saurais dire, Docteur…

— Mais vous acceptez votre travestisme.

— Oui, c'est certain et je vous en suis reconnaissant, Docteur. Seulement voilà, mon désir du costume féminin est plus fort qu'avant. Lorsque je jette loin de moi tout ce qui est de l'homme et que je me transforme extérieurement en femme, je puis apercevoir, avec une netteté presque physique, comme me quitte et s'évapore tout ce qui est faux, tout ce qui est forcé.

— Je vous entends bien, mon jeune ami. Dans votre cas, l'habillement n'est pas une chose inanimée mais comme une partie de votre propre être, la forme d'expression de votre personnalité intime. Vous m'aviez dit, lors de notre premier entretien, combien vous vous sentiez à l'étroit dans votre veste d'étudiant.

— Oui, je me sentais opprimé, prisonnier de quelque chose qui ne m'appartenait pas. Quand je porte des bas, une jupe, je me sens envahi par un calme profond, mes sens sont en éveil. Mais je ne parle pas seulement de désir physique… Enfin, je veux dire…

— Je comprends parfaitement ce que vous dites. Vous sentez s'élever votre âme, vous êtes animé par une force nouvelle. L'érotisme n'est rien d'autre que le cœur de la créativité humaine, Karl. Il est l'expression de notre personnalité intime.

Le Docteur se rassit dans son fauteuil. Il tenait ses dossiers sur ses genoux. Karl se leva à son tour, tournant dans la pièce, agité.

— Herr Doktor, il y a quelque chose de pas clair dans ma tête.

— Je vous en prie, Karl.

— Suis-je une femme en réalité ?

— C'est à vous de me le dire, mon cher ami. Vous sentez-vous femme dans votre corps ?

— Non, je ne crois pas.

— Acceptez-vous les manifestations physiques de votre virilité, Karl ?

— Je vous demande pardon ?

— Quand vous avez une érection, vous n'avez pas de sentiment de haine de vous-même ?

— Non, bien sûr. Mais, comme pour une femme, mon désir me porte vers les hommes.

— C'est bien ce que je vous dis. Vous êtes un travesti homosexuel. Mais il n'y a pas chez vous de poussée androgyne. L'homme féminin déteste ses organes, il peut aller jusqu'à détester sa pomme d'Adam. Il convoite la poitrine débordante de la femme et il souhaite parfois se faire castrer. Tenez, prenez l'exemple de notre chère Dorchen…

Karl partit d'un rire nerveux.

— Non, c'est certain, je ne me sens pas femme dans ce sens-là. J'aime trop les hommes pour mutiler celui qui réside en moi.

— Vous voyez mon petit Karl ! Et à l'inverse, sachez que des hommes aimant se déguiser en femme peuvent néanmoins les désirer.

— Je vous remercie Herr Doktor, vos paroles sont si simples.

— Ne me remerciez pas, voyons. Je me contente d'une modeste description de sentiments. Vous seriez face un psychanalyste qu'il en irait tout autrement. Il se demanderait pourquoi vous aimez vous habiller en femme et il irait chercher dans les jupes de votre mère quelque amour refoulé.

Karl et le Docteur rirent en chœur. Le Docteur désigna un flacon de cognac sur un buffet.

— Je ne devrais pas, mais profitons de l'absence de Tao Li pour trinquer un coup.

— Si vous le dites, Herr Doktor, répondit Karl en remplissant deux petits verres. À quoi occupez-vous vos journées, si je peux me permettre. J'ai vu que vous écriviez... ce manuscrit, là, sur la table.

— Vous n'ignorez pas que j'achève ces jours le journal de mon voyage autour du monde. Mais sachez aussi que je rédige un ouvrage sur le racisme et je compte l'intituler comme tel.

— Un ouvrage d'actualité et qui sort de votre domaine habituel, si je comprends bien.

— Oui, c'est cela, un manifeste contre cette folie qui s'empare de notre vieille Europe et de l'Allemagne en particulier. Mais détrompez-vous, le sujet n'est pas aussi éloigné de la sexologie. Cette hygiène de la race, qui obsède certains de mes éminents confrères, c'est une forme de fanatisme sexuel. Savez-vous comment les Allemands dénomment la syphilis ? La « maladie française » ! Et cette obsession de la reproduction d'une race pure, qui conduit au rejet des Juifs, où va-t-elle nous conduire ? À la stérilisation forcée de celles et ceux qui pèchent contre la race aryenne, vous allez voir. Ils vont s'en prendre aux criminels sexuels, aux Juifs qui couchent avec des Allemandes de race pure, comme ils disent. Je crains le pire. Je n'ai rien contre la stérilisation en tant que telle, comme vous le savez. Je l'ai conseillée plus d'une fois et mon institut s'est spécialisé dans ce domaine, mais pour autant que nos patients en soient bénéficiaires. Mais la pratiquer comme une punition, c'est un désastre.

— Vous allez encore vous faire des amis, Herr Doktor.

— Je n'ai plus rien à perdre et jamais je me tairai devant cette barbarie. Je dois tout à l'Allemagne, Karl. Ma colère est d'autant plus grande que c'est mon pays qui s'égare dans cette hystérie collective.

— Vous sentez-vous juif, Herr Doktor ?

— Juif ? Eh bien… Je suis un Juif allemand. Savez-vous, Karl, que nous peuplons la Germanie depuis deux mille ans avant Jésus-Christ ? Les premiers Juifs étaient des légionnaires et des commerçants suivant la marche des Romains. Mais je sais ce que sous-entend votre question. Je suis sioniste dans l'âme, mais je ne crois pas que le sionisme soit une solution durable pour les Juifs. L'Histoire a voulu que ce peuple soit destiné à vivre dans différents pays du monde et l'assimilation aux différentes cultures est son lot de toujours.

— Je croyais que vous aviez trouvé un paradis en Palestine.

— Oui, Karl, ce pays est magnifique et les Juifs ont construit une ville nouvelle à Jérusalem, avec de grandes avenues et des bâtiments aérés. Je garde le souvenir ému de mon arrivée au Mont-Scopus. Il s'y trouve une splendide université et une bibliothèque extraordinaire. La vue de là-haut est un spectacle inoubliable. Les étudiants ont vue sur la Transjordanie, jusqu'à la mer Morte, rendez-vous compte ! Je m'attendais à trouver là-bas des fanatiques religieux, passant leurs journées devant le Mur et vivant reclus dans l'enceinte de la vieille ville. C'est tout le contraire, mon jeune ami : il y a là-bas des gens de cultures très différentes, ils sont vêtus à l'occidentale, mais sans les conventions bourgeoises de la vieille Europe, ils sont proches de la nature.

— Mais ?

— Ah ! oui, c'est vrai que je vous disais que je ne crois pas que le sionisme délivre un jour notre peuple de ses souffrances. Et je vais vous dire pourquoi. Parce qu'en Palestine les Juifs font une erreur magistrale en menaçant le territoire des Arabes. Je me souviendrai toujours de ce confrère dont je parle d'ailleurs dans mon récit consacré à ma visite en Terre sainte. Un sioniste, Karl, et qui travaille à Haïfa. Un jour, me disait-il, il dut constater le décès d'un Polonais, un Juif polonais, enfin vous me comprenez, un *Chalutz*, un colon, assassiné par un Arabe, devant sa femme et ses enfants, à la nuit tombée. Eh bien, mon confrère me dit alors : « Nous vivons sur un volcan ! » Il croyait, comme moi, que les Juifs n'auront pas la paix tant qu'ils ne feront pas la paix avec les Arabes. Nous n'arriverons à rien par la force. Au fond, cher ami, je ne crois qu'à la cohabitation entre les peuples et nous en revenons à l'Allemagne d'aujourd'hui. Comme disait ce médecin, « les Juifs doivent s'inspirer du modèle belge ou du modèle suisse. Ici, les Allemands, les *Welsches* et les Tessinois vivent en harmonie. »

Tao Li revint en fin d'après-midi. Les montagnes étendaient leur ombre sur la surface du lac Majeur et pas une lumière ne brillait derrière les hauts murs du Castello San Materno. La pièce où Magnus Hirschfeld avait reçu Karl était plongée dans le noir. Tao Li y trouva son amant, étendu sur un divan, endormi sur son manuscrit. Sans un mot, il le recouvrit de son manteau. Il allait refermer la porte derrière lui quand le Docteur poussa un soupir. Il faisait un mauvais rêve : la liste de ses patients s'envolait par la fenêtre, formant une spirale de noms et de verbes, de lettres et de chiffres, aspirée dans les airs.

Chapitre 12

Berlin, 4 octobre 1958

Karl a baissé la fenêtre du wagon, il se penche dehors, il ne voit d'abord rien qu'une petite gare et c'est seulement quand un train marchandises s'ébranle qu'il peut lire St. Margrethen sur un panneau au milieu des voies. Dans le bruit du convoi et portant une odeur de diesel, un vent froid pénètre dans le compartiment. Un jeune homme à lunettes rondes jette un œil agacé par-dessus son journal. Une passagère remonte ostensiblement le col en fourrure de son manteau. Elle porte un ensemble jupe et tailleur de couleur claire et des bas assortis. Elle soupire. Ce monsieur élégant compte-t-il laisser longtemps entrer les courants d'air ? Karl est aux aguets, il a senti les regards dans son dos, il remonte la vitre. C'est vrai qu'il ne fait pas chaud. À Zurich, c'était dans le journal, ils annoncent une dépression centrée sur l'Allemagne pour ce soir.

C'est déjà la frontière et ça y ressemble : des locomotives en manœuvre, des rames à l'arrêt, tout un remue-ménage, des voix sèches, des portes qui claquent, des bruits de pas dans le couloir, tout le monde qui reste à sa place et personne sur les quais. Interdiction de descendre.

La frontière, la frontière allemande. Il n'y a aucune raison de s'inquiéter, la douane n'est qu'une simple formalité, le passeport israélien de Karl est en règle. Pourquoi faut-il qu'il s'agite ainsi, fouillant sa veste dix fois pour vérifier si ses papiers sont bien dans la poche intérieure droite, non la gauche, ah ! mais non c'est celle du manteau et puis cette dame qui le regarde d'un air mauvais depuis qu'il a ouvert la fenêtre. Karl les observe à la dérobée, la femme, sa jupe, sa jolie veste, ses bas, et l'homme qui lit, il se demande s'ils sont allemands. Des Allemands de l'Ouest. Allemagne de l'Ouest, Bundesrepublik, il se répète à lui-même ces mots, pour se persuader qu'il n'y a pas de danger.

Karl est de retour, pour la première fois en dix-neuf ans, il se rend à Berlin, dans la partie ouest. Anat l'a averti : ne pas franchir la ligne de partage, à l'Est ils ne reconnaissent pas Israël. Karl a son passeport tchécoslovaque, mais il ne vaut plus rien, il doit rester dans le secteur américain ou français. Anat lui a serré la main devant l'hôtel, comme un homme. Une franche poignée de main, un sourire et ces mots qui ont bouleversé Karl : « Soyez prudent ! Vous êtes un type sympa, je vous aime bien et je m'en voudrais qu'il vous arrive quelque chose. »

Karl ne s'attendait pas à un tel témoignage de sympathie de la part de l'agente Perez. Bien sûr, il s'est montré coopératif, il a même donné un truc à Anat pour lui faciliter la tâche avec les listes du

Docteur. Il ne sait toujours pas ce que le Mossad cherche exactement. Un patient, c'est certain, mais qui et dans quel but ? La jeune femme lui a seulement demandé s'il ne verrait pas un moyen rapide de trouver un nom en l'associant à une pathologie. Il lui a conseillé d'acheter *Geschlechtskunde*, un ouvrage de Hirschfeld comportant la typologie détaillée des cas observés par le Docteur. « Il avait pour habitude de donner les initiales de ses patients dans ses livres, a précisé Karl. Si votre bonhomme correspond à une pathologie particulière, vous pourrez vous reporter à la liste alphabétique et vous aurez peut-être la chance d'y trouver le nom correspondant. Mais je vous préviens d'emblée, s'il s'agit simplement d'un homosexuel, autant chercher une aiguille dans une botte de foin. » Anat lui avait souri, l'air de dire qu'il s'agissait de tout autre chose.

Un coup bref à la porte du compartiment et deux hommes en uniforme qui saluent. Qui saluent normalement. Qui disent « bonsoir, veuillez présenter vos passeports s'il vous plaît ! », qui disent « *Bitte schön, Danke schön !* » Ils répètent ça trois fois de suite, ils ne sont pas particulièrement souriants, ils sont ordinaires, ils ne sont pas hostiles, ils ne font pas peur, ils parlent sur un ton neutre, ils font leur travail, c'est tout, ils ne cherchent rien de spécial. Karl reçoit son passeport en retour, « *Danke schön, Bitte schön !* » et déjà les douaniers frappent à la porte du compartiment suivant. Karl ne peut s'empêcher d'y penser, mais le premier, celui aux cheveux gris, avec son uniforme sans panache, son regard distrait, ce même homme, il y a vingt ans, même pas, il y a quatorze ou quinze ans, eh bien, ce policier-là l'aurait regardé avec un air soupçonneux et quand il aurait vu son passeport, il lui aurait dit: «*Jude?*» Et Karl, quelques jours, une semaine ou deux après, se serait retrouvé dans un train, dans un wagon à bestiaux, direction l'est. Aujourd'hui, docilement, il obéit à d'autres chefs, qui sont eux-mêmes les bons soldats aux ordres d'un autre État, dans cette même Allemagne, transfigurée, dépossédée de cette folie qui avait gagné des millions d'êtres et qui l'avait poussé sur un bateau à destination de Haïfa. Désormais, la haine des Juifs n'a plus de relais officiel, elle ne sert plus les intérêts des vainqueurs, elle n'a pas de valeur particulière dans la reconstruction du pays. L'antisémitisme, la race pure ont été désamorcés, remisés dans la sphère privée, comme un ancien modèle de Panzer désormais bon pour la casse.

Un coup de sifflet annonce le départ. Karl s'enfonce dans son siège, il ferme les yeux. Il espère dormir au moins jusqu'à Munich, avec le roulis. Mais c'est compter sans le regard insistant de la femme au col de fourrure. Il en est certain, elle doit l'observer de la tête aux pieds aussitôt qu'il fait mine de s'endormir et cette seule idée le tient éveillé. Qui voit-elle en face d'elle, sur la banquette? Un voyageur élégant, les traits fins, les joues creusées depuis quelques semaines. Pas mauvaise mine, mais un air las, le signe d'une absence qui s'installe petit à petit dans cet être qui cherche son personnage dans la glace sans tain des jours qui passent.

Cette rencontre avec Anat a fait du bien à Karl; c'est la première fois depuis si longtemps qu'il se sent lui-même. Le simple fait de jouer un rôle, peut-être. Grâce à elle, il a trouvé le courage de monter dans ce train, direction son passé. Mais ce soir, dans ce wagon tout neuf, aux sièges capitonnés, symbole d'une industrie renaissante, il est à nouveau face à cette solitude et rien ne lui dit qu'il retrouvera à Berlin sa dignité perdue : son honneur de tante, sa grâce de danseuse, ses manies de folle, sa virilité, quoi !

Karl se persuade qu'il dort, mais ses paupières agitées se contractent, elles s'ouvrent sur le regard fuyant de sa voisine de compartiment. Il se disait bien : cette dame cherche à percer le mystère de sa présence à travers les fentes de sa meurtrière. Et c'est vrai que sa place dans ce train de nuit, dans cette Allemagne dite de l'Ouest, a quelque chose d'incongru. Tout au plus parvient-il à situer sa position sur le plan des chemins de fer, quelque part avant Munich, sur le traitillé de la nouvelle ligne électrifiée. Il se sait en quête de lui-même, dans la marge de la carte désormais divisée de ce pays, du côté tricolore, noir, rouge et or.

Juif, il ne sera plus inquiété. Mais homosexuel ? Et travesti ? Karl n'en sait rien, mais quelque chose lui dit que rien n'aura changé.

Personne, en Israël et dans le monde, n'a jamais parlé du sort réservé par les nazis à cette communauté. La Shoah, en 1958, c'est l'histoire des Juifs, pas celle des Juifs homosexuels. Communauté… Le mot est impropre, il a valeur de *Stempel* tamponné sur une ordonnance d'internement pour homosexualité. Il n'y a d'étiquettes que là où il y a exclusion. Karl ne s'est jamais senti appartenir à la grande famille des invertis. Plus jeune, il s'était soucié de savoir s'il pouvait tout à la fois aimer son corps d'homme, désirer des hommes et se déguiser en femme. La réponse semblait aller de soi : bien sûr, puisque tu en ressens le besoin et que tu trouves là ton équilibre. C'était le diagnostic aimable du Dr Hirschfeld, empreint d'empathie, aliénant, dès lors que le Herr Doktor instituait l'homosexualité dans une infinie normalité, rassemblant dans son arche de Noé les espèces hermaphrodites, travesties, transsexuelles, érigeant une digue pathétique pour contrer la marée d'ostracisme qui finit par noyer l'Allemagne.

Or, non, Karl n'était pas normal, ou anormal, il n'était que lui-même. Sa position dans les annales, si chères à Hirschfeld et ses soixante-quatre échelons du féminin au masculin, il préférait l'ignorer. Le Docteur, grand défenseur de ce qu'il considérait comme une cause, n'en considérait pas moins l'homosexualité comme une irrégularité du genre humain, due à des sécrétions hormonales, qu'il nommait *andrine* et *gynécine*. Il s'était en fait imposé comme le protecteur d'une espèce menacée, à laquelle il appartenait lui-même. Mais, sur un plan purement scientifique, ses travaux avaient ouvert la voie aux pires expérimentations de sexologues triturant le corps de leurs patients pour y trouver la cause du mal.

Karl doute de pouvoir jamais retrouver celui qu'il fut à Berlin, durant cette courte période, allant de 1925 à 1930. L'examen obscène de sa personne, auquel se livre la dame aux bas assortis avec la couleur de sa jupe, semble dire le contraire. Cette inspection, dont il ignore la motivation, mais dont il est bien l'objet, est accablante. Serait-il condamné, aux yeux de tous, à n'être toujours qu'un autre ?

Karl en a conscience, son retour en Allemagne sera douloureux. Plus difficile qu'une visite à Brno, en Tchécoslovaquie – un voyage là encore déconseillé par Anat, sur les lieux de son enfance ou dans son bureau, où il ne passait guère que six mois par année, préférant gagner et vivre sa vie à Berlin, cette capitale qui consacra sa transformation, sa révélation à lui-même. Karl sait déjà que même les rues auront disparu, quand elles ne seront pas de l'autre côté. Mitte, Prenzlauer Berg sont désormais des quartiers interdits et c'est là qu'il aurait pu retrouver les traces les plus visibles de ces nuits où il voyait jour, où il vit le jour. Mais qui sait, les odeurs, le bruit du métro, les visages, l'accent du receveur de billets, une promenade dans un parc, le goût de la bière sauront-ils réanimer en lui la mémoire de son centre ? Ce point d'équilibre, cet instant où la déclinaison d'identité s'affranchit des origines, du nom, du sexe déterminé, pour n'annoncer plus qu'un être de passage, soumis à la seule loi, invariable, mais imprévisible, bouleversante, renversante, du désir. Karl n'admettra jamais les catégories, celles du Dr Hirschfeld, comme celles qui l'envoyèrent dans les bras d'Anton, son bourreau. Pansexuel, il réclame le droit de jouir sans *Ausweis*.

Et si Berlin ne devait être que ce champ de ruines livré aux grandes puissances, peut-être y trouvera-t-il au moins une personne avec qui parler du passé ? Il voudrait tant revoir Rivka. Mais de tous ses amis, elle était la plus imprudente, celle qui refusait à la réalité le droit de contrarier ses rêves. Elle jouait son personnage, comme on rêve debout, somnambule risquant la chute mortelle par un brusque réveil. Ils s'étaient vus pendant les Jeux olympiques. Elle jouait dans un théâtre juif, elle croyait à l'avenir du *Kubu*, comme elle disait en parlant du *Kulturbund Deutscher Juden*, un dernier espace de pseudo-liberté d'expression artistique, concédé par les nazis aux Juifs allemands. Et Otto ? Leo devait être mort, aujourd'hui. Il se souvenait de l'étoile jaune sur son veston, ce soir où il était venu lui dire qu'il avait perdu son emploi à la librairie. Mais Ludwig ? Le jovial, le fin renard, lui qui savait toujours comment éviter les mauvaises passes. Il avait su faire profil bas et il avait considéré son engagement dans la Wehrmacht comme une mauvaise farce qui lui éviterait au moins d'être taxé de pédé et de finir dans un camp. Il irait chez sa sœur, Hildegarde. Il ne lui connaissait pas d'adresse.

Quand il annonça à Anat qu'il souhaitait poursuivre le voyage, il lui dit vouloir retrouver les siens.

— Il ne reste plus beaucoup de Juifs à Berlin, Karl, répondit-elle.

C'est drôle, Anat semble partir du principe qu'il n'a eu que des amis juifs avant-guerre. Cette jeune femme ne voit le monde qu'à travers le prisme de ses origines. Karl, c'est vrai, comptait de nombreux Juifs dans ses connaissances et il sait trop bien quel doit avoir été leur destin dans cette Europe centrale. Mais tout cela reste théorique. Il peine à s'imaginer que des êtres chers ont disparu dans des camps. Non seulement parce que c'est inimaginable. Mais encore, et surtout, en raison du simple fait qu'il n'a jamais associé ses proches à leur judaïté.

Munich, gare centrale. La ville où tout a commencé dans une maison brune. Ce soir, un quai de gare désert. Derrière la vitre de l'avant-dernier wagon, un visage appuyé contre une vitre embuée. Karl s'est assoupi. Le jeune homme à lunettes est descendu du train. La dame assise en face de lui a changé de compartiment. Elle s'est sentie observée par ce monsieur qui faisait semblant de dormir.

Chapitre 13

Berlin, 4 mars 1933

Le Standartenführer Blume sortit du métro sur l'Alexanderplatz. Il avait une demi-heure devant lui. Comme à son habitude, il était en avance : une réunion avec la direction de la Kripo. Posté au bas des escaliers conduisant aux quais du S-Bahn, un jeune vendeur de journaux, le képi de guingois et sa veste à carreaux élimée, brandissait le *Berliner Tageblatt* en s'époumonant : « Fermetures de boîtes de nuit, la police a fait plusieurs descentes ! »

L'article ne laissait plus aucun doute sur les intentions du nouveau gouvernement et c'était précisément l'objet de son rendez-vous à dix heures : *Le chef de la police a décidé il y a quelques jours de prendre des mesures sévères contre les cafés-restaurants et les bistrots faisant l'objet de plaintes pour atteinte à l'ordre moral. En accord avec l'article vingt-deux de la loi sur les établissements de restauration, les endroits suivants ont été fermés avec effet immédiat : Luisen-Kasino, Alte*

Jakobstrasse 64 ; Zauberflöte, Kommandantenstrasse 72 ; Dorian Gray, Bülowstrasse 57 ; Kleist Kasino, Kleiststrasse 15 ; Nürnberger Diele, Nürnberger Strasse 6 ; Internationale Diele, Passauer Strasse 27/28 ; Monoke-Bar, Budapester Strasse 14 ; Geisha, Augsburgerstrasse 72 ; Mali und Igel, Lutherstrasse 16 ; Boral, gennant Mooses, Uhlandstrasse 14 ; Kaffee Hohenzollern, Bülowstrasse 101 ; Silhouette, Glesibergstrasse 14 ; Mikado, Puttkammerstrasse 15 ; und Hollandais in der Bülowstrasse 69. De surcroît, trois autres locaux n'ont pas respecté les horaires de fermeture. Les dancings et les bars font également l'objet de restrictions importantes. Les danseuses ne sont plus autorisées à faire une apparition en tenue de bal et les entraîneuses ne peuvent plus entraîner les clients à boire ou se faire inviter à boire.

Blume, un sourire aux lèvres, se dit que décidément la journée commençait bien. Il chercha une place dans un café niché sous les arches du S-Bahn. La salle était pleine de monde et un nuage de fumée vanillée épaississait l'atmosphère. Le colonel s'assit et déplia sa feuille d'avis : les dépravés n'avaient qu'à bien se tenir et les pédés ne perdaient rien pour attendre. Mais c'était bizarre, l'*Eldorado* et ses travestis ne figurait pas dans la liste. Il commanda un *cafeaulait* et un beignet à la confiture avant de se rendre aux toilettes. Avisant un boîtier métallique fixé au mur du couloir crasseux, il pensa qu'il serait bientôt temps de supprimer du paysage ces automates à préservatifs. L'autre jour, un caporal SS lui faisait justement remarquer combien cette putain de République de Weimar s'était dévoyée.

— Rendez-vous compte, mon Standartenführer, depuis la fin de l'interdiction vingt-sept, la firme Fromm produit des capotes à la chaîne. L'an passé, elle en a fabriqué plus de vingt millions ! s'étouffait d'indignation son jeune camarade.

— Tout cela va changer, soyez-en sûr ! répondit le colonel, certain de son fait.

Au bureau, hier, on parlait d'une opération prochaine contre les librairies, les kiosques à journaux. Lors de la séance matinale, le colonel fit remarquer que les revues porno se négociaient sous le manteau, du côté de l'Oranienburger Strasse, sur l'Hackescher Markt, en particulier. L'ennuyeux, c'est que certaines de ces publications n'avaient pas que du mauvais. Parfois, elles avaient de jolies couvertures, avec les meilleures caricatures de Juifs de tout Berlin.

De nouvelles mesures contre le vice et la décadence étaient prises tous les jours. Le 1er mars, une nouvelle loi avait coupé tout soutien étatique aux agences de planification familiale. La politique sociale de la République de Weimar, bonne à fabriquer des débiles et des tarés, c'était désormais du passé. Les médecins juifs à la rue ! Comme ce Birnbaum qui dirigeait l'asile psychiatrique où était hospitalisée son épouse Inge. Dire qu'il préconisait un arrêt des médicaments pour les remplacer par des entretiens. Et puis quoi encore ? Inge était folle, Blume ne s'en était pas rendu compte en l'épousant. La médecine avait une mission claire désormais : des soins pour les corps sains, ceux qui participent au renouveau de la race. Les homosexuels, les alcooliques, les socialement déficients, les infirmes, les myopes, les aveugles, les génétiquement imparfaits, les inaptes au service militaire, tous à l'isolement. Ensuite, on verrait bien. Pour les tantes, la solution allait de soi : la castration. Pour les handicapés de toutes sortes, des solutions seraient trouvées au cas par cas. Mais en tout cas, il fallait empêcher cette vaste clique de dégénérés de se reproduire parmi.

De retour à sa place, Blume trouva un bol fumant et sa pâtisserie enveloppée dans une serviette en papier. Dans le brouhaha et la toux des fumeurs, il parcourut en vitesse le reste des nouvelles. Il sembla ignorer la colonne des faits divers qui mentionnait une attaque contre une actrice qui s'était fait couper les tresses. Le pervers n'en était pas à son premier coup, mais cette fois la victime était une Juive. Le colonel s'arrêta en revanche longuement sur la page des petites annonces, où régnait une licence des mœurs étrangère à la ligne du journal dont l'éditorial du jour saluait la fermeture des « tavernes uranistes ».

Monsieur âgé, ennemi des femmes, cherche relations avec un homme de mêmes opinions.
S'adresser S.D. 3063, à L'Expédition.

Vieux garçon désire homme sympathisant, « Union » Morgenpost, rue Bulow.

Monsieur, 23 ans, cherche ami. Lettres à « Socrate ». Postamt 76, Psyche.

Blume ne manquait jamais la lecture de ces messages qui inondaient la presse, échappant à tout contrôle et se jouant des tendances politiques des feuilles où elles étaient publiées.

À cette heure matinale, le café était plein à craquer de buveurs de bière, le coude sur la table, le visage rougeaud, pour certains la mine défaite. L'Allemagne était bien mal en point.

Que de malheurs endurés, de hontes ravalées, depuis le Traité de Versailles.

Trop d'hommes étaient morts à la guerre. Comme son père, Franz Blume, comme son frère Hans. Ceux qui en étaient revenus n'allaient pas tarder à subir l'humiliation du chômage. Beaucoup avaient sombré dans le stupre et la sodomie. Et ne parlons pas des femmes, toutes ces veuves que l'on retrouvait dans les rues, prêtes à se donner à n'importe qui pour un peu d'amour et quelques pfennigs. Blume était bien placé pour savoir. Il avait quatorze ans en dix-huit, quand sa mère l'abandonna. S'il n'y avait pas eu son oncle Fritz, un marchand de charbon les pieds sur terre, qui l'engagea pour de menus travaux en échange du gîte et du couvert, le jeune Wilfried Blume aurait fini à la rue, pour rejoindre cette inquiétante cohorte de garçons trop éveillés et de fillettes précoces, tous ces morveux libidineux qui traînaient dans ces impasses où les drapeaux communistes étaient accrochés sur les cordes à linge où séchaient des sous-vêtements douteux.

De jour, la République de Weimar n'était qu'un vaste hospice à ciel ouvert, qui se transformait en vaste bordel à la nuit tombée. Des matins comme celui-ci, à Berlin, les draps de la nation apparaissaient maculés de déjections, tachés d'humeurs nocturnes. L'impudeur était partout et les souillures atteignaient les esprits. Tout le fond de commerce de Tante Magnesia, ce youpin chez qui, naïvement, il avait été demander de l'aide, pour finir par s'entendre dire qu'il était un type tout à fait normal. Ce Docteur n'était qu'un charlatan, un collectionneur de cas bizarres dont il s'amusait à rendre compte de tous les détails dans ses gros livres illustrés par des photos immondes. Blume s'était livré à lui, il ne lui avait rien caché. En retour, au lieu de cette correction qu'il appelait de ses vœux, bien décidé à lutter contre ses démons, il s'était retrouvé pris dans un filet à papillons des espèces insolites, fichées d'un coup d'épingle puis étiquetées dans le registre du Juif. Aujourd'hui, le plus ennuyeux, c'était la disparition de la liste des patients de Hirschfeld. Le Standartenführer s'était rendu dans l'Institut de sexologie, quelques heures après l'incendie du Reichstag. Il avait fouillé le bureau du Docteur, mais les documents avaient disparu. Cela ne pouvait pas être la Gestapo. Il l'aurait su et il aurait déjà été inquiété. Alors, qui ?

Deux hommes, pas même vingt ans, entrèrent dans le café. Des taches autour des yeux, pas des cernes, non, mais un coloriage verdâtre, comme dilué sur une peau buvard, ils semblaient friables comme deux verres de cristal abandonnés à moitié vides sur la table du bal, à la merci d'une maladresse d'ivrogne. Ces deux-là n'avaient pas dû dormir, songea Blume qui observa un détail confondant sur leurs visages sans éclat : des traces de maquillage sur les paupières pour le premier, et des restes de fond de teint mal essuyé à la base du cou pour le deuxième. Des travestis, sans aucun doute. Ah ! Elles avaient bonne mine, les fillettes ! Deux chauves-souris agrippées aux arches du café, sous le pont du train, fuyant le jour. Trop tard, il faisait soleil et le printemps trente-trois s'annonçait radieux. Il y avait du bon dans cette saleté : elle était à ce point dégoûtante que le peuple réclamait du balai. Le Parti n'aurait aucune peine à convaincre du retour à la rigueur des mœurs. Encore fallait-il donner l'exemple et le colonel déplorait le comportement de la SA. Personne n'était dupe. Cette milice évoluait sur une ligne trouble, entre chien et loup, défilant le jour, forniquant la nuit, droite, en apparence, mais la chemise brune maculée de foutre, gaspillé dans des orgies où la bête s'auto-dévorait, ne laissant rien derrière elle, pas même un os à ronger, mastiquée, sucée jusqu'à la moelle.

Le départ de Birnbaum l'avait soulagé. À force de faire causer Inge, il aurait fini par apprendre des choses qui auraient pu lui causer du tort, à lui, le Standartenführer. Comme si le fait d'avoir une épouse folle à lier, avec ses craintes autour de la maternité, ses peurs paniques, ne suffisait pas. Le mariage SS n'existait pas lors de leurs fiançailles. Dommage, parce qu'elle aurait raté tous les tests, excepté celui d'aryanité. Au moins, Blume aurait pu éviter de lier son sort à celui de cette fragile personne. C'était d'ailleurs elle qui lui avait conseillé de consulter le Dr Hirschfeld. Il avait eu tort de se livrer à Inge, il lui avait parlé de ses penchants, espérant qu'elle effacerait tout cela d'une main douce et ferme. Et voilà que son front s'était plissé de rides et que l'inquiétude avait barbouillé ses yeux bleus. La jeune et pure s'était renfermée. Elle avait refusé d'accomplir son devoir conjugal. Blume ne lui pardonnerait jamais ce manquement. Et pourtant, tous les éléments de la réussite étaient réunis. Inge était de bonne famille, elle était éduquée, elle avait même acquis une formation de secrétaire de direction. Elle avait bénéficié d'une bourse d'études de la Victoria-Studienhaus de Charlottenbourg. Inge était une *züchtige Jungfrau*, une chaste vierge, une jeune fille qui ne pensait pas à la sexualité mais qui demeurait consciente de son *Zuchtaufgabe*, son devoir d'élevage et de sélection. Dans ce mot «*Zucht*», il y a une intention de perfection, d'achèvement par l'union sexuelle, avec la grossesse pour but. Il en allait de l'évolution humaine et du maintien du niveau de l'humanité. Inge avait failli. Son refus de procréer était d'autant plus grave que parmi cent femmes allemandes, quatorze ont les organes reproducteurs incontestablement sains; quatre-vingt-six les ont défectueux ou malades. Sachant que parmi les femmes fécondes, ces quatorze pour cent, un certain nombre ne sont pas de race pure, avec surtout du sang polono-slave, sans valeur, le blocage d'Inge était lourd de conséquences. Elle refusait ainsi de contribuer à la santé héréditaire du peuple allemand.

Bien sûr, elle avait été effrayée par les aveux de son mari. Ses pulsions sexuelles étaient certes contraires aux valeurs que lui-même prônait. Mais Blume, après sa confession, dans un esprit de pénitence, aurait concédé à Inge le droit de manier le fouet et la trique, elle aurait pu le tancer, le contraindre, l'attacher. L'empêcher ainsi de tomber dans ses travers, en le ficelant au lit, le gifler, le traiter de taré, le protéger de lui-même, enfin ! Quoi ? Une femme de son rang avait des obligations. Moralement, elle aurait dû fournir en exemple à son mari une conduite véritablement noble, en introduisant dans le foyer un protoplasme précieux, nécessaire au maintien de la qualité du chef de famille. Or non, Inge l'avait rejeté. Il ne manquerait plus qu'elle vienne à parler, maintenant. Heureusement, le successeur de Birnbaum était d'un tout autre acabit. Il savait comment traiter les dépressifs. Il y avait des médicaments pour cela. Inge ne dirait plus rien désormais et c'était mieux ainsi. Lors de sa dernière visite, elle n'avait pas même semblé le voir. Elle était dans son monde et Blume ne lui demandait rien d'autre que d'y rester. Un jour, il finirait bien par en parler avec son chef. Il expliquerait à Walther Darré que son épouse avait subitement perdu la raison et que, si c'était un drame, il n'avait aucune prise là-dessus. Elle, qui faisait partie de la classe I des filles dont le mariage semblait souhaitable à tout point de vue, se retrouvait d'un seul coup reléguée dans la classe IV, groupant toutes celles contre le mariage desquelles il y a des objections graves de principe, non seulement parce qu'on ne leur souhaite pas de progéniture, mais aussi parce que la conception allemande du mariage en serait amoindrie. Soit les folles, les prostituées, celles dont la liste des ancêtres comporte déjà de telles contre-indications, et, en outre, toutes les criminelles récidivistes.

Inge allait sortir de la vie de Blume. Ce qui ne l'empêcherait pas de bien faire son travail, de marier des SS chaque semaine. La patrie lui en serait reconnaissante. Et Walther Darré n'avait-il pas lui-même répudié sa première épouse, pour lui préférer Charlotte Freiin von Vittinghoff-Scheel, de noble extraction, c'est-à-dire issue d'une terre de conquête, la Baltique des chevaliers teutoniques ? Blume, lui, ne songeait pas à remettre ça. Mais lui aussi, il avait droit à l'échec.

CHAPITRE 14

Berlin, 12 octobre 1958

MÊME le goût du café n'est plus le même. Le breuvage est allongé, à l'américaine, il réchauffe les mains, il brûle les lèvres. Cela fait une semaine, aujourd'hui, et Karl se réveille toujours dans une ville étrangère. Il ne saurait dire où il se trouve exactement, mais quelque part sur un terrain vague aux herbes folles où se perdent les rails d'un tram fantôme. Il a traversé des souvenirs de rue. La Friedrichstrasse (c'était quinze heures environ, à moins que cela ne fût ce matin, les horloges sont elles aussi perturbées, comme si elles n'avaient jamais été remontées) ressemblait à un long corridor éventré par un obus, un couloir obscur, avec une lumière, au-delà de la guérite, éblouissante, là où il n'y a plus rien, plus un seul bâtiment debout sur quatre cents mètres.

Karl est revenu sur ses pas, il n'irait pas au-delà, secteur soviétique. Il a marché à reculons, sur les pavés disjoints, il n'a pas tourné le dos à la direction de sa vie passée, il s'est juste un peu éloigné, pour mieux distinguer, considérer, appréhender, se rappeler ce qui fut un parcours habituel et qui lui est désormais inaccessible, encore que, vu d'ici, ce matin, il semblât qu'il n'y eût, là-bas, plus grand-chose à voir, encore moins à retrouver.

Le U était toujours en place au milieu de la chaussée. Karl a descendu les escaliers et c'est alors qu'il s'est dit que c'était bien Berlin, ces murs jaunes, les globes blancs, un seul quai pour deux voies, les souvenirs qui vont avec, la mémoire de lui-même surgie du noir dans un grand courant d'air froid et déjà les portes du métro qui s'ouvrent avec fracas.

Du côté de la Potsdamer Platz, dans la Wilhelmstrasse, il n'y avait pas un endroit où s'arrêter, des palissades, des panneaux de signalisation, disposés en étoile, insistants, comme pour dire qu'ici il n'y a plus rien à faire, pas même une cantine, pas le moindre coin de table où déposer sa sacoche, avec son carnet d'adresses, tous ces noms d'amis (perdus), ces noms de rues (effacés), ces noms de quartiers (en zone russe), ces numéros de téléphone (périmés), le plan de ville de 1932, le nouveau plan de ville, celui de 1958, le paquet de cigarettes puisque, depuis hier, Karl s'est remis à fumer.

Le métro a suivi le même mouvement contraire, marche arrière sous terre, direction Kreuzberg où il a fallu changer. Retour en surface, trajet en bus à deux étages. Le Ku'damm et déjà le soir qui tombe, des lumières derrière les fenêtres neuves, des bâtiments vite construits, pour meubler. Quelques façades familières, mais de curieuses vitrines, comme des boussoles indiquant plein ouest avec leurs produits *made in Germany*. Karl a marché un peu, il a dépassé la Kaiser Wilhelm Kirche, comme une dent cariée, il a changé de côté, les trottoirs sont encombrés par les roulottes de chantier. Il a vu des voitures colorées, des VW bleu ciel, partout des VW et ce bruit de marteau piqueur, tout le temps.

Il a vu des gens, des gens pressés, mangeant debout, *schnell Imbiss*, la saucisse avec ou sans peau, trempée dans le ketchup saupoudré de curry, vite, vite, sous une gigantesque bougie Bosch, l'étincelle dans votre moteur, Philips, qui couvre tout un immeuble de la Tauentzienstrasse, Telefunken, klaxons, une grande enseigne Nescafé. Karl a poussé la porte vitrée du Konditorei Kranzler, il s'est assis sur une banquette de skaï rouge, le liquide est trop chaud, trop clair, mais c'est bon quand même de s'asseoir quelque part dans Berlin. Karl commande aussi une soupe au céleri et c'est maintenant qu'il se demande pourquoi il est revenu.

La seule chose qu'il est sûr d'avoir retrouvée, c'est la sensation d'espace, celle d'une ville confondue avec l'horizon. Cette sensation se révélait aujourd'hui tangible, dans le grand vide des rues sans façades.

Anat lui avait bien dit que ce serait difficile. Elle avait dit « mission impossible », quand il avait parlé de retrouver ses amis. Hier, il s'est rendu chez la sœur de Ludwig, du côté de Charlottenbourg. L'immeuble, qui fait face à la ligne du S-Bahn, était toujours là, les murs criblés de balles. La sonnette n'a pas fonctionné et les couloirs étaient faiblement éclairés. Dans la cage d'escalier trouée, le vent sifflait et faisait vaciller la flamme des falots posés sur les marches pour tout éclairage. Sur les parois, il y avait des noms inscrits à la peinture blanche, les noms des disparus, quand les familles cherchaient encore les leurs dans la ville dévastée en 1945.

Au troisième, Karl a frappé à une porte en bois aggloméré. Il n'a pas tout de suite reconnu Hildegarde. Maigre, les cheveux recouverts par un foulard, elle est aujourd'hui la pâle image de la jeune fille que Karl a connue. À l'époque, elle était le seul lien que Ludwig avait conservé avec sa famille qui avait rejeté son homosexualité. Parfois, le dimanche, ils se retrouvaient ici, dans la cuisine, à partager un bon repas. La dernière fois, c'était en trente et un, Hildegarde devait avoir dans les vingt-cinq ans, elle venait de se marier avec Armin, un *Schupo*, un agent de la circulation jovial, qui n'avait rien contre les « pédés », comme il disait en riant, administrant des claques dans le dos de son beau-frère et broyant la main de Karl quand il lui disait bonjour.

— Mon Dieu, Karl, c'est toi ? Tu es toujours le même…

— Je n'ai pas pu t'avertir de mon arrivée… Je n'avais plus l'adresse exacte. Je me souvenais de la rue, mais tout a changé ici…

— Karl…

Hildegarde a fondu en larmes. Un garçonnet en culottes courtes poussant un camion en bois est apparu dans le couloir. Un petit métis.

— Hildegarde, qui c'est ce petit mignon ? Et Armin, ton mari ?

— Karl, entre, entre vite ! Il y a des courants d'air.

L'appartement n'a pas changé. Les murs ont souffert des bombardements et, ici et là, on a replâtré, sans changer le papier peint. Au-dessus du divan, il y a toujours le tableau de la famille allemande idéale, un cadeau d'entreprise reçu à l'époque par Armin : un père et une mère, blonds, radieux, lui debout, le regard fier et déterminé, figure du chef entourant de ses bras larges son épouse qui tenait le petit dernier dans ses bras, le fils aîné, à droite, dans une pose semblable à celle de son paternel, le second à gauche et une petite fille bouclée, de dos, le visage tourné, comme sa maman, vers le bébé au sexe indéterminé.

Hildegarde a offert un fauteuil à Karl et elle est allée chercher une bouteille de fine sur le vaisselier. Le petit garçon a commencé à pleurer.

— Lui c'est Paul, mon petit-fils.

— Je crois qu'il nous faudra plus d'un verre, tu ne crois pas ?

Hildegarde en larmes et Karl qui l'a prise dans ses bras.

— Toi, la petite sœur, t'es grand-mère, c'est fou ça ! Et dire que je ne connais même pas ton fils. Ou ta fille, enfin, je ne sais pas moi…

— Ma fille, oui, Eva, cette petite sotte qui s'est fait engrosser à dix-sept ans par un de ces Negros, un GI.

— Et Armin ?

Hildegarde a tenté de réprimer un sanglot. Karl l'a fait s'asseoir sur le divan. Il a pris l'enfant qui pleurait et l'a installé dans un petit parc avec des jouets. Cela faisait longtemps que Karl n'avait pas tenu de petit dans ses bras. Il a pensé très fort à Ludwig. Il découvrait son neveu, son petit-neveu.

— Armin est dans un camp de prisonniers en Russie, dit en sanglotant Eva.

— Merde !

— Il n'est jamais revenu, au début je ne savais même pas s'il était mort. Puis, en 1950, j'ai reçu une lettre de Sibérie. Mon Armin était vivant. Grâce à la Croix-Rouge, j'ai pu lui envoyer des colis. Mais cela fait huit mois que je suis sans nouvelles. Mais je sais que tu es là pour Ludwig.

— C'est vrai, Hildegarde. Mais tu es le premier visage aimé que je retrouve à Berlin.

— Ludwig est mort, Karl… tué aux portes de Minsk.

Karl a avalé d'une traite son verre de schnaps. Dans le cadre du tableau, il a alors vu apparaître Ludwig, il prenait la place du bon père de famille, c'était lui maintenant qui ouvrait les bras, la chemise blanche déboutonnée, le torse bombé, les veines du cou saillantes, c'était Ludwig, l'aryen, de pure race, ah qu'elle était belle la famille allemande ! ses enfants blonds couverts de sang, mais beaux, purs, de noble extraction, même dans la boue, la bouche ouverte, cadavres frigorifiés, écrasés, aplatis par les chenilles de char, plus de tête, plus qu'un bras, deux jambes en moins, encore deux jours à vivre, trois heures, extrême onction, le corps du Christ, son sang, Sainte Vierge, tous les saints pour les damnés. Ludwig, le preux chevalier teutonique, ramené dans le droit chemin, grâce à la Wehrmacht, évité le camp de concentration, mort au champ d'honneur des hétéros, veuves éplorées, que des veuves, des garçons mutilés, explosés, rien que des femmes pour les pleurer…

Hildegarde s'est levée. Elle a sorti une lettre d'un tiroir, qu'elle a tendue à Karl.

— Tiens, c'est sa dernière lettre du front. Ludwig était dans la même unité qu'Armin. C'est grâce à lui qu'il a pu entrer dans la Wehrmacht. Il était surveillé, comme tu sais. On a eu la visite d'un inspecteur de la Kripo qui nous a dit que Ludwig risquait le KZ, il était sur une liste d'homosexuels. L'armée l'a sauvé…

— Hildegarde…

— Tu verras, Karl, il n'est pas mort malheureux. Il est tombé tout au début de l'offensive à l'est. Il n'a pas eu le temps de souffrir du froid et de la faim, comme mon pauvre Armin. Mais dis-moi, toi ? Comment tu as fait ? Ludwig t'en a voulu un peu. Il avait compris que tu fiches le camp, mais il disait que tu aurais pu écrire…

— Si tu savais. Je ne l'ai jamais oublié, ni lui, ni Otto, ni Leo. Mais là où j'étais…

— Là où ils étaient, Karl, tu n'aurais pas pu leur écrire, je sais…

— Tu sais ce que sont devenus les autres ?

— Ludwig a assisté à l'arrestation de Leo. Ils sont venus le chercher dans la librairie sur Unter den Linden, en 1937. Il a été envoyé dans un camp. On a su qu'il était mort. En 1941, juste avant le départ de Ludwig sur le front, son ancien patron a reçu un avis officiel de décès. Pneumonie, je crois.

— Tu parles…

Karl a dit qu'il verrait s'il pouvait faire quelque chose pour Armin. Il pensait au Mossad, peut-être qu'ils sauraient lui dire qui contacter. En fait il savait qu'il n'y pouvait rien, de tout ça, de leur guerre, de tous ces corps martyrisés au nom du casque et du bouclier, ces forces corporelles assujetties à la conquête du sol, ces garçons enrégimentés pour la préservation de l'espèce, ces vies bousillées dans cette quête forcenée du germe héréditaire.

La nuit est tombée. Des lumières, partout, des rouges et des bleues, des néons, des phares de voitures sorties des usines de la nouvelle Allemagne, Bundesrepublik, West, Berlin West... Une serveuse aux cheveux courts et en baskets apporte une assiette avec l'œuf au plat. Deux jeunes en blouson de cuir noir, la mèche rebelle, pantalons serrés et chaussettes rouges se dirigent vers le juke-box. Ils étaient où ces deux-là, en 1945 ? Dans quelle cave ? Et leur père, en Russie, lui aussi ? Karl ne connaît pas encore le rock'n'roll. Il a dû en entendre à Tel Aviv, c'est possible, mais il n'avait pas dû y prendre garde. Mais là non plus, il n'écoute pas vraiment la guitare électrique du noir, comme ce beau soldat qui s'est fait la petite Eva, le père inconnu, déjà, du petit Paul. Karl a l'esprit ailleurs, quelque part dans les plaines du côté de Minsk, fin juin 1941.

La date exacte, 28 juin 1941, Bialystok. Karl reconnaît l'écriture déliée, franche de son ami Ludwig. Il a déplié la lettre sur le zinc.

Ma petite sœur,

Tout va bien pour moi, ne te fais pas de souci. Nous avançons très vite, les Rouges détalent comme des lapins, nous sommes aux portes de Bialystok et ce soir on fait la jonction avec les troupes de Kluge. J'ai fait la connaissance d'un garçon épatant. Il s'appelle Joachim, il est très beau, il a vingt et un ans. Il est de Braunschweig et il joue du piano dans un orchestre de chambre. Tu imagines ? Nous marchons côte à côte, on dort serrés l'un contre l'autre, dès qu'on peut. Après la guerre, nous viendrons te dire bonjour.

Je t'embrasse

Ton grand frère
Ludwig

Un pianiste ? Il est donc mort amoureux… Le juke-box martèle *Roll Over Beethoven*. La machine à musique s'emballe, les hits pétaradent, le café se remplit de jeunes gens à chemises à carreaux. *Welcome to West Berlin !* Karl n'a pas touché à son assiette. Il est déjà dehors, il marche le long des vitrines installées sur des bornes en briques, au milieu du trottoir. Il y a des bars, des soldats en uniforme de ville, beaucoup de filles, la jupe relevée sur des porte-jarretelles d'avant-guerre, appuyées sur les murs de la Savignyplatz. Il trouve un U, il descend les marches quatre à quatre, vite se réfugier dans le jaune de ses souvenirs. C'est décidé, cette nuit il ira de l'autre côté, à Mitte, sur l'Alex, il veut voir comment c'est à l'Est, si cela ressemble plus à sa ville, il paraît que les bombes n'ont pas tout démoli du côté de la Rosenthaler Platz, dans sa rue la Brunnenstrasse. Et tant pis s'il se fait contrôler.

Le métro entre en gare de Friedrichstrasse. Karl suit le mouvement, tout le monde descend, contrôle des papiers, il fait froid, des courants d'air partout et l'humidité de la Spree ; c'est Berlin, circulation souterraine, descente et montée de marches, papiers gras, petits trafics et de nouveau cette odeur de curry. Il y a des garçons adossés aux parois des couloirs, à peine vingt ans, ils font des clins d'œil, des petits gestes de la tête, discrètement. Karl s'assied sur un banc, sur le quai. Il est repéré, un jeune homme se poste à sa droite, il le toise avec une belle insolence.

Karl ne s'attendait pas à ça, il n'est pas venu chercher ça ici, dans cette gare, il voudrait seulement savoir si c'est possible pour lui de passer de l'autre côté, l'air de rien, et puis revenir, ou pas, mais aller voir, juste jeter un coup d'œil.

Alors comme ça les boys sont de retour ? Ils chassent le « John » dans les gares ? Karl en repère trois autres, en blouson noir, une coupe à la James Dean. Ils font semblant d'attendre les trains. Celui qui le regarde vise un monsieur à chapeau, qui fume nerveusement. C'est à peine croyable, un lieu de rendez-vous, dans la gare, dans la salle d'attente aussi, des garçons, partout. Et ce n'est pas lui qui rêve debout, il voit ce qu'il voit, ces faux sourires, ces grimaces entendues, cette manière de fumer. Jamais il n'en avait vu d'aussi audacieux.

Cette gare pue la pisse, la pisse de jeune éphèbe. Et pourquoi ne pas y aller voir, dans la pissotière ? Elle est côté est, dans la zone russe, peut-être qu'elle est toujours là, la pissotière, autant en avoir le cœur net. Un vieux comme lui, avec son manteau et son costume, ce n'est pas suspect, rien qu'un vieux dégueulasse en quête d'un plaisir, une pipe vite faite, c'est cela qu'il cherche, personne ne songera à lui demander ses papiers, encore un pauvre « John » qui veut se faire prendre. Non ?

Karl descend les marches, il ne croise personne, pas de check-point, juste des gens pressés, plus un seul garçon. Il croise des femmes en jupe, des taches de couleurs vives dans la grisaille des murs, mais le visage fermé, pressées de rentrer chez elles, à l'Ouest, un sac d'emplettes à la main, meilleur marché de ce côté-ci, une visite chez une sœur et quelques courses au passage, le pain, bien moins cher, les conserves aussi.

La pissotière est toujours là, un trou dans un mur de briques noires, avec un panneau blanc lumineux, des lettres art déco déliées, *Toilette*.

Karl est tout seul, il traverse la Friedrichstrasse, il n'y a personne, pas de voitures, les enseignes sont éteintes. Derrière lui, quelqu'un, une voix essoufflée qui le stoppe net, juste devant l'entrée des toilettes publiques.

— Hé là, vous ! Attendez !

Karl se retourne, il s'attend à voir un policier, un soldat. Il cherche son passeport. Il n'y a qu'un petit homme, gros, qui trottine vers lui en levant l'index.

— Non, non, pas là, c'est dangereux, pas dans les chiottes.

Karl recule, il regarde autour de lui, il n'y a personne d'autre. La rue est noire, un S-Bahn passe en grondant sur la plateforme.

— Pas dans les toilettes, vous y laisseriez votre portefeuille et peut-être même plus. Si vous voulez, je peux vous en trouver des mignons, des tout gentils. Mais pour ça, faudrait me donner un petit quelque chose.

— Je… Ce n'est pas ce que vous croyez, Monsieur, bégaye Karl. Je voulais juste…

— Ils disent tous ça, mais venez, ne restez pas là, suivez-moi, remontons dans la gare et…

— Non, je veux aller là-bas…

— Où ça, mon vieux ?

Karl pointe du doigt dans la nuit, loin là-bas, après le terrain vague, dans le coin ébréché de la rue morte.

— Bon, je vous accompagne un bout, mais ce n'est pas là que vous trouverez votre bonheur.

— Je vous ai dit que je ne cherche pas de garçons.

— Des filles, peut-être ? Ha, ha, ha ! Je peux vous arranger cela aussi.

— Je voudrais seulement voir ce qu'est devenue ma ville…

— Vous êtes un peu drôle, dit le gros en prenant Karl par le bras. Mais ne restons pas sous ce pont. Si vous étiez d'accord de me suivre, je vous emmènerais à Kreuzberg, dans des caves pas trop mal. Vous pourriez choisir votre gaillard en buvant une bonne bière. Je connais aussi un ou deux bunkers mais, là aussi, faut savoir lequel. Il y en a qui sont pas recommandés pour les types comme vous.

— Écoutez, je ne vous demande qu'une chose. Accompagnez-moi jusqu'à la Brunnenstrasse et puis vous me laisserez.

— Il n'y a rien à voir de ce côté-ci. Rien que des immeubles vides et des ruines plus ou moins habitées par des pauvres gens. Mais si vous voulez, on va y aller, je vous mène jusqu'à la Rosenthaler Platz.

Karl ne répond rien, il regarde alentour et ne reconnaît rien. Il n'y a plus d'arbres sur le trottoir, juste des troncs sciés. À leur place, il y a des touffes d'herbes qui filent entre les pavés. Un peu plus loin, des lueurs vacillantes brillent derrière les fenêtres d'une maison miraculée. Même le U semble abandonné. Un chien aboie, quelque part derrière une façade donnant sur une place vide où sont entassés des débris.

— C'est marrant, mais votre tête me dit quelque chose.

Karl hausse les épaules, il a même envie de sourire, mais son cœur bat trop fort. Il découvre le paysage dévasté de sa jeunesse. Enfin, il peut faire son deuil.

— C'est drôle, mais j'associe votre visage à celui d'une femme. Vous sortiez dans les bars, avant-guerre ?

Pour la première fois, Karl regarde le gros bonhomme qui le suit en soufflant. Il observe ce visage gras, ces petits yeux malins, cette bouche en cul de poule, pas l'air bien méchant, gentil même, pas sympathique, mais aimable dans sa laideur.

— Oui, je connaissais tous les endroits, j'étais un habitué du *Zauberflöte*.

— Alors c'est ça, vous étiez habillé en bonne femme, c'est là que j'ai dû vous voir.

— Cela fait longtemps, vous devez confondre.

— Peut-être bien, mais votre gueule d'ange me dit quelque chose.

— Gueule d'ange…

— Puisque je te dis ! T'as l'air propre sur toi, tout beau tout bien, même avec l'âge, quoi !

— Et vous, vous gagnez quelques marks en jouant les rabatteurs ?

— C'est joli ça ! Oui, mon cœur, rabatteur, du moment qu'il y a des chasseurs de petits culs comme toi.

— Je pensais que tout ça c'était fini.

— Tu veux rire ! Au contraire, après la guerre c'est reparti de plus belle. Il s'est passé des trucs dans le coin, comme tu sais. Tout était par terre, il fallait vivre sous terre et c'est bon pour les pédés comme nous, ça. Déjà qu'on vivait dans nos terriers, tu vois ?

— Mais la police, elle ne traque plus les garçons ?

— Tu sors d'où, toi ? C'est bizarre, on dirait bien que tu connais le coin, mais t'as l'air de débarquer d'une autre planète.

— Exact !

— T'as aussi été envoyé en KZ ?

— Je préfère ne pas parler de ça.

— Moi c'était Sachsenhausen. Et puis, un jour de 1945, les SS sont venus et ils nous ont demandé, à nous les *triangles roses*, d'aller rejoindre les troupes pour défendre Berlin. Ils nous ont envoyés au massacre, tu vois le genre. Il y avait des gars qui tenaient à peine debout. Et voilà qu'ils se retrouvaient avec un fusil dans les mains, aux premières lignes, pas loin du camp. Tout juste s'ils pouvaient tenir leur arme. Une boucherie, je ne te dis pas. Moi, je m'en sortais pas trop mal, grâce à toutes ces pipes que je taillais au *kapo*. J'en ai chopé des saloperies, tout le temps malade, la bouche couverte d'herpès, mais j'étais soigné. J'étais leur *pikkolo*, toujours prêt à rendre service. Ils aimaient bien leur petit Adolf... oui, je sais, c'est plus un prénom à la mode et...

— Je vous en prie...

— Vous, c'est comment votre petit nom ?

— Karl.

Karl, Karl Fein de Brno, qui laisse parler Adolf et qui ne se souvient pas de l'avoir jamais vu, mais c'est tout comme, il les connaît, ces petits rabatteurs, maîtres chanteurs quand bon leur semble, toujours prêts à rendre service, quitte à vendre leur mère, pédés résignés, pédés quand même, prêts à se racheter une virginité perdue, le plus souvent volée, en dénonçant leurs petits copains livrés pour trois marks. Oui, Karl est revenu et, sans surprise, le commerce des corps s'est propagé dans les ruines, signe de vie, envers et contre tout, les morts, les déportés, les disparus, les prisonniers, ce deuil, cette mauvaise conscience, ce sentiment d'abandon, ce désespoir qu'une seule formule peut faire disparaître: jouir.

— Bon, ben, nous y sommes, quoi ! lâche Adolf, soufflant et reniflant.

— Où ?

— Ben dans la Brunnenstrasse, là, à l'angle, mon vieux...

Karl s'arrête, interdit devant ce qui fut sa rue. Il voudrait s'avancer, mais Adolf le prend brusquement par le bras. D'un mouvement de tête, il désigne deux soldats qui patrouillent le long d'une ligne blanche tracée sur les pavés.

Karl sort quelques pièces de sa poche. Adolf prend un air ennuyé mais il empoche aussitôt l'argent.

— Les gardes-frontières, ce serait bête que je tombe entre leurs pattes, je peux vous donner encore quelques marks si besoin, dit Karl.

— Allez, puisque tu insistes allonge encore dix marks. Mais tu penses peut-être que j'allais te vendre ? Ne crois pas que je ferais une chose pareille. Ah ! pour rentrer, tu suis le chemin inverse. Et puis fais gaffe, quand même. Et là, c'est un conseil gratuit que je te donne : la police, à l'Ouest, elle n'aime pas les pédés. La guerre, c'est fini. Mais pas la guerre aux pédés. Ils n'ont pas touché à l'article cent soixante-quinze. Et il n'y a pas un jour sans qu'ils chopent un gars et qu'ils le foutent au trou. Avec procès, et tout et tout, pour six mois tu en as.

Adolf a disparu. Dans la Brunnenstrasse, il n'y a plus qu'une fine silhouette dans un décor de studio, plongé dans l'obscurité. Alors quoi ? Karl, dis quelque chose ! « Il n'y a pas âme qui vive, pourtant moi je suis là. »

Chapitre 15

Tel Aviv, 12 octobre 1958

La direction du Mossad a fini par se décider. Tous les éléments de preuve ne sont pas réunis, mais l'agent Perez s'envolera demain pour Buenos Aires. Anat et Dany ont étudié pendant deux jours les dossiers du Dr Hirschfeld. Curieusement, certains des patients figurent dans la liste uniquement par leurs initiales ou par leur prénom. Suivant le conseil de Karl, Anat a épluché toute la littérature du sexologue dont elle a trouvé des exemplaires chez un certain Rolf, libraire à Zurich, spécialisé dans la littérature érotique. Dans le volume I des *Geschlechtskunde*, elle a trouvé un descriptif précis d'un fétichiste des cheveux, WB, résident à Berlin, suivi par le sexologue au milieu des années vingt.

La description était détaillée : *Psychopathe, ce sujet, jeune, avait une lourde hérédité, bien qu'il fût richement doué du point de vue cérébral. Il n'a jamais pu se rendre compte du motif qui le poussait à agir comme il le fait ; ce sont les cheveux seuls qu'il aime, et non les personnes auxquelles ils appartiennent ; en dehors de cet attrait irrésistible, il ne peut s'expliquer pourquoi il a coupé un jour les nattes de sa sœur. Depuis sa tendre enfance, il a rêvé de cheveux et de nattes ; ces rêves continuent. Il ne peut pas préciser l'époque à laquelle ces rêves étaient accompagnés de jouissances sexuelles. Il n'a jamais eu de rapports sexuels avec une femme. Lorsqu'il apprenait qu'un individu avait coïté avec une femme, cet individu lui devenait étranger ; il éprouvait même de la répulsion pour lui. Les conversations obscènes sur les questions sexuelles lui causaient un véritable écœurement ; c'est la raison pour laquelle il s'est affilié à une association ayant pour but le maintien de la morale et de la décence publique (il s'agit, dans le cas de WB, de la transformation, aussi fréquente que redoutable, des tendances sexuelles, surtout des tendances anormales, en un farouche fanatisme antisexuel).*

Décidé à résister à ses tendances anormales, WB a réussi à les dompter pendant une année ; il y a ensuite de nouveau cédé ; il craint maintenant de ne plus pouvoir vaincre ses penchants. Pour y parvenir, il accepterait n'importe quelle aide. Ici, à l'institut, il pourrait se trouver à l'abri de ses tentations habituelles, mais il refuse notre soutien. Durant des mois, il n'a plus possédé de ciseaux, même des ciseaux de poche. Mais à chaque fois qu'il passe devant une coutellerie, il se demande s'il va en acheter de nouveau.

Quand il est au lit, WB a parfois le sentiment que son oreiller est rempli de nattes et que son corps est couvert de cheveux bouclés ; il presse alors son visage contre son oreiller et s'imagine que des boucles ornent ses bras, ses épaules et sa poitrine ; après s'être masturbé, il se sent entièrement épuisé et ne peut s'endormir qu'après disparition complète de son excitation. Cet état d'insomnie dure parfois des heures entières. Quand il s'enveloppe la figure avec des cheveux qui l'excitent le plus, la jouissance arrive tout de suite.

Nous avons revu WB une dernière fois avant son engagement dans l'armée. Il était accompagné de sa fiancée, au fait de ses penchants. Cette femme était pour lui une sorte d'ange gardien. Elle n'a pas réussi à le délivrer de ses poussées fétichistes, mais elle a néanmoins réussi, en ne le laissant jamais sortir seul, à l'empêcher d'y succomber trop souvent.

Vérification faite, il y a deux WB dans la liste des patients : Waldemar Brandt, un industriel de la Ruhr, masochiste à tendance infantilisante. Il avait droit à sa chambre d'enfant dans l'institut, remplie de jouets très particuliers. Et Wilfried B., qui correspond exactement à la cible du Mossad.

Quelques lignes, seulement, le concernant : *Fétichiste invétéré, refuse de poursuivre le traitement. Passion pour les nattes, passage à l'acte fréquent. Sujet angoissé et à tendance culpabilisatrice. Situation stable depuis mariage. À suivre.*

Wilfried B. La piste est la bonne. Elle conduit directement dans les Balkans, dans l'entourage immédiat d'Aloïs Brunner. À Belgrade et à Salonique, la présence d'un certain Wilfried Blume, né en 1904, colonel SS, est avérée. Cet officier était même chargé de l'organisation des convois pour la Pologne. Son nom figure dans plusieurs rapports des SD du Reich. Ses services auprès de l'Ordre noir remontent au début des années trente, quand il dirigeait le bureau des mariages des soldats d'élite du Reich. Il y travailla jusqu'en 1943, avant de rejoindre un commando de la SS dans les Balkans. Dany et Anat sont sûrs d'avoir repéré leur nazi.

Mais il a encore fallu convaincre le chef du Mossad qui a critiqué le manque de preuves solides : aucune description physique, pas de photo, aucune précision sur l'âge de la cible. Encore une fois, sans l'aide du *Nokmin*, la mission serait tombée à l'eau. Déterminé à ne pas lâcher la proie, le chasseur de nazis a découvert la présence d'une Frau Blume à San Carlos de Bariloche, à *Colonia Suiza*, située à vingt-cinq kilomètres de la station andine. Cette fois, si le doute reste permis, il y a trop d'éléments concordants pour parler de simples coïncidences.

La tâche d'Anat s'annonce périlleuse. Le Mossad ne veut pas courir le moindre risque de publicité autour de cette affaire. Jusqu'ici, la chasse aux nazis s'est faite dans l'ombre. Israël, officiellement, ne s'intéresse pas à la poursuite des criminels de guerre, n'ayant pas encore les moyens d'organiser un tribunal pour juger les bourreaux. Les choses pourraient bien changer tout prochainement. Mais la direction des renseignements israéliens reste évasive à ce propos.

Les ordres sont clairs : pas de fouille dans la maison de Frau Blume, interdiction de lui adresser la parole, éviter d'interroger directement qui que ce soit sur elle. Dans une aussi petite ville, la filature doit être limitée à des rues passantes.

Anat ne sera pas seule sur place. Mais elle ne devra jamais rencontrer les autres agents, même dans l'appartement qui sera loué par le Mossad pour servir de planque. L'agente devra descendre à l'hôtel et jouer la touriste américaine, amoureuse de la Patagonie.

Mais, surtout, Anat servira d'appât. Une idée du *Nokmin*, qui a joué un rôle déterminant dans la décision du Mossad de lancer l'opération « Cueillette », en référence au nom de Blume, la « fleur » en allemand. La jeune femme devra se faire des tresses avant de se balader en ville et se montrer dans les endroits publics, restaurants, cafés, magasins. La proie finira bien par mordre à l'hameçon.

Dany n'aime pas ce plan, qu'il juge extrêmement dangereux pour sa collègue.

— Et que fera-t-elle si le pervers s'en prend à elle ?

— Ce sera une occasion unique d'approcher le nazi, a rétorqué le *Nokmin*.

— C'est à ce moment qu'Anat sortira son pistolet, renchérit son chef, de plus en plus convaincu par le plan des opérations.

— Mais si cela arrive en pleine rue ?

— Aucun risque puisque le type n'a, lui non plus, aucun intérêt à être repéré quand il sectionne les tresses.

— Oui, mais imaginons que ce taré ne soit pas le nazi ?

— Je reconnais là votre prudence habituelle, Dany. Mais vous vous contredisez. Vous dites que tout laisse penser que ce coupeur de nattes est un criminel de guerre réfugié en Argentine, le même qui a violé des Juives dans les Balkans, ce Wilfried Blume qui a fait déporter des milliers des nôtres dans les camps. Et maintenant que je ne vois plus d'obstacle à cette mission, vous émettez des doutes.

Dany, en y réfléchissant, n'aime pas l'idée que sa collègue joue les victimes. Il ne lui en a jamais parlé, mais lui aussi est un survivant de la Shoah, même s'il ne se considère pas comme un vengeur, dévolu entièrement à la traque des nazis. La simple idée qu'Anat se livre en offrande à ce salopard de SS lui est insupportable. Bien sûr, le plan n'est pas dénué d'intelligence. Vu que le type semble se cacher, se faisant peut-être même passer pour mort, le faire sortir du bois en réveillant ses pulsions sexuelles, ce n'est pas une mauvaise idée en soi. Seulement voilà, l'idée d'une Juive offerte à ses penchants… Bon, c'est vrai, il la verrait comme une femme portant des tresses, il ne saurait pas qu'il a affaire à une fille d'Israël. Mais quand même, il aurait quelques secondes de jouissance, à la seule idée de s'en prendre à elle. C'est lui donner un dernier plaisir avant de l'exécuter. Comme une dernière cigarette offerte au condamné et ce pourri de SS mérite autre chose. Au fond, Dany, plus il y pense, plus il se dit que les criminels de guerre doivent comparaître devant leurs juges avant de mourir. Il est temps qu'Israël se dote d'un tribunal, avec tout ce que cela suppose.

Pour Anat, en revanche, la mission est claire : tuer la cible, sans autre procès, en projetant à l'aide d'un pistolet un nuage de gouttelettes de cyanure sur son visage. Une méthode efficace, qui ne laisse aucune trace et qui fera croire à un malaise cardiaque chez la victime.

Chapitre 16

Berlin, 6 mai 1933

Dorchen allait ouvrir la fenêtre du bureau du Dr Hirschfeld quand elle vit un camion s'arrêter devant l'Institut de sexologie. Un deuxième, puis un troisième vinrent se ranger à sa suite. Tous affichaient les couleurs criardes du nouveau pouvoir en place. Massés sur le pont arrière, des dizaines de jeunes hommes en tenue de gymnastique sautèrent à terre et s'alignèrent devant l'entrée de l'immeuble, dans la Beethovenstrasse. Croyant qu'il s'agissait encore de l'une de ces parades ridicules auxquelles se livraient les petits soldats de Hitler dans tout Berlin, la bonne haussa les épaules et s'en alla rouler le persan ancien recouvrant la pièce. Sur la grande table, des dizaines de godemichés attendaient leur coup de torchon. La poussière, Dorchen lui livrait une guerre quotidienne, sans merci.

Dehors, une clameur fut suivie d'un concert de clairons.

« Ils en font du bruit », se dit la bonne, songeant que le spectacle de ces ados sportifs à l'exercice devait avoir son charme. Plus tard, vers neuf heures, elle irait faire un tour dans le parc. La journée s'annonçait radieuse. Il n'y avait qu'elle dans l'institut. Les deux pensionnaires étaient sortis. Karl Giese était en ville. Le pauvre, il avait tellement mauvaise mine depuis le départ du Docteur. Cette histoire d'effraction en février l'avait beaucoup affecté. Dorchen, elle aussi, avait mis du temps à s'en remettre, mais rien n'avait été volé. Ils n'avaient rien dit à la police, parce que la police c'était eux, désormais, les nazis et leur Gestapo qui mettait son nez partout. Fin mars, deux inspecteurs en civil s'étaient présentés à la réception. Ils voulaient vérifier quelque chose dans le bureau du Herr Doktor. Dorchen, blême, les avait conduits à l'étage. Ils avaient demandé à voir la liste des patients. Elle avait répondu que le Docteur l'avait emportée en voyage avec lui.

— Vous ne perdez rien pour attendre, avaient dit les policiers après avoir passé quatre heures à fouiller les étagères et le secrétaire.

Curieusement, ils s'étaient montrés respectueux du matériel, prenant leur temps pour examiner les livres, les manuscrits et les dossiers. Ils étaient partis sans rien prendre, laissant derrière eux le seul sillage de leur présence menaçante.

Dorchen avait alors prévenu par téléphone Magnus Hirschfeld, qui se trouvait encore à Zurich. Le Docteur l'avait priée de ne rien dire à Haupstein, l'administrateur, en qui il n'avait plus confiance. Curieusement, il était absent le jour de la descente. Sans explication ni excuse, comme aujourd'hui d'ailleurs où il aurait déjà dû être là.

Karl Fein, lors de sa visite au Tessin en décembre, avait déjà mis en garde le Docteur contre Haupstein. Désormais, preuve était faite de sa traîtrise. Magnus Hirschfeld venait de recevoir une copie d'une lettre adressée par l'administrateur de l'institut au Reichsminister Göring. Datée du 29 mars 1933, elle commençait ainsi : « Très cher Monsieur le Ministre… » Signé par Haupstein, ainsi que par deux employés, dont le bibliothécaire Röser et son brassard à croix gammée, ce bref courrier n'était rien d'autre qu'une déclaration de loyauté absolue aux nouveaux maîtres de l'Allemagne. En outre, ces quelques lignes fournissaient une précision qui précipita la fuite de Magnus Hirschfeld et de Tao Li en France : *Le Herr Sanitätsrat Dr Magnus Hirschfeld, en ce moment à Ascona en Suisse…* Les nazis n'en demandaient pas tant.

Karl Fein, qui avait quitté Berlin pour retrouver son bureau de Brno, ne fut pas surpris par le contenu de cette lettre dont Karl Giese lui avait parlé au téléphone. Désormais, le Docteur n'était plus en sécurité nulle part. La Gestapo n'aurait aucune peine à suivre sa trace. Apprenant la visite des deux inspecteurs, Fein émit également le doute qu'il se fût agi de la Gestapo. Les services de sécurité du Reich se livraient une concurrence féroce et il y avait fort à parier que c'était Göring qui avait envoyé des sbires en quête de la liste des patients. Il aurait alors disposé d'un formidable instrument de pression sur Himmler et sa SS qui prenaient trop d'importance à son goût. Mais cela pouvait tout aussi bien être des agents de la Kripo du centre de Berlin, chargés comme toutes les unités de la capitale de réunir des informations sur les homosexuels de la région.

Dorchen roulait le tapis persan quand elle entendit un énorme fracas. La sonnette retentissait dans le hall et de grands coups étaient portés contre la porte d'entrée. Le cœur battant, la bonne descendit en courant, perdant une pantoufle dans les escaliers.

— Ouvrez ! Ouvrez ! hurlait une voix.

Par les fenêtres du hall, Dorchen aperçut la foule des gymnastes massée dans la rue. Elle ne pouvait pas voir les membres des jeunesses hitlériennes qui formaient maintenant une haie des deux côtés de l'allée conduisant à l'institut et qui chantaient à tue-tête le *Horst-Wessel-Lied*.

Terrorisée, la bonne décrocha le verrou et ouvrit la grande porte pour se retrouver face à un géant à chemise blanche. À la vue du travesti, tremblant, seul dans l'immense entrée, il y eut quelques secondes de silence. Puis, sur un geste du grand gaillard à casquette, ce bataillon de sportifs en pantalons de golf et de nazis à brassards à croix gammée se positionna en colonne par deux.

Dorchen, tétanisée, ne parvint pas à articuler un mot. Il n'y eut pas le moindre mandat de perquisition, pas un document, pas un mot d'explication. Écartant du bras la bonne affolée, le chef de bande se tourna vers ses camarades et fit le salut hitlérien qui fut suivi par une forêt de bras levés. Avec l'assurance d'un officier lançant ses troupes à l'assaut, il désigna le bâtiment du doigt en hurlant :

« Nettoyez-moi ce nid de perversions et de pédés qui fait honte à notre peuple et à notre nation. En avant, marche ! »

À la seconde où la horde de gymnastes pénétrait dans le bâtiment, Karl Giese arriva depuis le Tiergarten. Épouvanté, il crut défaillir. Appuyé contre un arbre, il vit Dorchen tenter de s'interposer avant d'être giflée puis jetée à terre sur le perron où elle manqua d'être piétinée.

— Tire-toi, sale travelo ! Va te faire mettre ailleurs !

Giese comprit qu'il n'y avait rien à faire. Il priait pour que la bonne se relève et fiche le camp. Or, non, Dorchen, les mains en sang, se précipita en hurlant à l'intérieur. Voyant cela, il abandonna son angoisse pour se précipiter dans la rue vers l'institut.

Dans la Beethovenstrasse, une foule de curieux commençait à s'amasser. Les commentaires allaient bon train : « Ce pédé de Juif, il l'a cherché ! » « Tu parles, il était temps de faire le ménage. » Certains pensaient tout le contraire. Ils avaient connu quelqu'un, un proche, un couple d'amis qui avaient trouvé bon conseil auprès de Hirschfeld. Ils se taisaient. Des vitres, au premier étage, volaient en éclats. Des livres étaient jetés dans la rue.

Qui aurait osé protester face à ce déchaînement de violence aux allures de parade militaire, sur fond de chants folkloriques ?

Giese parvint à l'étage, dans l'indifférence générale. Personne ne se souciait de sa présence. Les nouveaux gardiens de la morale étaient trop occupés à saccager les bibliothèques et les vitrines. Ils se passaient les ouvrages de mains en mains, comme de vulgaires briques, pour les balancer à travers les fenêtres aux vitres brisées. À l'extérieur, une équipe se chargeait de les récupérer pour les jeter dans les camions. Deux gymnastes jouaient au football avec des photos encadrées. Trois gamins, même pas vingt ans, feuilletaient un livre en s'esclaffant.

— Horst, viens voir, viens voir! T'as vu la bonne femme, comme elle écarte les jambes!

— Attends, moi j'ai trouvé des images de transsexuels la queue à l'air, putain les cochons!

Dans le musée, les sportifs brisaient une table pour se confectionner des bâtons. Brandissant des pièces de noyer tourné, ils faisaient exploser les vitrines, brisant des statuettes précieuses rapportées d'Indonésie et des figurines africaines en terre cuite.

Un modèle grandeur nature, qui servait de support aux enseignements du Docteur sur le phénomène de la sécrétion des glandes, passa lui aussi par la fenêtre. Le buste en bronze de Magnus Hirschfeld, lui, ne connut pas un chemin aussi expéditif vers l'extérieur. Il fut transporté dehors par deux gaillards, comme si ordre avait été donné de le préserver.

Deux garçons faisaient une provision de godemichés, dont ils emplissaient leurs poches. Un de leurs camarades s'empara d'un gros pénis en plâtre qu'il tentait de fixer dans sa braguette ouverte.

— Hé, t'as vu ma queue? Hans! Hans! Regarde, tu m'as vu un peu?

Mais où avait passé Dorchen? Giese, hébété, parcourait les pièces du premier étage, lorsqu'il entendit hurler au deuxième. Montant les escaliers quatre à quatre, il découvrit trois gaillards qui tenaient Dorchen sur un fauteuil, tandis qu'un quatrième se déboutonnait.

— Arrêtez ! hurla Giese en se précipitant dans le petit salon.

— C'est qui celui-là ? beugla l'une des brutes, qui serrait la tête de la bonne entre ses cuisses.

— On pourrait lui demander de jouer un peu avec la tante, non ? dit celui qui avait descendu son short.

À ce moment, le géant à casquette, visiblement le chef de meute, apparut dans la chambre.

— Vous faites quoi, bande d'imbéciles ? Lâchez cette saloperie de travesti tout de suite, vous n'allez pas me dire que vous vouliez la mettre dans son cul ?

Tête basse, les quatre garçons se levèrent et filèrent sans protester.

Avisant Giese, le géant à casquette dit :

— Vous êtes qui, vous ?

— Karl Giese, je... je suis le secrétaire du professeur Hirschfeld.

— Où elle est cette tapette juive ?

— Le Dr Hirschfeld est en Suisse, il est en cure...

— À la bonne heure ! Qu'il crève tout seul, cela nous évitera de le pendre et de lui régler son compte. En attendant, vous pourrez dire à ce sale youpin que c'en est fini de son lupanar. Et vous allez foutre le camp d'ici vite fait ! Vous et cette merde, là par terre.

Le visage tuméfié, les bras écorchés, misérable avec son tablier de bonne en lambeaux et ses bas déchirés, Dorchen sanglotait. Giese la prit par la taille, sous l'œil dégoûté du géant qui les accompagna au rez-de-chaussée, aboyant au passage des ordres à ses camarades.

— Calme, les gars ! La mission, n'oubliez pas la mission, ne faites pas les cons. On doit avoir ramassé tous les bouquins avant ce soir.

Jonchées de feuilles volantes et de verre brisé, les marches du grand escalier central devenaient glissantes. Une chaîne de gymnastes s'était formée jusque dans la rue, où tournait depuis quelques minutes une caméra des actualités cinématographiques. Des centaines et des centaines de livres passaient maintenant sagement de mains en mains jusqu'aux camions. Les hurlements de sauvages avaient cessé, la jeunesse du Reich accomplissait sa noble tâche de purification dans l'ordre et la discipline.

Richard von Krafft-Ebing, Henry Havelock Ellis, Magnus Hirschfeld, Sigmund Freud, Albert Moll, Helene Stöcker, Wilhem Reich, des auteurs illustres, mais inconnus de cet escadron de purificateurs en culottes courtes, des centaines d'autres noms, inscrits sur la jaquette d'une immense bibliothèque, près de vingt mille ouvrages, tout un savoir raflé, traîné dans la rue, dans la puanteur des gaz d'échappement et les cris.

Giese emmena Dorchen à l'abri des arbres du parc. Elle s'effondra sur l'herbe, en pleurs. Il réfléchissait à toute vitesse. Ils n'avaient pas été arrêtés, c'était bizarre. Les pillards étaient en mission commandée, c'est sûr. Mais pourquoi laisser filer le personnel de l'institut ? La Gestapo n'était pas là, à n'y rien comprendre. Il fallait avertir Magnus, vite, très vite. Et qu'allaient-ils faire des livres, mon Dieu, tous ces camions ! Il ne savait pas comment il ferait pour lui dire, sa collection, sa chère bibliothèque, allait-il seulement encaisser le choc ? Il ne fallait pas perdre une minute, il partirait dès ce soir pour la Suisse.

— Dorchen, Dorchen, écoute-moi bien. Tu vas te cacher, désormais, ne remets plus les pieds à l'institut, tu entends ?

— Non, Karl, non, que dirait le Herr Doktor si j'abandonnais l'institut ?

— Dorchen, bon sang ! Tu as vu ce qu'ils en font de l'institut ! Magnus ne comprendrait pas qu'il t'arrive quelque chose. Planque-toi chez une copine et ne bouge plus une oreille.

— Non, Karl, jamais, plutôt mourir que quitter l'institut. De toute manière, je ne sais pas où aller. Ici, c'est chez moi, ma famille.

Giese n'ajouta rien. Il savait que Dorchen disait vrai. En dehors des murs de l'institut, elle était perdue. Elle comptait très peu d'amis et sa famille l'avait rejetée quand elle avait changé de sexe. Elle ne fréquentait pas le milieu homosexuel, encore moins les boîtes de travestis. Il aurait pu la loger chez lui, mais c'était tout aussi dangereux que de la laisser à l'institut. Son domicile devait être surveillé et lui-même songeait à se cacher dans un squat homo installé dans les caves d'un immeuble abandonné. Si Karl Fein était encore à Berlin, il aurait été de précieux conseil, mais il était retourné quelques mois à Brno, où l'air était meilleur qu'ici.

Il embrassa Dorchen et lui donna les derniers marks qu'il avait en poche. Il viderait ses maigres économies sur son compte en banque avant de prendre le train pour Zurich. Une fois en Suisse, le Docteur l'aiderait sûrement.

Avant de s'enfoncer dans les arbres du parc, Karl Giese jeta un dernier coup d'œil derrière lui. Les camions s'en allaient les uns après les autres, avec des grappes de jeunes hommes accrochés aux ridelles. La foule de curieux se dissipait dans les coups de klaxons et le bruit des moteurs.

À la nuit tombée, il n'y avait plus personne dans la Beethovenstrasse. Pas même une sentinelle. Sur le coup des neuf heures, Dorchen sortit du parc en boitillant. L'institut semblait désert. Les portes étaient restées ouvertes et elle entra sans hésiter une seconde. Refermant les lourds battants derrière elle, le bonne se dirigea vers l'office. Le garde-manger était vide. Les assaillants avaient fait main basse sur les provisions. Des bouts de pain et des pelures de saucisson sec jonchaient le sol. Dorchen chercha un balai. Elle commença par le grand hall.

Chapitre 17

Berlin, 13 octobre 1958

Karl a conservé le souvenir d'une belle bâtisse, il l'associe à une saison, celle des arbres en fleurs, comme ce jour où il s'était présenté à la porte, le cœur battant à la simple idée de raconter ce qui se passait en lui. Il veut savoir ce qu'est devenu l'Institut de sexologie. Il s'en souvient, Magnus Hirschfeld l'avait écouté en jouant avec ses grosses moustaches, bienveillant, pensif, rêveur même. Et Karl revoit son regard, pénétrant, mais jamais indiscret, cette manière qu'avait le Docteur de chercher à comprendre, sans jamais confondre son interlocuteur qui n'était pour lui, en fin de compte, qu'une manifestation particulière d'une identité sexuelle. Il fallait se déclarer, en toute confiance, le Docteur partant du principe aimable qu'un homme est identique à tout autre ; il était dès lors plus facile de décliner la gamme de ses inclinations, aussi étrangères à soi-même pussent-elles sembler, sachant que la moindre particularité, étrangeté, n'étaient que les fragments d'une seule et même entité, l'humain. Mais cela, c'était surtout Karl qui le pensait. Face à ses nouveaux patients, le plus souvent décomposés, effrayés par eux-mêmes, Hirschfeld en recollait les morceaux, sans tenir compte de la règle des assemblages, qui reposait sur une opposition qu'il réfutait, celle des pôles masculin et féminin. Pour lui, le genre se comprenait comme une échelle harmonique, avec, chez chacun, plus ou moins de degrés mâle ou femelle. Et comme tout cela n'était que par trop naturel, vous ressortiez de l'institut catalogué, mais pas épinglé, en tout cas débarrassé du poids d'apparentes contradictions.

Karl revient donc sur ses pas, comme ce jour de printemps – quand était-ce, en 1925 ? – où il sonna à la grande porte de l'institut. Et c'est lui-même qu'il vient chercher dans ce parc, une dernière fois, comme pour se prouver qu'il n'avait pas rêvé tout cela, les promenades dans le Tiergarten avec le Docteur, sa vie nouvelle de jeune avocat tchécoslovaque, décidé à se faire une place à Berlin, le jour au service des riches familles juives, à la traîne des travestis dans les coulisses des cabarets, la nuit. Mais demain, il s'en ira. Pourquoi rester à Berlin ? Cette ville n'est plus la même, à moins que ce ne soit lui qui ait changé. Et puis, contre toute attente, il commence à se sentir israélien. C'est-à-dire, dépositaire, en un lieu donné aux Juifs, d'une identité en deuil, une identité européenne périmée que seule la création de ce pays neuf est à même d'enregistrer comme telle.

La journée s'annonce claire, mais glaciale. Karl remonte le col de sa veste, toute neuve, bien chaude avec son col à la mode américaine. Il l'a achetée hier dans un grand magasin du Ku'damm. Karl se sent plus léger, aujourd'hui, avec un curieux sentiment d'accomplissement. Ce voyage était nécessaire. Il fallait voir pour y croire. Ce parcours fléché dans les terrains vagues de ce qui fut Berlin, les nouveaux quartiers, les anciens noms qui ne correspondent plus à rien de connu et cette population, amnésique par nécessité, trop occupée à la reconstruction pour s'intéresser à son histoire, à leur histoire, surtout, celle d'avant, comme celle d'après, seul le présent a de l'importance. Et cette tension, aussi, le fol espoir des épouses de disparus, le combat acharné des veuves, ce qu'elles peuvent montrer de courage – elles ne comptent que sur elles-mêmes –, et puis tous ces bébés sans pères connus, ces orphelins agglutinés aux juke-box, tous ces boys en blouson à l'assaut des gares.

Les rues de Berlin ont été déblayées depuis longtemps. Des tuiles commencent à recouvrir les toits crevés et l'on trouve à se loger dans de nouveaux immeubles. Mais les corps, eux, sont encore fragiles, Karl le sent bien. Comme après la Première Guerre, la réincarnation passe par le sexe. En moins drôle, en moins festif, sans tout ce théâtre, cette mise en scène. La procréation nécessaire, encouragée par la nouvelle République, passe avant l'assouvissement des désirs. Vraiment ? Karl n'est pas allé voir dans les caves de Kreuzberg, il ne connaît rien au rock et le type, le gros, à Mitte, n'a-t-il pas dit que l'amour se nichait jusque dans les bunkers ? Après les viols, subis, commis, quelque chose à combler, à renouveler, réapprendre les gestes, en inventer de nouveaux, et, s'il le faut, en dehors de la famille éclatée, mutilée. Faire des enfants, avec ou sans allocations, mais faire, en faire tout simplement, pour se sentir vivre.

Mais qu'est-ce qu'il en sait, lui, le travesti contrarié ? Rien, si ce n'est qu'il sent passer des ondes, il capte ce faisceau de désirs perturbateurs, il voit son effet sur les mouvements des femmes, en particulier, comme s'il ressentait, à son tour, leurs tressaillements, leurs tremblements. Jusqu'alors, Karl n'avait pas trop regardé les femmes. Mais depuis quelques jours, il ne voit qu'elles, il n'a d'yeux que pour leur démarche assurée, leur maintien ferme, il admire leur cuirasse, à l'épreuve des assauts d'une ville encore incertaine, divisée, parcourue de soldats en manque et d'anciens soldats jamais tout à fait revenus des lointaines plaines orientales. Il lui vient des envies d'imitation, il aimerait se déguiser en Berlinoise, courir après la jouissance sur des semelles compensées, se composer une perruque avec des cheveux en étage, prendre les commandes de l'entreprise familiale, remplacer les hommes, ne jamais regarder derrière, dire « je veux », jamais « je voudrais », snober les demi-mesures. Se hisser sur la pointe des pieds, pour mieux voir devant et montrer ses jambes. Fécondes, oui, mais avant tout de leur propre renaissance.

Karl traverse une route coupant en diagonale ce qui fut la place de la République. Il passe devant le Reichstag. Le vieux palais semble s'être enfoncé dans la terre sablonneuse. La ruine ressemble à l'un de ces grands hôtels des côtes de la Baltique, à la saison froide, quand tous les volets sont fermés et que la terrasse, abandonnée au vent, finit par se confondre avec la plage.

Le Tiergarten est pitoyable. Où sont passés les arbres ? À la fin de la guerre, ils finirent tous en bois de chauffage, quand ils n'étaient pas déchiquetés par les bombes. Ils ont été remplacés par de jeunes pousses, espacées, qui donnent au parc un air de pépinière. Et avec toutes ces herbes folles, Karl se croirait dans les landes du Brandebourg. Caché derrière un socle en pierre, un lièvre apeuré le regarde passer, prêt à détaler. Sur sa gauche, il découvre un imposant monument surmonté d'un soldat casqué, enveloppé dans sa capote et la baïonnette dressée vers le ciel. Le casque de la statue n'est pas allemand.

Karl comprend maintenant qu'il ne trouvera plus rien de l'institut. En lieu et place, cinq cents mètres plus loin, il aperçoit une coquille de béton, une gigantesque moule déposée sur les bords de la Spree, entrouverte dans un paysage lunaire hérissé d'arbustes malingres. Un architecte est passé par là, une main sûre qui a effacé d'un coup de gomme ce qui fut une allée ombragée, des demeures princières, des cafés grand siècle, avec leurs élégantes marquises, tout l'héritage Belle Époque qui fit les beaux jours de cet ancien noble territoire de chasse. Les bombes ne laissèrent que ruines dans ce coin du Tiergarten, dépossédé de ses lumières quand les nazis transformèrent l'institut en centre d'études sur l'hygiène de la race.

À cent mètres de la grosse moule, le chemin est barré. Des fils de fer barbelé ont été déroulés jusqu'aux abords de ce qui fut le parc, ce terrain vague aujourd'hui tout retourné par des machines d'excavation et, plus anciennement, par des trous d'obus.

Karl s'avance jusqu'à une roulotte vert militaire, devant laquelle un soldat monte une garde plutôt relâchée. Assis, renversé en arrière sur une chaise en métal ouvragé, qui rappelle à Karl celles du café au numéro 4 de la rue In den Zelten, il a posé ses jambes sur un gros container. Il a croisé ses bottes de cow-boy et il fume en souriant, une mitraillette posée sur le marche-pied de la roulotte.

— Qu'est-ce que vous fichez dans le coin ? Voyez pas que c'est marqué interdit de passer ! dit en anglais le soldat sans se lever, mais relevant juste la visière de sa casquette de *Military Police.*

Le GI barre la route à Karl, mais il ne s'est pas pour autant départi de son sourire. Il fait son job, c'est marqué *no way* en rouge sur un disque blanc fixé sur une barrière, il n'y a pas à chipoter, même si ce mec en veste toute neuve, avec son air de gosse timide, avec quand même, à tout prendre, un petit air insolent, ses yeux clairs, la manière dont il te regarde par en bas, eh bien ce mec qui débarque du bush, il a l'air plutôt genre cool.

— Je voulais seulement voir, répond Karl en anglais.

— Voir quoi, Monsieur ?

— Comment c'est devenu, la rue…

— Il n'y a plus de rue, comme vous pouvez voir. Et c'est pas possible d'aller plus loin, à cause de la conférence.

Karl observe, plus loin, à la hauteur de la moule, une rangée de limousines américaines, certaines avec des petits drapeaux US des deux côtés du capot.

— Ouais, dit le soldat, il y a du beau monde, aujourd'hui, des ambassadeurs et des gradés.

— C'est quoi ce bâtiment ?

— Hé ! Mais dites-moi, vous n'êtes pas d'ici, vous ? C'est la halle des congrès Benjamin-Franklin.

— J'ai de la peine à croire ce que je vois.

— Pouquoi vous dites ça ? C'est la grosse huître, comme ils disent les Berlinois.

— Moi, je pensais à une moule.

— Ha ! Ha ! En tout cas c'est un sacré mollusque qui s'est échoué là et c'est du *made in USA*.

Karl dévisage le GI, qui s'est levé maintenant et qui cherche son briquet. Il va s'allumer une autre Camel, il a l'air tout content de causer. Il doit avoir tout juste trente ans, il a de grands yeux en amande, il porte des lunettes d'intellectuel qui font un contraste étonnant avec son brassard MP en caoutchouc noir, sanglé sur ses bras musclés.

— Si vous saviez comment tout a changé dans le coin, dit Karl en acceptant une cigarette.

— Mais je sais bien, Monsieur, même que là, à l'emplacement de la moule, il y avait un petit palais qui abritait l'Institut de sexologie, dit le GI qui approche son briquet des lèvres de Karl en le protégeant d'une main aux doigts très fins.

Karl, de surprise, ouvre la bouche, faisant tomber sa cigarette.

— Faut attendre avant de parler, Monsieur, s'esclaffe le GI. Non ! Non, la ramassez pas, j'en ai des tonnes, je peux même vous refiler le paquet.

— Comment vous savez ça ? Pour l'Institut de sexologie, je veux dire ?

— Mais vous êtes tout pâle, Monsieur, vous allez bien ?

— Qui vous a parlé de l'institut ?

— C'est ça qui vous met dans cet état ?

— C'est pour cela que je suis là, parce que je voulais savoir ce qu'était devenu l'institut.

— Je comprends, Monsieur, et en plus vous vous dites qu'un soldat comme moi, il ne peut pas connaître le Dr Hirschfeld et son institut.

Karl accepte le paquet de Camel que lui tend le soldat. Il regarde ce jeune homme qui lui sourit, il se demande s'il ne rêve pas debout, avec ce soldat, dans ce Tiergarten qui ne ressemble plus à rien.

— Je m'appelle Izzy.

— Karl, moi c'est Karl Fein.

— Gernreich, mon nom c'est Gernreich, Israel Gernreich de Los Angeles.

Los Angeles, c'est la première fois que Karl entend prononcer le mot avec cet accent chantant, il aime ça, les Anges, il aime tout de suite ce boy à lunettes rondes, ses cigarettes blondes, son allure d'étudiant déguisé en MP.

— Mais Hirschfeld, alors ? demande Karl.

— Écoutez Monsieur, tout ce que je peux en dire, c'est que c'était un type extra. Mais je ne vous connais pas et même si vous m'avez l'air cool, je ne peux pas vous en dire plus.

— Je comprends ce qui vous chicane, Izzy, mais sachez qu'avec moi, vous n'avez rien à craindre de ce côté-là. Et vous avez raison, Magnus Hirschfeld était un type extra. Je l'ai très bien connu, vous savez.

— Écoutez Monsieur…

— Karl, vous pouvez me dire Karl…

— Karl, écoute-moi. Ton histoire m'intéresse. Mais là, je suis en uniforme et ça ne rigole pas avec la discipline et tout ce que je pourrais te dire risque de me causer des ennuis. En plus, je vais finir par me faire repérer à te causer comme ça, à fumer des clopes avec toi. Le lieutenant va pas non plus tarder à se ramener dans sa jeep. Alors, écoute, Karl, on va se revoir, mais en ville. Demain soir, j'ai une perm, OK ? Alors, rendez-vous à Kreuzberg, vingt heures, à la sortie du métro.

— OK Izzy, demain soir à Kreuzberg, tu me trouveras devant le U.

Tout au fond de l'allée, un bruit de moteur fait sursauter le GI qui jette sa cigarette.

— Tire-toi, vite !

Karl ne bouge pas. Il ne sent plus ses jambes. Il sent battre son cœur dans ses tempes. Il est comme paralysé, il ne sait pas trop pourquoi, mais c'est un mélange d'angoisse et d'ivresse, le sentiment qu'enfin quelque chose se passe, comme s'il avait, pour la première fois depuis longtemps, rencontré quelqu'un.

— Fous le camp, je te dis ! *See you tomorrow* !

La jeep fonce sur l'allée goudronnée, tressautant sur les restes de pavés dépassant du bitume. Le chauffeur, casqué, freine et donne un grand coup de volant devant la roulotte. Un grand baraqué à calot galonné saute à terre et salue d'un geste Izzy qui répond avec un bref garde-à-vous.

— Un problème, caporal ?

— Non, mon lieutenant, tout va bien.

— Mais ce mec, là ?

— Vous parlez de ce pauvre type qui se casse, là ? répond Izzy en désignant Karl qui a fait demi-tour, silhouette désolée avec en toile de fond la carcasse du Reichstag.

— Qu'est-ce qu'il voulait ?

— Des cigarettes, mon lieutenant. Ils sont tous les mêmes.

Chapitre 18

Berlin, 10 mai 1933

Il avait commencé à pleuvoir. Mais ce n'était qu'une brève ondée et sur le coup des vingt-trois heures, les membres des sociétés d'étudiants commencèrent à se rassembler en formation militaire sur la place de l'Opéra. Trois camions, arborant des fanions avec croix gammée, étaient rangés devant un grand bûcher.

Karl n'avait averti personne. Il était déjà de retour à Berlin. Mêlé à la foule, il ne perdait rien du spectacle. Dès vingt et une heures, des curieux s'étaient rassemblés derrière un cordon de sécurité, sous la surveillance de plusieurs patrouilles de police. Sur un podium, hérissé de micros et flanqué d'une caméra de cinéma, était concentré tout le dispositif de propagande. L'atmosphère était calme, les gens parlaient à mi-voix, comme s'ils craignaient d'être écoutés, et Karl constata que personne ne salua l'arrivée d'un cortège d'étudiants, accompagné d'une fanfare. Seules quelques clameurs provenaient des groupes de jeunes sportifs, mais leur enthousiasme sonnait faux, comme s'ils avaient répété cette scène, jusqu'aux moindres gestes, comme ceux qui suivirent : après avoir allumé le bûcher avec leurs torches, sur fond de musique martiale, ils lancèrent les premiers livres dans le feu en criant : « J'offre aux flammes les écrits de Karl Marx ! » « J'offre au feu ce livre de Stefan Zweig ! » « J'offre au feu ce volume d'Alfred Döblin ! » « J'offre au feu les œuvres de Magnus Hirschfeld ! »

Karl tressaillit en entendant le nom du Docteur, dont il aperçut aussi le buste basculant dans le brasier. Les inquisiteurs en culottes courtes ou pantalons de golf formaient maintenant une chaîne humaine, se passant les livres de mains en mains avant de les balancer dans le bûcher crépitant. La chaleur faisait s'envoler des centaines de pages, qui voletaient comme de petits oiseaux, planant sur la foule, avant de retomber en spirale, quelques-unes à moitié consumées. Un couple proche de Karl se prit au jeu de deviner de quel ouvrage il s'agissait, déchiffrant les fragments de textes qui tombaient à leurs pieds. Un vieil homme, comme pétrifié, secouait la tête. Une jeune femme, les larmes aux yeux, récupéra un bout de page qu'elle glissa dans son sac, non sans s'être assurée que personne ne la regardait. Karl le sentait, les Berlinois étaient effrayés par cette chasse aux livres. Et ils étaient nombreux, comme ce jeune couple, à concéder une importance à ces mots épars, à ces pages détachées, à ces discours soudain arrachés à leur reliure et qui se transformaient en fictions, laissant imaginer ce qui les précédait et laissant le champ libre à l'interprétation de l'histoire qui s'ensuivrait.

Il y eut quelques secondes de silence, un bruit de micro, un effet larsen et, soudain, la voix cassante de Goebbels. La sonorisation était mauvaise, Karl n'entendit que des bribes de phrases, quelques noms d'auteurs bannis. Et déjà, la foule était invitée à reprendre en chœur le *Horst-Wessel-Lied*, le nouvel hymne des nazis dont le texte avait été écrit, il y a trois ans, par un jeune SA abattu par des communistes.

Le drapeau haut, les rangs bien serrés. SA, marchez d'un pas ferme et silencieux ! Camarades tués par le front rouge et la réaction. Marchez par l'esprit dans nos rangs !

Karl refusa de chanter, comme il refusa de faire le salut hitlérien, au risque de se faire repérer. Personne ne sembla le remarquer, mais par prudence il décida de gagner l'autre côté de la place de l'Opéra, apercevant au passage des étudiants moins disciplinés et penchés sur les pages d'un livre retombé intact du bûcher: *Le Sexe inconnu* de Magnus Hirschfeld.

Dans les lois antihomosexuelles des différents pays, les actes considérés comme coupables diffèrent autant que les peines prononcées. Tandis que la loi de Russie tsariste ne considérait comme acte coupable que la pédication (immissio in anum) – la forme la plus rare des rapports homosexuels, soit dit en passant –, la loi autrichienne punissait le simple attouchement, et cela entre hommes aussi bien qu'entre femmes. La loi anglaise, presque aussi sévère, y rajoute encore « l'abus de la femme par l'homme », c'est-à-dire la pédication de la femme. La loi allemande ne comprend comme « acte contre-nature » que l'acte ressemblant au coït et laisse impunies les satisfactions manuelles et autres. Souvent le législateur cite, de nos jours encore, l'homosexualité au même titre que les actes exécutés avec des animaux ou des cadavres…

La foule entama la deuxième strophe du *Wessel-Lied*, en chœur, distraitement, peut-être parce que le spectacle des livres qui brûlaient avait quelque chose de trop étrange, comme si cette passion destructrice échappait à l'entendement, contraignant les Berlinois à chercher à comprendre ce qui se passait sous leurs yeux et par conséquent moins perméables aux paroles de l'hymne nazi.

La rue est libre pour les bataillons bruns. La rue est libre pour l'officier de bataillon. Des millions déjà pleins d'espérance admirent la croix gammée. Le jour de la liberté et du pain s'éveille.

Entouré par ses camarades, certains penchés par-dessus ses épaules, l'un des étudiants qui avait déniché *Le Sexe inconnu* poursuivait sa lecture à haute voix :

Plus tard, la castration et d'autres peines corporelles étaient souvent appliquées. Actuellement, les peines varient d'un jour de prison en Allemagne, jusqu'aux travaux forcés à perpétuité en Angleterre. L'Angleterre n'a abandonné qu'en 1861 la peine de mort contre l'homosexualité, l'Écosse ne l'a remplacée par des travaux forcés qu'en 1889.

C'est le code Napoléon qui, le premier, a fait, en 1810 déjà, table rase de ces conceptions. De nos jours, la France, la Belgique, le Luxembourg, Monaco, le Monténégro, le Portugal, l'Espagne, la Turquie et la Roumanie, de mêmes que les cantons suisses de Genève, Tessin, Vaud et Valais ne considèrent plus l'homosexualité comme crime.

Dans les autres pays...

La voix du jeune homme fut recouverte par la dernière strophe de l'hymne nazi.

Pour la dernière fois l'appel est sonné. Nous sommes tous déjà prêts pour le combat. Bientôt les drapeaux hitlériens flotteront au-dessus de toutes les rues. La servitude ne durera plus longtemps.

Karl, qui ne perdit rien de la scène, observa aussi que plusieurs livres échappés des flammes finissaient emballés dans un pull-over. Karl imagina la tête du ministre de la Propagande s'il avait vu ces représentants de la jeunesse du Reich se livrer à ce petit trafic. Il n'y avait pas meilleure incitation à la lecture que l'interdiction d'une œuvre.

De toutes les manifestations organisées par les nazis, celle-ci était peut-être la plus significative. Pourquoi les dignitaires du Reich craignaient-ils autant ces livres ? Parce qu'ils étaient porteurs d'une affirmation individuelle, parce qu'ils mettaient en avant la singularité de l'être, l'indépendance de l'âme et de l'esprit, parce qu'ils isolaient le lecteur du groupe, parce qu'ils éveillaient sa résistance à toute forme d'endoctrinement de masse. Mais ce n'était peut-être pas suffisant pour justifier cette mise en scène pathétique qui trahissait, en réalité, une crainte diffuse, plus profonde et certainement inconsciente chez les ordonnateurs de ce grand feu : la concurrence du verbe.

Brûler Marx, jeter Hirschfeld aux flammes, incendier Zweig, c'était moins un acte de condamnation morale de leur œuvre qu'une forme négative de reconnaissance de leur puissante influence sur les consciences. Les nazis ne souffraient désormais aucun autre langage que le leur. Tout énoncé échappant à la mise en ondes officielle fonctionnait comme un parasite. La destruction de tous ces livres, ce soir, consacrait la mise en place d'un émetteur unique. Ce n'est pas nouveau, songea Karl, mais jusqu'alors, les nazis utilisaient des mots simples, qui parlaient à tout le monde. Ils n'étaient jamais ennuyeux, comme Goebbels, ce soir. Ils étaient sur le terrain des émotions et leur programme, c'était avant tout celui du corps : « Vous êtes une race, vous êtes beaux, vous êtes uniques, reproduisez-vous… » Faites l'amour, donc. Pour la première fois, Eva, ouvrière de Neukölln, tendit l'oreille, même effet chez Dietmar, dix-sept ans, collégien à Schönberg et qui s'en fichait de la politique.

Les nazis, ces derniers mois, avaient atteint leur but. Ils détenaient le monopole du langage et des images. Pourquoi fallait-il que, ce soir, ils se révélassent au grand jour, dans toute leur contradiction ? Ce qui était naturel ne l'était donc pas ? Ainsi, leur discours ne se contentait-il pas de la seule force de l'évidence. Il n'était donc pas unique et il était même possible de penser le contraire. Ce

Hirschfeld, tiens ! qu'avait-il écrit qui soit si menaçant pour cette Allemagne nouvelle ? Il condamnait les programmes de stérilisation mis sur pied par les nazis. Il dénonçait l'usage pervers de cette pratique médicale, que lui-même avait conseillée dans certains cas précis de thérapie de couple, mais qu'il refusait de voir appliquée aux psychotiques, aux criminels sexuels et aux handicapés mentaux. « Au point où ils en sont, ils stériliseront les non-aryens, les Juifs, tous ceux qui ne correspondent pas à leurs idéaux », s'indignait le Docteur qui écrivait, qui publiait, même depuis son exil parisien où certains grands éditeurs faisaient traduire ses ouvrages. Karl Giese avait confié à Karl qu'ils envisageaient de rouvrir l'Institut de sexologie en France.

Le Dr Hirschfeld n'avait eu de cesse, dans tous ses écrits, de dénoncer ceux qui se sentaient supérieurs aux autres, de par leur race, leur sexe ou leur statut social. Ses livres, au-delà de leur portée scientifique, visaient à la protection de l'individu, de la personne, qu'il opposait aux masses et c'est cela qui lui valait de figurer aujourd'hui au nombre des auteurs à brûler.

Ce qui devait apparaître comme une évidence, la race, le bon sang, n'étaient donc que des notions discutables, susceptibles de remise en question, voire de contestation. Sinon, pourquoi prendre la peine d'incendier ces bibliothèques ? Les nazis, ce soir, montraient leur vrai visage, le visage de la peur. Et le peuple, sur la place de l'Opéra, n'était pas dupe du simulacre.

Chapitre 19

San Carlos de Bariloche, 15 octobre 1958

Anat Perez regarde sa nouvelle tête dans la glace. Avec ses nattes, elle a l'air d'une jeune fille à marier, comme ces fiancées de seize ans dans les kibboutzim, quand elles arrivent à la noce en tracteur, vêtues d'une simple robe en coton blanc, les yeux dans le vague, souriantes parce qu'il le faut, mais terrorisées à la simple idée de la nuit de noces.

Jusqu'à maintenant, tout se passe selon les plans. Elle loue une chambre au Palace Gardena, un hôtel aux allures de chalet cossu tenu par un couple d'Autrichiens. Hier, en descendant du bus de l'aérodrome, venant de Buenos Aires, Anat n'en a pas cru ses yeux. San Carlos de Bariloche ressemble à une station de ski dans les Alpes, comme sur les photos des livres qu'elle feuilletait dans la bibliothèque de son ami Jeremiah. Anat se trouve en Argentine mais tout ici lui rappelle l'Europe germanique, cet univers qui a vu naître le monstre qui a dévoré les siens il y a bientôt vingt ans : les montagnes avec leur façade granitique plongeant dans les eaux du lac Nahuel Huapi, ces grosses maisons de pierres, les fleurs rouges aux fenêtres, les enseignes en allemand.

Anat se maquille, elle répète son nom et son prénom : Parker, Janet Parker, citoyenne américaine, doctorante au *United States Geological Survey*, en Virginie. Elle est ici pour étudier l'activité sismique dans les Andes. Une nouvelle peau pour jouer son rôle d'appât sans éveiller la méfiance. Le coupeur de nattes ne devrait pas tarder à se manifester si tout ce qui est écrit dans son dossier médical est exact. Afin d'évaluer la pertinence de ce jugement, Anat a parcouru les notes du Dr Hirschfeld concernant un autre de ses patients : Karl Fein. Pour l'avoir côtoyé quelques jours, elle s'est fait un avis sur lui et tout ce qu'en a dit le Docteur fait écho à ses propres observations, si ce n'est cette note qui l'a marquée : *Rejette ses racines juives, pour mieux se détacher de la figure paternelle. A beaucoup souffert de l'autorité brutale d'un père qui, par ailleurs, trompait sa femme avec des femmes non juives et qui fréquentait régulièrement des prostituées, au désespoir de la mère de Karl.* Quoi qu'il en soit, Anat a retrouvé dans le dossier de Fein beaucoup de traits de caractère du Karl qu'elle a appris à connaître dans l'avion et durant les quelques jours qu'ils ont passés ensemble à Zurich. Elle en déduit qu'elle peut faire confiance aux indications du Docteur. Wilfried Blume ne saura pas résister à cette jeune femme aux longues tresses qui s'apprête à sortir dans les rues de San Carlos.

Sa rencontre prochaine avec Blume sera brève. Anat ne perd pas de vue qu'elle est ici pour éliminer la cible. Aussitôt qu'elle aura identifié le nazi, elle devra se laisser approcher et prendre le risque de se retrouver seule avec lui, à l'abri des regards. Alors, sans autre forme de procès, elle tuera ce SS qui a refermé les portes de wagons de chemin de fer sur des milliers de Juifs envoyés à la mort. Dans son sac à main, Anat tient son pistolet armé d'une capsule de cyanure et rien ne saura l'empêcher de venger son peuple.

Dany et Amos sont tout proches et maintiennent un cordon de sécurité autour d'elle. Oui, Dany a finalement décidé de participer directement à l'opération. Elle sait qu'il est là pour la seconder. Il n'aimait pas ce plan et c'est pourquoi il a décidé d'y prendre part, pour assurer sa réussite. Anat suppose qu'il aurait mal vécu le fait de suivre la mission à distance. Après tout, c'est lui qui a tout organisé depuis le départ, c'est lui qui a retrouvé Karl et qui a mené l'interrogatoire. Dany a aussi dit qu'il avait une bonne raison de participer directement à l'élimination de la cible. Anat ignore les détails, elle ne sait pas grand-chose de l'agent Dany. Sinon que son collègue a vécu en Europe avant la guerre. Au sud de l'Europe, à Corfou, d'après ce qui se dit. Mais Dany cultive la discrétion.

Avec Amos, ils ont établi une planque dans un appartement de San Carlos de Bariloche. Nom de code : *Migdal*, la tour en hébreu. Anat ne doit pas y mettre les pieds, sauf en cas d'urgence, si les choses devaient mal tourner.

Anat est prête à sortir. Un châle posé sur ses épaules nues fera l'affaire par-dessus sa robe courte. Elle a déjà repéré un café sur le *Centro Civico*, la place de la ville où trône la statue équestre du général Roca. Un massacreur d'Indiens, dont Anat ne connaît que ses épaules voûtées de Zorro fatigué et l'encolure tendue vers l'avant de son cheval de conquérant, un repère dans cette ville de grosses pierres grises et de toits pointus. Sur le socle de la statue, des indigènes ont peint « génocidaire » à la peinture blanche. Anat ne peut pas savoir que les soldats de Roca recevaient une prime par paire de testicules arrachées aux combattants de l'ethnie mapuche. Elle ignore tout de ce héros argentin qui avait fait arrêter quelque trois mille autochtones, hommes et femmes faits prisonniers et déportés à Buenos Aires.

Même si Anat lisait les guides touristiques en vente dans la librairie de San Carlos, elle ne trouverait aucune mention du sort réservé aux Indiens par Roca. Plus personne ici pour se souvenir que, sur son ordre, ils avaient été séparés par sexe afin d'empêcher toute procréation. Les femmes avaient été dispersées dans les différents quartiers de Buenos Aires, réduites à la condition de servantes. La plupart des hommes avaient été envoyés dans l'île de Martín García, un camp d'extermination. Tout avait commencé le 14 août 1878, à la fin de l'hiver en Patagonie.

Anat marche dans la rue. Une voiture américaine verte la dépasse à vitesse réduite, Anat ne la remarque pas, elle n'a pas vu Dany qui porte des lunettes de soleil et qui, lui, n'a pas fait mine de la regarder. La ville est vide, on dirait un décor en carton-pâte. Sans cette odeur de forêt flottant dans l'air sec de la station, ce parfum de la sève qui monte pour seule présence, Anat aurait l'impression de traverser une carte postale poussiéreuse. Il n'y a qu'un seul café dans le coin, une sorte d'auberge montagnarde, avec l'indication *Konditorei* pour toute enseigne. Anat pousse la porte vitrée, déclenchant un concert de clochettes suivi d'un long silence. Près de la fenêtre, tendue d'un rideau à carreaux rouge et blanc, de vieilles dames à chignon jouent aux cartes. Elles n'ont pas levé la tête en voyant entrer cette jeune femme portant des tresses, élancée dans sa robe courte et portant des espadrilles. Mais elles ont cessé leur conversation, signe de leur curiosité. Une serveuse à l'air revêche apparaît derrière le bar. Elle salue Anat de la tête, sans ouvrir la bouche. L'agent du Mossad lance un *buenos dias* ! sonore en forçant son accent anglais. Les cartes à jouer restent quelques secondes en l'air avant de s'abattre sur la table ronde, comme un signal de retour à la normale. Les voix reprennent la conversation interrompue par l'arrivée de l'étrangère.

Anat se félicite de l'effet qu'elle produit. Comme cela, le piège aura toutes les chances de fonctionner. Elle s'assied sur un tabouret au bout du bar. Sur le mur, un tableau représente une scène de cour dans un château baroque aux toits pointus parsemés de clochetons. Anat tend l'oreille. Les joueuses de cartes parlent allemand. Qui sait, peut-être l'une de ces dames en jaquette grise à la table ronde est-elle Frau Blume ? En tout cas, ce soir, elles auront une histoire à raconter à la maison : une étrangère avec des tresses qui commande un café, accoudée au comptoir comme un homme.

Dehors, l'américaine verte s'est rangée sur la place. Dany et Amos ont l'œil sur la place du *Centro Civico*. Un gros pick-up Dodge noir vient se ranger à leur côté. Un homme blond, de haute taille, en descend et claque la portière. Il porte une canadienne à col retourné, son visage est tanné par le soleil, un vrai play-boy comme on en rencontre sur les pistes de ski de San Carlos, en hiver. Les deux agents le regardent passer, sans lui prêter trop d'attention. Cette apparition confirme seulement Dany dans ses observations : à San Carlos de Bariloche, les Allemands sont partout et c'est même difficile de voir un homme de type latino-américain.

Les clochettes de la porte tintent, Anat sursaute. Le type de la Dodge a surgi comme un courant d'air et sans hésiter il se dirige vers le bar, pour venir se poster à ses côtés. Anat sent son odeur quand il pose sa veste sur le comptoir. Elle connaît ce parfum d'homme, un mélange de sueur et de soleil, de foin et de poussière, comme après une journée de labeur dans les champs du kibboutz.

Le type ne sourit pas, il ne dit rien. Mais il plante ses yeux dans ceux d'Anat qui les baisse aussitôt, confuse. La serveuse prépare une grosse tasse de café dans lequel elle ajoute un quart de lait. L'homme doit être un habitué, elle n'a pas pris commande.

Anat sent son cœur battre à toute vitesse, elle ne comprend pas ce qui se passe. La présence de cet homme crée en elle une tension folle, comme un signal d'alerte lors d'une mission de fouille dans un village arabe. La sensation du danger est floue, d'autant plus troublante qu'elle s'accompagne d'une attirance pour la source de son effroi. Anat ne peut détourner son regard de la chemise de coton tachée du type qui la dévisage sans gêne, lapant son café au lait avec bruit.

Anat se reprend. Sa tension provient du fait qu'elle entre enfin dans son rôle de tentatrice. Oui, ce doit être ça. Elle n'a jamais endossé cette position de femme offerte aux fantasmes d'un homme. Et qui plus est dans un univers de *goyims*. Elle est là pour créer du désir, elle est un symbole érotique, son corps est un stéréotype qui l'affranchit, pour quelques jours, des traditions et de son statut de femme mariée. Ce jeu, dangereux, n'a de sens pour elle que dans sa conclusion : la mort qu'elle va donner au bourreau de son peuple.

Anat ne devrait pas avoir ces pensées mais quelque chose la pousse dans cette direction, vers ce corps d'homme, cet espèce de cow-boy des Andes qui lui fait peur, encore plus peur que ce matin à l'idée de rencontrer Blume, mais pas la même peur, pourtant ; celle-ci la galvanise, elle la rend invulnérable, comme si ce Germain qui la dévore des yeux pouvait lui donner un supplément de force pour lutter avec le mal.

Et voilà que le type se tourne d'un quart, un bras posé sur le bois, il la regarde de nouveau en clignant des yeux, comme s'il était ébloui, gêné par un éclat soudain de soleil inattendu, un air vaguement ennuyé par ce changement dans le paysage, intrigué par cette présence insolite d'une étrangère au pied de la cordillère, dans cette ville où les femmes tiennent leur rôle, comme partout ailleurs, à la maison, au marché, à la table ronde avec un chocolat, derrière le comptoir à lui faire son café, mais certainement pas assise sur un tabouret en croisant des jambes nues, et, surtout, jouant l'Indienne avec des nattes de circonstance.

— *Hola señorita ¡*

Le play-boy a parlé espagnol avec un accent allemand et Anat est censée lui répondre en anglais.

— *Hi !*

— Américaine ?

— *Yes I am.*

— Je m'appelle Gerhard, enchanté, poursuit le jeune homme en anglais.

— Moi c'est Janet.

— Qu'est-ce qui nous vaut la visite d'une yankee à San Carlos ?

— Je travaille pour un institut géologique, les risques sismiques, vous savez ?

— Je vois.

Gerhard a repris sa position centrée face au miroir derrière le bar, il se regarde dans la glace, comme pour se convaincre que c'est bien lui qui se trouve ici, à causer avec une étudiante yankee parachutée dans son bled et qui ne sortira pas de son territoire sans avoir fait quelques tours de manège dans sa Dodge. Y aller doucement, ne rien forcer, laisser venir et passer à l'action, il sait comment y faire. Gerhard se sourit, il ignore les yeux furieux de la serveuse, il se félicite de cette matinée qui a bien commencé.

— Vous habitez dans le coin ? demande Anat.

— Oui, je vis à la *Colonia Suiza*, un peu plus loin, en suivant les rives du lac.

— Il y a des Suisses qui vivent là ?

— Oui, mais ils sont argentins maintenant, comme moi. La colonie a été fondée il y a longtemps.

— Vous avez aussi des origines suisses, vous ?

— Disons que je viens aussi des Alpes. Je suis né dans les montagnes.

— Oh ! C'est beau comme région, les Alpes.

— Vous y êtes allée ?

— Non, mais j'en ai toujours rêvé.

Anat hésite une seconde avant de lui poser la question. Des fois qu'il se méfierait. Mais elle se lance, pour voir si les gens, ici, cherchent à cacher leurs origines.

— Vous êtes Autrichien, Allemand ?

— Je suis Bavarois d'origine et fier de l'être.

— Et comme ça, vous avez quitté l'Europe pour venir chercher d'autres montagnes ?

— C'est ça. Je n'avais plus rien à faire là-bas, vous savez la guerre, tous ces drames, j'avais besoin de changer d'air. Et puis j'étais devenu trop vieux pour gagner des médailles.

— Des médailles ?

— Je suis champion olympique de saut à ski. Il y a vingt ans et des poussières, j'étais connu, vous savez. Je n'ai jamais été aussi heureux que lorsque je m'envolais, sous le regard du public.

— Magnifique ! Et aujourd'hui, le ski ? insiste Anat qui ne peut s'empêcher d'admirer le beau visage de Gerhard quand il s'anime, maintenant qu'il parle de son sport.

— L'hiver, je donne des cours aux gens du coin et l'été je vends du matériel de montagne aux touristes.

— Une belle reconversion, Gehrard ! Mais dites-moi, il y a beaucoup d'Allemands qui sont venus ici, comme vous, après la guerre ?

Gerhard ne répond rien. Il regarde cette jeune femme, il la trouve belle, très attirante, comme un piège. Il n'en demandait pas tant. Pas tous les jours qu'il en déniche une autant à son goût, avec des cheveux coiffés comme il aime, les tresses, comme autrefois en Bavière, les jeunes paysannes, ses admiratrices et les serveuses dans les brasseries. Il voudrait rester, mais il sait aussi qu'il lui faut partir, tout de suite, il y a de la menace dans l'air, quelque chose qui ne colle pas, comme un chemin trop bien dégagé et qui vous impose sa direction. Gerhard se méfie des raccourcis.

Alors, sans rien ajouter, il avale son café, il prend sa canadienne sous le bras et s'en va.

— Attendez !

Anat a parlé fort, elle a crié. Dans la salle, les buveuses de chocolat ont sursauté. Gerhard s'est arrêté devant la porte. Il ne se tourne pas, il attend, il laisse venir, comme il se doit, il sent son poing qui se durcit, il ne doit pas se laisser aller, pas tout de suite, la flairer encore un peu avant de la ferrer.

— Gerhard, je voudrais vous poser une question.

Le blond fait demi-tour, il revient vers Anat, il se tient devant elle, debout.

— Mais qu'est-ce que vous fichez ici, bon sang ? dit-il avec une soudaine brusquerie.

— Je vous ai dit, j'étudie…

— Pas à moi, Miss, pas à moi…

Gerhard fait à nouveau mine de lever le camp. Anat se lève à son tour.

— Pourquoi vous ne me croyez pas ?

— Une jeune yankee à San Carlos de Bariloche, ça jure dans le paysage.

Anat suit Gerhard qui file vers la porte. Elle court dehors, il marche vite, direction son pick-up, elle le rattrape et c'est alors qu'Amos les voit qui se dirigent dans leur direction.

— Dany, regarde, là, Anat avec le type qui s'est garé à côté de nous.

— Quoi ? Mais qu'est-ce qu'elle fout, elle est folle ?? Elle ne va quand même pas monter dans son engin. Je n'aime pas ça. Elle ne doit pas entrer en contact avec n'importe qui.

— Peut-être que le type lui a appris quelque chose sur la cible.

— Tu veux rire, Amos ?

— Écoute Dany, tu connais Anat comme moi. C'est une vraie pro. Et comment tu veux qu'une femme comme elle ne se fasse pas aborder dans un trou pareil ? C'est sa mission, Dany, se faire voir en ville, attirer l'attention. Ce type a tout l'air d'être un Boche, si cela se trouve, il va la conduire à la cible.

Dany ne répond rien, il jette un coup d'œil dans le rétroviseur et il voit le type grimper dans son pick-up. Anat se tient devant la portière.

— Demain, je passerai vous chercher et je vous montrerai la *Colonia Suiza*. Mais ne me dites plus des histoires, lance Gerhard.

— Bonne idée ! Vous pouvez passer me prendre à mon hôtel. Je loge au *Gardena*, c'est vers…

— Je connais, je serai là à neuf heures, réplique Gerhard en tournant la clé de contact.

Anat regarde partir le pick-up. Elle se tient juste dans l'ombre du général Roca, toute seule au milieu de la place. La voiture verte est partie. Elle suit la Dodge.

Anat se dit qu'elle a bien fait d'insister. Un Allemand mène à un autre. Et certainement que ce champion de ski était lui aussi un nazi.

Chapitre 20

Berlin, 30 juin 1934

L'étonnement, plus encore que la surprise. Étonnés de se retrouver là, dans leur chambre de caserne de la Tiergartenstrasse, avec sous le nez une mitraillette. Blume n'oublierait jamais le visage de ces hommes qu'il tenait sous le contrôle de son arme. C'était la première fois que le Standartenführer mettait quelqu'un en joue et il ne s'attendait pas à ce que ce fussent de jeunes Allemands, sortis de leur lit de camp. Ils étaient maintenant tous rangés contre le mur, les mains en l'air. Dans les dortoirs, c'était le silence. Pas un cri, pas la moindre vocifération. Aucune parole ne fut prononcée pendant ces longues minutes d'attente. Sans le cliquetis des armes et ces pas de course dans les escaliers, on eût dit une scène de muet.

Les lits défaits sentaient le sommeil lourd, aviné. Une odeur de cuir et de cirage imprégnait les travées encombrées par des sacs militaires bourrés de linge sale. En camisole, torse nu, leur chemise brune encore suspendue au clou, elle avait bonne mine, la milice !

Son arme à la main, le Standartenführer ne put s'empêcher de ressentir un malaise à la vue de ces crapules, à ce point décontenancées par cette diane sans clairon qu'on les eût dites innocentes. Tout à l'heure, ces légionnaires se retrouveraient devant le peloton d'exécution. Au fond, se dit Blume, dans un soudain accès d'empathie, ils avaient cru être dans leur bon droit, ils se figuraient, eux aussi, les soldats du monde nouveau. En réalité, ces militants s'étaient laissé emporter par cette licence qui leur avait été trop longtemps concédée : droit de baston, autorisation de défiler dans les rues, permis de fracasser tout sur leur passage.

Ces hors-la-loi, patentés par le régime nazi, s'étaient vu offrir des chemises brunes, en toile solide, des casquettes et des brassards, des bottes, des pistolets, des matraques, des motocyclettes et des camions, avec des bidons d'essence. Aventuriers, garnements, fêtards, chômeurs, assistés, ronds de cuir, prolétaires, ils s'étaient sentis chéris, désirés pour ce qu'ils avaient de pire en eux. Ils faisaient peur à voir, mais ils n'avaient peur de rien. Hier soir, ils ouvraient encore leur braguette et pissaient leurs litres de bière dans tout Berlin, ils étaient les rois du bal, leur sale gueule n'était pas un délit.

Toutes ces années, lancés à corps perdu dans le national-socialisme, ces prétoriens de la première heure n'avaient compris qu'une seule langue, celle de leur chef : debout ! couché ! marche ! Avec, comme gratification, la perspective d'une revanche :

se partager l'or des financiers juifs et de la vieille noblesse, mettre à sac les banques et piller la fortune des grands industriels.

Et voici qu'on les réveillait à l'aube et qu'on les alignait contre le mur de leur piaule. Ces gars n'avaient quand même pas rêvé. Depuis plus de dix ans, on leur promettait l'assaut final contre l'État, la prise du pouvoir, la toute-puissance. Ils avaient capté le message : battez-vous, buvez, copulez, si vous voulez, dépensez ce trop-plein d'énergie, vous en serez récompensés. Encouragés dans leur délire narcissique, se mirant dans les vitrines quand ils ne les brisaient pas à coups de bâton, ils avaient fini par se bouffer le cul et s'aimer parmi. À ce jeu-là, leurs costumes, leurs chaînes, leurs laisses, leurs chiens, leur boucle de ceinturon, leur nuque rase, leur manière de se tenir droit, les mains sur les hanches et les jambes écartées, leurs défilés, tout cela avait fini par ressembler à une vulgaire parade de mâles en rut. Tout de même pas de quoi justifier la peine capitale qui allait leur être infligée, songeait Blume qui commençait à sentir le poids de son arme dans son bras tendu.

Ils ont dérapé, ils n'ont que ce qu'ils méritent, se reprit le Standartenführer qui cherchait à se convaincre. Mais il ne pouvait quitter du regard les yeux d'un tout jeune milicien, où l'effroi remplaça brusquement la stupeur. Le Reichsminister Goering venait d'entrer dans la chambre et il désignait des hommes du doigt, comme un client choisit les filles dans un bordel. Il cherchait les officiers supérieurs, en faisant vérifier par une ordonnance SS tous les insignes cousus sur les vareuses suspendues à des clous. Les grades de la SA, ce matin, ne valaient plus rien, dévalués après avoir été distribués à la pelle à des garçons de café, des cheminots, des chômeurs, tous trop jeunes et qui s'étaient enorgueillis d'avoir atteint, si vite et sans effort, le rang de capitaine ou de major. Aujourd'hui, l'heure de la punition avait sonné pour ces imprudents.

Avec son long manteau gris aux reflets mauves, taillé dans une belle étoffe, précieuse, avec ses pantalons de parade à bandes noires et ses bottes de cuir neuves, brillantes, tenant d'une main aux grosses bagues son martinet et désignant les garçons de l'autre, la Domina du jour, cette maréchale, qui fut elle-même le chef de ces hommes déclarés, depuis quelques heures, ennemis du régime, ressemblait à une femelle carnivore dévorant ses petits.

Pour ces miliciens qui se croyaient invincibles, l'humiliation était consommée. Attachés, jetés en cage, pour ainsi dire, dans ce donjon qu'ils avaient cru imprenable, au sommet du Reich, ils se retrouvaient livrés pieds et poings liés aux SS leurs compagnons de jeu qui allaient décharger sur eux des années de violence contenue.

Confite de haine, bouffie d'ambition, la figure maîtresse avait terminé son inspection. Elle se tenait dans la cour, le soleil brillait déjà dans le ciel. Il y avait dans l'air comme un relent d'herbe coupée, la fermentation d'une sanglante moisson. Les serpes étaient aiguisées, elles allaient enfin pouvoir tailler dans le vif et rien, plus rien n'arrêterait désormais les SS. N'étaient-ils pas capables d'aligner des camarades contre un mur et de les passer par les armes ?

Il y eut alors une rumeur qui parcourut tous les étages. Le chef des SA, qui se trouvait en Bavière, venait d'être arrêté, lui aussi. À l'incompréhension succéda la terreur.

Le Standartenführer, tout à coup, sentit le poids de sa honte. Il ne voyait pas la différence entre ces condamnés et lui-même. Avec ses fols espoirs de reconnaissance et de mérite, au-delà de ses turpitudes, dont il espérait que la SS allait l'absoudre, il ressemblait à ces chemises brunes. Sauf qu'eux, et dans son mépris il y avait comme de l'envie, ils étaient les représentants de la véritable masculinité, paillarde, insouciante, brutale. Ils avaient le privilège de l'animalité, inconsciente, telle qu'avaient su la susciter en eux les discours nazis. À coup de slogans, le Parti avait su sécréter des mots qui agissaient directement sur leurs glandes hormonales cherchant une issue à travers la satisfaction de leurs instincts les plus vils. On leur avait parlé de politique comme on parle de besoins sexuels, avec un langage cru, et il ne fallait pas s'étonner qu'ils soient à ce point désinhibés, marquant leur territoire dans les villes allemandes comme des chiens levant la patte arrière sur les trottoirs.

La propagande avait libéré une bête immonde, qui se nourrissait voracement des frustrations et des petites misères du corps. Et c'était ce monstre que ses créateurs conduisaient aujourd'hui à l'abattoir, comme un gros porc engraissé dont on fera des saucisses.

Blume ignorait les raisons profondes du sacrifice, même si c'était vrai que l'homosexualité du chef de ces enragés avait fini par contaminer toute la bande, au risque d'éclabousser de foutre l'image du pouvoir. Mais enfin! ils étaient trois millions derrière lui et beaucoup d'entre eux aimaient leur petite femme autant que les putains et les camarades de chambrée. Non, le colonel sentait qu'il y avait autre chose dans cette boucherie. Une fois de plus, le pouvoir invoquait le sexe et ses perversions pour renforcer son assise. En 1933, l'Institut de sexologie avait été le premier coup d'éclat des nazis, avant les magasins juifs et les synagogues.

Aujourd'hui, nouveau signal, sans équivoque, la violence était légitimée au nom de la pureté sexuelle. Le premier grand massacre nazi avait pour théâtre son propre corps. Un rite de passage à l'âge adulte du Parti qui s'ouvrait les veines dans les casernes de sa propre milice. Une saignée songeait Blume, qui devait racheter l'image des nazis auprès de la vénérable Reichswehr, cette armée qui ne connaissait que le prix du sang versé, ce monstre sacré qui avait dévoré des millions d'Allemands, ce tombeau dont seul le ciment semblait devoir lier les États allemands.

Blume sut qu'il lui faudrait désormais redoubler de prudence, ne rien laisser transparaître de ses pulsions, autrement dit se dissimuler à lui-même. Sa casquette, à tête de mort, lui parut le meilleur des déguisements possibles. Il jouerait cette mascarade jusqu'au bout, avec l'énergie du refoulement, comble du sadisme. Avec l'espoir qu'elle le délivrerait, tôt ou tard, de son corps tyrannique.

Chapitre 21

Berlin, 16 octobre 1958

— Alors, comme ça, tu es tchèque ?
— Oui, mais je suis aussi israélien.
— Nous sommes juifs, tous les deux.
— Oui, et nous aimons les hommes.
— Oui, tous les deux…

Karl regarde Izzy qui entre dans sa chambre d'hôtel, il porte ses habits de soldat, il a sa casquette vissée sur le crâne, il a ses yeux qui rient à travers ses lunettes rondes, il est rasé de près, il tient deux paquets dans les bras.

— Hi Karl !
— Bonsoir Izzy !

Karl repense à leur conversation, c'était il y a trois jours, dans le petit café de Kreuzberg : « Alors, comme ça tu es tchèque ? – Oui mais je suis aussi israélien – Nous sommes juifs tous les deux – Oui et nous aimons les hommes – Oui, tous les deux – Et tu vis ça bien, toi ? – Ce que nous ressentons, ce désir, cela n'a rien d'extraordinaire. Nous sommes des millions dans le monde à le ressentir, c'est tout naturel et les étiquettes, on s'en fout. »

— Tu te souviens ce que tu me disais l'autre jour, Izzy ?

— Nous avons beaucoup parlé, tu penses à quoi, Karl ?

— Quand tu disais que le désir que nous ressentons pour les mecs, eh bien tu disais que c'était naturel, qu'il n'avait rien de spécial, que ce n'est pas extraordinaire, que nous sommes comme beaucoup d'autres personnes…

— Oui, c'est ce que je pense.

— Moi, je pense que c'est extraordinaire, au contraire, le désir. Je ne te connais pas Izzy, mais je ressens quelque chose de fort, mon désir pour toi se manifeste à travers ton odeur, je la sens, là par exemple je l'associe à cette chambre, à la couleur de ces rideaux tirés, à la tristesse de cet hôtel sur les bords du Landwehrkanal, aux péniches abandonnées, là-devant, sur le quai, et je me dis que mon envie de toi est plus forte que le paysage, elle le transforme.

— Peut-être bien, Karl, mais tu sais que je parlais d'autre chose, je disais que notre désir pour les hommes n'a rien d'étrange, je disais cela en pensant à tous ceux qui voudraient que notre sexualité relève d'une pathologie.

— Tu veux dire notre amour…

— Ne te paie pas de mots, Karl, moi j'utilise ceux qui me viennent à la bouche sans trop réfléchir. L'amour, c'est encore autre chose, même si c'est vrai que ce soir, en venant, j'ai trouvé la ville plus belle que d'habitude.

— Qu'est-ce que tu m'apportes dans ces paquets, Izzy ? C'est pour cela que tu voulais qu'on se voie à la chambre ?

— Ferme les yeux.

Karl est assis sur le lit, il entend un froissement de papier, il entend bouger Izzy, il sent son parfum, une odeur de cigarette et d'imperméable mouillé, comme après une averse, avec un fond fumé, comme s'il avait passé du temps auprès d'un feu de bois. Il pense à ce soldat, tout proche maintenant, cet homme qui a longtemps joué dans une troupe de théâtre à Los Angeles, il campait le personnage de Madame Butterfly, sa manière à lui de prêcher pour les droits homosexuels. Izzy lui a parlé de cette chasse aux « pédés » lancée par McCarthy. Aux États-Unis, les homos sont décrits par la police comme « un bouillon de culture où éclosent les virus criminels », ils sont fichés, ils doivent subir des traitements hormonaux. Cela rappelle quelque chose à Karl. Izzy lui a dit que le FBI traquait les gays, il a dit « *gays* ». Karl n'avait jamais entendu ce terme, il trouve que ça fait chantant, joyeux, c'est la première fois qu'un mot pour dire « ça » ne heurte pas sa sensibilité. Le vocabulaire, c'est peut-être ça qui lui a manqué pour soigner les blessures. Il fallait y penser, mais seules les formules exorcisent le mal et Izzy sait détourner le langage, il connote, il baratine.

Izzy s'emballe quand il parle, il parle très vite, il parle tout le temps, il parle un langage codé. Il voudrait faire son *coming out*, qu'il dit, marre du masque, n'en peut plus de feindre.

Izzy a raconté à Karl l'une des dernières conventions de la *Mattachine Society*, en Californie :

« Nous étions partagés, tu ne peux pas savoir, complètement déchirés sur cette idée de différence : moi je pense que nous sommes des gens comme les autres, *we know we are the same, no different than anyone.* »

— Mattachine ? a demandé Karl.

— Un mouvement qui milite pour la reconnaissance de nos droits, Karl. C'est parti de LA, mais maintenant on est surtout actifs à San Francisco, parce que là-bas on nous fiche plus la paix.

— Un drôle de nom.

— Le masque, le théâtre, la fête des fous, quoi !

— Je ne comprends pas...

— Il y avait une sorte de fraternité secrète, en France, au Moyen Âge, une troupe de comédiens qui se reconnaissaient dans ce nom de *Société Mattachine*. Pour dénoncer l'oppression, ils jouaient masqués.

Karl découvre un jeu de lettres, livrées en vrac, à assembler comme on veut, composer des noms de guerre avec, inventer des phrases pour faire savoir qu'on existe, dire qui on est avec des mots images.

Karl a toujours les yeux fermés, il attend, renversé sur le lit, appuyé sur un coude. Il entend Izzy qui marche, il se demande quelle surprise lui a préparée ce GI à lunettes, ce garçon sympathique, qu'il saurait aimer comme on aime un fils, mais qui déjà a posé des limites, qui ne veut pas de son amour, parce que ce serait déplacé, dans ces circonstances, parce que le mot amour lui fait peur, au militant homo, peut-être tout simplement parce que lui, Karl, est déjà vieux et qu'il pourrait justement être son père.

— OK, c'est bon, maintenant.

Karl ouvre les yeux, Izzy a posé un genou à terre, il lui tend une paire de bas, dans un emballage de cellophane.

— C'est pour toi, tu vas te faire belle.

— Izzy, non…

— Tiens ! J'ai aussi acheté de la dentelle et une robe de soirée, bien moulante, des escarpins vernis et une perruque. Pour le maquillage, j'ai tout ce qu'il te faut.

Izzy a une longueur d'avance, il a forcément déjà joui quand il a acheté la dentelle et les escarpins, tout excité à la seule idée de les montrer.

— Tu vas t'habiller comme une femme des années trente dans les cabarets. Et tu prendras la pose…

Izzy a couru les boutiques, il a cherché ce qui allait réanimer Karl, il a déniché le fétiche qui lui va comme un gant.

— Comme ça, tu peux te retrouver un peu. Et tu me feras vivre ton Berlin, j'ai toujours rêvé de vos cabarets.

Izzy en rajoute, il ajuste, Karl est son captif, il lui faut maintenant enfiler son don.

Karl délace ses chaussures, il quitte son veston et le lance sur un fauteuil. Il déboutonne sa chemise, il se lève, il se tourne, il va à la salle de bains pour ôter son pantalon et tout le reste. Il ne veut pas montrer son corps d'homme à Izzy. Il l'appelle, il lui demande de lui passer les bas et la dentelle.

— Non, pas les bas. Je veux te voir les enfiler devant moi, je veux regarder quand tu les accroches aux porte-jarretelles.

Izzy a branché un petit appareil électrique, comme Karl n'en a jamais vu. Un pick-up.

Karl se regarde dans la glace, il chiale, premier épanchement des fluides, dégel, il doit reprendre le maquillage, il sent tous les signaux qui se réactivent, ses yeux humides qui s'adoucissent, le corps qui remonte à la surface, intact, baigné de larmes, vivant, nénuphar, reine de l'étang ; elle est là, en lui, la châtelaine, la princesse orientale, la tzigane, la pute, il sent la jupe qui lui serre le ventre, il sent le froid qui vient par-dessous, l'air qui passe et les muscles de ses jambes tremblent déjà, comme s'il avait mis les chaussures à talons, cherchant son équilibre.

Karl retourne dans la chambre. Izzy est assis à l'envers sur une chaise, à califourchon, les deux bras sur le dossier, le menton appuyé dessus. Il sourit. Il a mis un disque. Le vinyl tourne sur l'aiguille, elle joue *Oh Mond* de Holländer avec la voix suave de Blandine Ebinger.

Karl s'assied de nouveau sur le lit, il se penche en avant, il retrousse un bas, il l'enfile sur un pied et il tend la jambe, il la lance en l'air et se renverse sur la couverture, il tire, par à-coup, il sent le nylon qui lui pince la peau, qui lui tire les poils, il élargit le passage en pinçant le haut du bas avec l'index et le pouce, il tire un coup sec, le bas déroulé tient tout seul. Il refait la même chose sur l'autre jambe.

Izzy le regarde en fumant une Camel.

Karl se met debout, il soulève un peu plus la robe, il accroche les attaches à la bande élastique qui lui serre le haut d'une cuisse, il fait deux fois le geste.

Karl grimpe ensuite dans les chaussures, il s'élève, il fait deux pas dans la petite chambre, il cambre son dos. Izzy se lève, il lui prend la main, il l'invite à danser, ils sont collés l'un contre l'autre, ils font un slow dans le froufrou de la soie, dans l'artifice des fleurs en étoffe piquées sur la robe, Karl se dégage, elle demande une cigarette, elle a senti son imposture durcir sous la dentelle. Mais elle ne veut pas de ce plaisir-là, Karl, elle monte sur la table, elle prend la pose, elle se concentre sur ses autres muscles, ceux des bras qui tiennent tout son corps renversé en arrière, ceux des jambes, la jambe droite repliée, la jambe gauche en l'air, tendue.

La voici ressuscitée, après tant d'infamies, tous ses gestes retrouvés, elle, la rejetée, l'orpheline, la divisée, la double, elle joue sa ville pour un GI.

— Je suis Blandine qui chante pour toi !

— Tu es Marlène, darling !

— Comme tu veux…

— Tu es mon Allemande, ma Juive.

— Je suis la Reconstruite, la Bandante.

— Tu es la Grosse Huître.

Dehors, derrière les rideaux, dans la ville couturée, le soleil a passé à l'ouest, il va bientôt disparaître derrière la ligne faible des immeubles parsemés. Dans la chambre de l'hôtel des Alliés, l'aiguille du pick-up gratte, gratte. Un GI est assis sur une chaise, il fume. Un homme habillé en femme est couché sur le dos en travers du lit.

— La Pathétique, Izzy, je suis la Pathétique, la Triste, la Sans-Foi…

— Pourquoi tu dis ça, Karl ?

— Tu ne m'as pas touchée.

— C'est toi qui ne voulais pas.

— Oui, mais je sais que tu n'en avais pas envie, tu avais seulement envie de me regarder.

— Pour te faire plaisir aussi.

— Tu sais ce qui m'a plu ? Eh bien, c'est le pouvoir que tu exerces sur moi. Tu es le soldat, l'occupant et tu t'es payé ma tête à bon compte.

— Tu prends les choses à rebours, Karl.

— C'est ma nature, je fais toujours les choses à l'envers.

— *God* ! Et moi qui pensais que tu aurais du plaisir à revivre le travestissement.

— Mais pas comme tu penses. Ce que j'aime, c'est ta naïveté de GI américain qui croit faire du bien. T'es à côté de la plaque, mais comme c'est toi qui commandes, Izzy…

— Tu dérailles, Karl…

— Je ne suis pas une poupée qu'on déguise comme ça. Tu m'as attribué un rôle, tu as fantasmé un bon coup en t'imaginant dans ce Berlin des années vingt. Tu voulais ta vamp, tu l'as eue. Sauf que moi, tu vois, je ne suis qu'une vieille tante qui cherche de nouvelles marques.

— Arrête tout de suite ou je te colle une gifle.

— Vas-y !

Izzy se lève et tire les rideaux. La lumière bleue du néon pénètre dans la chambre.

— Tu sais Karl, ce qui me ferait plaisir, c'est que tu puisses être toi-même, quand tu en as envie. Un jour, j'en suis sûr, les folles comme toi se montreront dans les rues, elles défileront comme au carnaval et la foule les applaudira. Elles seront reconnues dans leur différence, acceptées comme telles. Elles seront assimilées et nous aurons remporté une belle victoire, nous les gays, on saura imposer une autre manière de vivre le monde, nous aurons nos relais dans la société, on gagnera en influence, grâce à cette nouvelle reconnaissance.

— Je ne suis pas différent, Izzy, et je n'ai rien à prouver. Ma part féminine, ce n'est pas un langage codé, je ne joue pas l'efféminé, je suis moi-même et cela ne regarde personne, au fond.

— Mais enfin Karl, tes spectacles de travestis, c'était du jeu, non ? Une performance, un moyen de contourner la censure et tous les interdits. Ne me dis pas le contraire.

Karl ne répond rien. Il se tourne sur le côté et fixe la fenêtre. Izzy ramasse sa veste. Il fait mine de partir, la main sur la poignée de la porte.

— *Sorry* Karl, mais je ne te suis pas. Pas besoin de se prendre la tête, je voulais juste que tu prennes ton pied.

— Je sais Izzy, merci. Merci, parce qu'aujourd'hui j'ai compris quelque chose. Je ne suis pas un être à part, je ne suis pas une curiosité qui s'exhibe. Et encore moins un monstre qu'on apprivoise, un anus contre-nature, un homme féminin, un homosexuel, un travesti, toutes ces étiquettes qu'on nous colle et qu'il faudrait assumer, à t'entendre, revendiquer même ! c'est ça que tu dis, en fait, ce serait à nous désormais d'inventer des catégories. Comment vous dites en Amérique ? *Gay*, oui, pas mal, j'aime bien, mais faudrait aller plus loin encore dans la stigmatisation en reprenant à notre compte cet acharnement des psychiatres qui traquent depuis bientôt cinquante ans ceux dont l'apparence ou la manière d'aimer ne sont pas conventionnelles, et tu voudrais encore que je monte sur un char pour soulever ma jupe, pendant que tu y es !

— Le discours des psys évolue, tu sais…

— Les psys qui prennent le relais des prêtres, après les nazis, ensuite ton McCarthy, et toi qui me dis que l'inversion est subversive, que c'est un mode de vie alternatif, mais c'est toujours la même histoire, Izzy, une histoire de pouvoir obsédé par le sexe, ah ! le sexe qui fait tant parler de lui, mais non, c'est eux, vous tous qui en causez du matin au soir, comme s'il était le centre du monde, mais foutez-lui la paix au sexe !

Izzy s'en va, il a fermé la porte, avant il a fait un petit signe de la main, sa main de soldat qui a dit *bye* ! avec l'air de ne pas y toucher, désarmante.

Au pied du lit, Karl se redresse : personne pour me dire de quel genre je suis ! Je ne serai jamais plus le patient du Dr Hirschfeld.

Chapitre 22

Berlin, 22 octobre 1941

La Gestapo a ordonné la fermeture du théâtre. Au nom de « la protection du peuple et de la race ». Le *Kubu* a vécu. Il n'y aura plus de Juifs sur scène, plus d'orchestres, plus de pièces, plus de lectures, plus d'expositions, plus de cinéma dans la Kommandantenstrasse. Rivka y a cru, jusqu'à la dernière représentation. Elle se cache désormais dans l'appartement de Klaus, son amant parti rejoindre son unité à Paris. C'est Inge qui lui apporte de la nourriture, une fois tous les deux jours. Cette jeune femme toute maigre, au regard inquiet, est violoncelliste à l'Opéra de Berlin, comme Klaus. Il a dit à Rivka qu'elle devait lui faire confiance. Elle était la seule à qui il pouvait demander ce service. Il faut être prudent, les voisins ne sont pas sûrs. La vieille, au-dessus, surtout. Rivka doit tout le temps penser à ne pas faire de bruit. Elle peut ouvrir l'eau uniquement quand Inge est là.

Rivka est seule, tous les hommes sont partis. Il n'y a plus personne pour protéger les femmes, comme elle. Sans Klaus, elle aurait été attrapée.

Rivka ne regrette rien. Elle aurait dû écouter Karl, quand il lui disait qu'elle devait partir avec cette troupe de comédiens russes, toujours les mêmes, en tournée en Allemagne. C'était en 1936, Karl était de moins en moins souvent à Berlin, il vivait à nouveau à Brno. Il était venu voir les Jeux olympiques, il n'avait pas aimé le spectacle, il disait que c'était de la pornographie, du détournement de mineurs, il parlait de l'asservissement du corps. Mais Rivka n'entendait rien, elle préférait vivre dans son monde, dans ses rêves de liberté, elle avait dit à Karl son bonheur de jouer, sa manière à elle de tenir. Le théâtre était contrôlé par les nazis, mais c'était uniquement pour les empêcher d'interpréter des pièces non juives. Karl prétendait que c'était pure folie et que, tôt ou tard, ils allaient interdire jusqu'au mot juif. Il disait vrai, mais ils ont attendu jusqu'au 11 septembre de cette année. Jusqu'alors, ils n'avaient pas touché au verbe, cet ultime espace de résistance.

Mais où sont passés les hommes, ses camarades comédiens ? Les siens ? Rivka est folle d'inquiétude pour ses parents. Elle n'a plus de nouvelles, elle n'a pas le droit de téléphoner et Inge n'en sait rien. Elle dit que poser des questions, c'est un bon moyen de se faire repérer.

Rivka n'a jamais dit à ses parents pour Klaus. Ils n'auraient sûrement pas vu du mal dans cette relation. Après tout c'était elle la plus attachée aux traditions. C'était curieux, mais elle ne serait jamais tombée amoureuse d'un type comme lui, un « Gentil », si elle ne s'était pas plongée depuis bientôt dix ans dans sa culture d'origine. Elle ne s'était jamais autant sentie juive que ces dernières années. Le monde extérieur le lui rappelait avec douleur tous les jours, dans la rue. Mais ce n'était pas l'étoile jaune, les magasins fermés, les vexations de toutes sortes qui la ramenaient à ses racines. Non, c'était ses lectures, ses rencontres, ses nouveaux amis du théâtre, le *Dibbouk* qui l'avaient transformée. Et c'est parce qu'elle avait intégré le poids de la famille juive dans son jeu de scène qu'elle s'était lancée dans les bras de Klaus. Rivka s'était sentie possédée par le démon sexuel des contes, qui la poussait aujourd'hui à se révolter contre les rabbins et les parents.

Elle voudrait tant en parler avec son père. Ce qui avait été une révélation, la découverte du folklore et du verbe se traduisait désormais par une puissante énergie contestatrice.

Était-ce pour cela qu'elle en voulait tellement à ses camarades de s'être laissé prendre par la Gestapo ? Rivka ne mangeait plus à sa faim. Les visites d'Inge se faisaient de plus en plus espacées ces deux dernières semaines. L'enfermement était insupportable, sans parler de la peur. Et avec la fièvre de l'angoisse, un puissant ressentiment prenait corps en elle. Comment son peuple pouvait-il à ce point se laisser asservir ? Elle en voulait à tous ces antihéros de la tragi-comédie yiddish, inadaptés, apitoyés sur eux-mêmes. Plus les jours passaient dans l'appartement de Klaus et plus Rivka finissait par confondre la figure de ses proches avec celle de ces protagonistes du folklore juif, maladroits, toujours voués au malheur. Pourquoi les siens ne se battaient-ils pas, pourquoi une telle passivité ? Elle repensait aux comédiens de sa troupe et elle comprenait qu'ils s'étaient appliqués à jouer leur propre faillite. Portés par l'illusion du *Kubu*, dont ils n'étaient pas dupes, ils avaient si bien incarné leurs personnages qu'ils en mouraient, aujourd'hui. Acteurs géniaux, ils avaient lutté dix ans contre le temps, séparant le sens de la vie de leur vie même, celle qu'ils retrouvaient aussitôt redescendus des planches, dans ce monde extérieur qui leur était hostile.

Mais elle, Rivka, refusait ce qui apparaissait comme un ordre des choses. Elle voulait vivre, jouir de son existence. Lorsqu'elle accepta de jouer Lea, elle n'imaginait pas jouer ainsi une histoire accomplie avec, au final, sa propre disparition. Lorsque tout semblait perdu, quand le rabbin s'évertuait à faire sortir le démon de son corps, quand tout semblait devoir l'arracher au seul amour qui ait jamais compté pour elle, son chéri emplissait son âme, il les emportait, tous les deux, loin de la souffrance des corps, dans l'union éternelle, celle qui échappe aux lois d'ici bas. Il était son âme à elle, lui en elle, et rien, jamais, ne pourrait les séparer.

Oh ! combien Karl lui manquait. Son compagnon, son adorée, lui seul échappait à cette passivité ambiante. Il avait trouvé la parade en inversant les genres, comme la Lea du *Dibbouk* qui devient à la fois homme et femme quand il pénètre en elle. L'histoire finissait peut-être mal, les amours transgressifs n'étant pas admis sur cette terre. Mais

Rivka en avait retenu le courage, la force de dire non aux conventions. Cette force qu'elle avait découverte en jouant et qui l'avait poussée à se donner sans inquiétude à Klaus, cet Allemand qui n'avait pas craint d'aimer une Juive. Cette force, cette volonté, désormais, de ne pas se laisser conduire à l'échafaud.

Il y avait du chahut dehors, dans la rue, un bruit de moteur et des portières qui claquaient. Des pas dans l'escalier, des voix, un aboiement.

Klaus, où était-il, lui, son amant, son petit « Gentil » ? Pourquoi l'avait-il laissée seule ? Rivka entendit tourner la clé dans la serrure. C'était Inge, livide et les yeux cernés. Elle était accompagnée.

— J'ai été obligée de tout leur dire. Mais là où tu vas, il y a un théâtre, et même un orchestre. Rivka, ils m'ont promis que tu pourrais jouer, je te jure, ils disent que tu pourras.

CHAPITRE 23

San Carlos de Bariloche, 15 octobre 1958

FRAU Blume tire le rideau. La voiture est toujours là, dans la rue. Étrange, elle connaît toutes les automobiles de la *Colonia Suiza*. Depuis trois jours, une américaine de couleur verte vient se ranger le long du trottoir, en face de chez elle. À l'intérieur, elle distingue deux hommes, les mêmes que les jours précédents. Un quadragénaire, costaud, et un plus vieux, petit et chauve. Ils ont le type méridional, ce qui n'a rien de surprenant dans ce pays. Sauf que dans sa rue, quelques Indiens mapuche mis à part, on croise plutôt des gens à peau claire et de type nordique. Ce n'est pas pour rien que Frau Blume a pris résidence dans ce village fondé par des Valaisans au XIXe siècle et qui accueille désormais de nombreux Allemands, comme elle.

Aujourd'hui, la voiture est vide. Le premier jour, les deux types sont restés au moins une heure à l'intérieur. Hier, ils ont déplié une carte, ils faisaient mine de chercher quelque chose. Et puis ils sont sortis dans la rue. Ils ont examiné les maisons les unes après les autres, avec l'air de chercher une location ou une propriété à vendre. Ils se sont arrêtés longuement devant la sienne. Il n'y a pourtant aucun panneau « à louer », rien qui dise que sa petite villa est à acquérir.

Frau Blume n'aime pas ça. Son instinct lui dit qu'il se passe quelque chose. Et à soixante ans bientôt, on ne la lui fait plus. Ces bonshommes recherchent quelqu'un et il se pourrait bien que ce soit à elle qu'ils en veulent.

En ville, le jour précédent, elle s'est sentie suivie. Elle s'est retournée plusieurs fois, mais elle n'a vu personne. Elle n'a pas non plus repéré l'américaine verte. Frau Blume en jurerait, elle est sous surveillance. Dans sa vie, elle a connu le danger, elle a vécu des souffrances aussi. En Allemagne, elle en a vu de toutes les couleurs. Ailleurs aussi, mais ce serait trop long à expliquer. Désormais, elle a, comme qui dirait, des antennes.

Frau Blume met de l'eau à chauffer pour le *yerba maté*. Elle s'y est mise dès son arrivée en Argentine, il y a treize ans, elle en boit toute la journée et cela lui donne de l'énergie à revendre. Elle ne sait pas que faire de son corps, il la démange, il voudrait toujours plus, il ne la laisse pas tranquille. Frau Blume remonte le coucou suisse accroché dans sa cuisine. Normalement, ce soir, elle devrait se rendre au *Centro Civico* de San Carlos de Bariloche, un rendez-vous avec un proche, un Allemand, comme elle. Mais elle n'ira pas. Elle ne sait pas comment l'avertir, elle préfère ne pas utiliser le téléphone. Vu ce qui se passe, elle ne veut prendre aucun risque. Elle pense se rendre cet après-midi chez Frau Schultz. Les Schultz sont adorables avec elle, ils l'invitent tous les dimanches à midi, le mari est secrétaire de la communauté allemande de San Carlos. Ils ont un fils, Wilfred, dix ans, une adorable tête blonde. C'est lui qui pourrait faire passer le message de prudence. Elle lui donnera un billet qu'elle écrira chez les Schultz.

Frau Blume se poste devant la fenêtre, elle a tiré le fauteuil et elle attend. Elle veut savoir si les deux types reviendront prendre leur voiture. Sur la petite table du salon, elle a posé un pistolet. Un Luger P08, elle sait s'en servir. On ne sait jamais. Des fois qu'ils viendraient lui poser des questions. Personne n'a le droit de venir la déranger. Elle ne demande rien d'autre que de vivre sa retraite en paix. Le reste, c'est du passé et cela ne regarde personne. Frau Blume ne voit pas pourquoi elle devrait rendre des comptes. Elle a toujours su que, un jour, quelqu'un viendrait la chercher, les chercher, jusqu'ici en Argentine, sur les rives paisibles du lac Nahuel Huapi. Elle a toujours été prête à cette éventualité, Frau Blume. Mais elle ne dira rien. Elle n'a pas mauvaise conscience, elle a fait ce qu'elle devait. Et surtout, sachant qu'elle a pris ses distances avec lui, il y a treize ans, elle ne supporterait pas l'idée qu'on vienne lui demander ce qu'il était devenu. Lui qui fut longtemps fidèle à son pays, qui l'a servi corps et âme, lui qui a mis sa vie en danger pour sa patrie, entièrement dévoué à son ordre, lui qui refusait de l'écouter, qui ne voulait pas qu'elle parle, murée selon ses vœux à lui, mise entre parenthèses, pourquoi devrait-elle, aujourd'hui, revenir sur cette période douloureuse, en parler, parler de lui, n'évoquer ne serait-ce que son prénom ? Non, Frau Blume préférait mourir que de se livrer au moindre interrogatoire sur le passé allemand. Mourir, mais tuer aussi, si quelque poursuivant devait s'aventurer jusque chez elle.

Chapitre 24

Berlin, 8 juillet 1941

Le Standartenführer Blume referma la porte de son appartement et jeta sa vareuse sur son lit. Il ouvrit les fenêtres, la chaleur était étouffante et l'orage annoncé n'avait toujours pas éclaté. Il avait douze heures devant lui avant son train pour Vienne. Direction Belgrade, où il devait rejoindre un *Einsatzgruppe* spécial de la Police de sécurité et de la SD, principalement constitué d'employés du Bureau central de la sécurité du Reich (RSHA), sous le commandement d'une vieille connaissance, Wilhelm Fuchs, colonel comme lui. Pour la première fois depuis le début de la guerre, Blume allait voir du pays et tâter du terrain. Il se trouvait bien dans son bureau berlinois, mais il n'avait pas eu le choix. Walther Darré, son principal protecteur, n'était plus son chef depuis longtemps. Il avait même démissionné de son poste de Reichsminister de l'agriculture et de l'alimentation. Darré n'était plus en odeur de sainteté auprès de Himmler qui avait repris à son compte sa politique agraire. Les fermes idéales, pour le chef de la SS, devaient s'exporter dans les lointaines plaines de Russie et la fumée de leur foyer devait marquer les étendues infinies du nouvel empire. De plus, Darré ne cachait plus ses réticences envers les guerres de conquête. Il avait aussi pris des risques en défendant ses camarades anthroposophes, désormais dans le collimateur des services de sécurité. Bref, son statut de ministre ne tenait plus qu'à un fil et il n'était plus d'aucun secours pour Blume.

Mais cela ne suffisait pas à expliquer l'envoi soudain du Standartenführer dans les Balkans. L'internement de son épouse dans un asile psychiatrique avait fini par se savoir. Comment un homme, dont la femme souffre de tare mentale, peut-il prétendre régir, en toute tranquillité d'esprit, l'union entre des SS et le meilleur de la génération actuelle féminine allemande ? Sans compter que sa propre épouse figurait au rang des femmes non fécondes, l'une des raisons invoquées par Blume pour expliquer la grave dépression de sa femme. Encore heureux que cette information ne soit pas connue des candidats au mariage. Elle eût produit le plus fâcheux des effets sur les couples non autorisés par Blume, en particulier sur ceux qui ne pouvaient assurer que leur union participerait à la reproduction d'une race saine. Non, décidément, ses conseils matrimoniaux étaient désormais irrecevables.

L'argumentation de ses supérieurs était sans appel et le colonel ne chercha même pas à se justifier. Il fit profil bas et s'offrit spontanément pour une mission de terrain. Ses liens privilégiés avec

Fuchs, une connaissance de vieille date, lui furent très utiles. Fuchs avait notamment été le premier à l'écouter concernant le cas du Standartenführer Peiper, ce membre indigne de la SS, qui s'était marié pour cacher son homosexualité. Grâce à son intervention, cet imposteur avait été dénoncé. On lui avait proposé la stérilisation. Il avait refusé, ce qui avait signifié son exécution. Peiper avait invoqué ses liens privilégiés avec Himmler. Mais Fuchs, qui avait été adjudant du Reichsführer, avait persuadé ce dernier de ne pas intervenir en sa faveur.

Blume avait donc fait amende honorable et la perspective de quitter Berlin n'était pas pour lui déplaire. Ces derniers temps, en raison notamment du manque de travail, ses passions néfastes le tourmentaient à nouveau. Dans les Balkans, au moins, il n'aurait pas la moindre tentation, comme ces derniers mois où il avait fait des efforts considérables pour ne pas céder à ses pulsions. En particulier cet après-midi-là, quand, attablé au café situé sur un toit de l'Alexanderplatz, l'un de ses endroits favoris à Berlin, il avait éprouvé un vertige en découvrant deux femmes dansant une valse. Les hommes se faisaient rares en ville, la plupart guerroyant sur le front de l'Est. La présence de la gent féminine s'en trouvait plus que jamais manifeste, parce que libérée de l'autorité masculine, et ainsi plus audacieuse, provocante et réveillant chez Blume les plus inavouables de ses instincts.

En Serbie, le Standartenführer Blume serait chargé de participer à la mise en place d'une solution au judaïsme serbe. Il avait été affecté à une section spéciale, chargée de définir un nouveau cadre légal favorisant l'immatriculation de tous les Juifs locaux, avant leur inscription forcée à des travaux d'intérêt public. Les compétences bureaucratiques de Blume étaient reconnues et il saurait, sans le moindre doute, se montrer à la hauteur de sa mission.

Ce soir, en regagnant son appartement, qu'il avait toujours préféré à une installation dans la colonie SS du quartier d'Oranienburg, par souci de discrétion, Blume avait décidé de s'offrir un dernier plaisir, histoire de calmer, momentanément du moins, ses pulsions malsaines. Après avoir ôté ses bottes et son pantalon, le colonel alla tirer les rideaux de sa chambre. Il déboutonna sa chemise et se dirigea vers la grande armoire qu'il tenait toujours fermée à clé. Avec la chaleur, les bruits de la ville lui semblaient plus proches. Il entendait distinctement la voix du chef de train, de l'autre côté du Landwehrkanal, dans la station de Hallesches Tor. Dans l'immeuble d'en face, où, inerte, un drapeau à croix gammée pendait à une fenêtre, la TSF jouait un air connu, une chanson à boire d'avant-guerre. Avant-guerre, désormais le terme s'appliquait à celle qui faisait rage dans les territoires de l'Est, là où Blume n'aurait pas voulu être envoyé. Le récit de camarades en permission lui donnait froid dans le dos. Ils vivaient dans des conditions spartiates, dormant dehors ou dans des granges et sans changer d'uniforme pendant des semaines. Le colonel n'aimait pas la campagne et il avait ses coquetteries.

Blume se regarda dans la glace de sa penderie. Il ôta lentement son caleçon et il observa son corps nu. La perspective de ce qu'il allait sortir de ses tiroirs lui provoquait une érection. Effrayé par lui-même, il en jouissait, sachant qu'il ne retrouverait pas de telles sensations avant longtemps. Lorsqu'il dénicha enfin ses trésors, bien rangés, son cœur battait très vite. Gémissant, il enfouit son visage dans sa petite collection privée. Il sentait là le parfum de ses seuls plaisirs, l'odeur d'un crime dont il était tout à la fois l'auteur et la victime. Il était vraiment temps pour lui de fuir Berlin.

Chapitre 25

San Carlos de Bariloche, 16 octobre 1958

Le Dr Engel a la main qui tremble. À bientôt quatre-vingts ans, rien de surprenant. Mais ce tressaillement n'est pas un effet de l'âge et d'ailleurs il pratique toujours la chirurgie ; quand l'occasion se présente, autrement dit, quand un membre de la communauté allemande l'en prie, il opère encore à Buenos Aires. Non, ce soir, c'est tout autre chose qui agite le billet tenu par le Dr Engel et qui vient de lui être remis par le petit Schultz : *Rendez-vous annulé. Attention, deux étrangers se promènent en ville dans une voiture verte de marque américaine. Ils surveillent ma maison. Ils sont là depuis deux jours. Faites passer le message. La prudence s'impose.* Signé *Blume*.

Dehors, tout est calme dans la rue. Avec la disparition du soleil derrière les parois des montagnes, de l'autre côté du lac, la température a chuté d'une bonne dizaine de degrés, comme toujours le soir à cette altitude, et même quand les beaux jours arrivent. La villa du Dr Engel est située en retrait de la *Colonia Suiza*, dans les hauteurs. Le petit Schultz est bien brave, il lui faudra vingt bonnes minutes pour redescendre chez lui. Le médecin fronce les sourcils et relit les quelques lignes rédigées d'un trait vif et délié. La présence de ces deux hommes dans la colonie est troublante. Les visiteurs sont rares, dans le coin. Pour tout dire, ils sont indésirables. En général, les touristes se cantonnent à San Carlos de Bariloche et quand on en voit débarquer ici, ce sont le plus souvent des parents venus d'Europe, de Suisse en particulier, désireux de renouer avec un frère ou un cousin émigré en Argentine au début du siècle.

Le Dr Engel sait de quoi Frau Blume a peur. Elle craint le passé, elle lui en a déjà parlé, elle ne voudrait pas qu'on vienne lui demander des comptes pour un autre, qui servit sa patrie dans la SS et dont elle ne veut plus rien savoir. Elle lui a souvent parlé de lui, elle lui a dit combien il l'a fait souffrir, en lui interdisant d'être elle-même. Elle ne voulait plus qu'on lui parle de Wilfried.

Le Dr Engel connaît bien son amie, elle n'est pas du genre à s'inquiéter pour rien. Elle a conservé quelque chose de Wilfried Blume, un homme de sang-froid. Sa rencontre avec lui remonte au 28 mars 1945. Il se souvient très bien de cette date-là, Engel. Il était médecin à Buchenwald et le Standartenführer Blume venait tout juste d'arriver avec un commando accompagnant des prisonniers évacués des camps de Pologne. Les événements se précipitaient, les Américains avançaient très vite et seraient là dans quelques jours. Ordre allait être donné d'évacuer les prisonniers. Quelques officiers, dont Blume, jugèrent l'opération inutile. Engel se souvient d'être descendu en ville de Weimar, où l'agitation était à son comble. Les bombardiers anglais avaient dévasté le centre historique. Quelques immeubles restaient debout et c'est dans une auberge au toit partiellement soufflé par les explosions de la veille que le Dr Engel avait trouvé le Standartenführer et quelques-uns de ces hommes qui avaient décidé d'organiser leur fuite. Ils ne tenaient pas à tomber entre les mains des troupes alliées. Contrairement à la plupart des SS, Blume jugeait suicidaire un retour à Berlin, écrasée par les bombes et défendue par des bataillons improbables de divisions SS et d'enfants soldats. C'était, comme il disait, aller se jeter dans la gueule du loup russe. Engel, fasciné par la détermination du Standartenführer, qui ne voyait aucun mal à déserter, avait décidé de lui accorder sa confiance. Blume serait son guide, son sauveur. Il avait eu raison de lier son destin à celui qui deviendrait plus qu'un ami : un sujet formidable d'étude, un être à sculpter, offert à ses mains d'expert qui n'auraient jamais pu rêver de manipuler un aussi merveilleux cobaye.

En attendant, c'était le colonel qui avait pris la conduite de leur destinée. Ils avaient gagné tous les deux la frontière italienne, dans le Tyrol du Sud. Là, un passeur les avait conduits dans un cloître où ils séjournèrent un mois. Grâce à la complicité des prêtres, ils avaient gagné un autre monastère, mais en Italie, la seule étape avant Rome où devait s'organiser leur fuite en Argentine. Ils y demeurèrent six mois, six longs mois durant lesquels Blume avait commencé à se confier au Dr Engel, sans encore lui parler de son désir de changer de sexe. Durant cette retraite, le colonel lui avait beaucoup parlé du Dr Hirschfeld, le seul Juif qui, disait-il, l'ait jamais impressionné. Son discours, confus, était un mélange de haine et d'admiration pour ce confrère dont Engel avait toujours suivi les travaux avec une attention particulière.

À son tour, le Dr Engel avait évoqué ses expériences médicales dans le traitement de l'homosexualité. Lorsqu'il officiait à Vienne, en 1915, le médecin était parvenu à démontrer le premier effet d'action hormonale croisée chez des animaux de sexe opposé, suggérant que les glandes mâles du lapin contiennent des hormones femelles. Sa découverte passa inaperçue et ses travaux restèrent dans l'ombre des recherches menées par Hirschfeld, dont il ne partageait pas les conclusions scientifiques.

Nazi par opportunisme, plus que par conviction, le Dr Engel avait trouvé une occasion inespérée de reconduire ses expériences sur les homosexuels déportés dans les camps de concentration où il demanda son affectation en faisant prévaloir ses travaux de recherches antérieurs. Tout en suivant les études internationales sur la réassignation sexuelle, dont il se procurait les publications au mépris de la censure, le médecin avait déployé tous ses efforts scientifiques pour corriger les « erreurs de la nature » observées chez les détenus homosexuels qui lui étaient livrés. Mais en 1943, contre toute attente, il avait obtenu la permission de réaliser l'expérience inverse sur quelques-uns de ses patients. Il avait pratiqué, au nom de la science, des opérations de transsexualisation forcée, qui alliaient castration et traitement hormonal. Une chance, malgré les conditions d'hygiène déplorables qui prévalaient dans les camps et qui compliquaient ses opérations chirurgicales qu'il finit par abandonner pour se concentrer uniquement sur les glandes.

Blume s'était montré passionné par son récit.

Aujourd'hui encore, le Dr Engel peine à comprendre comment le colonel avait alors osé lui confier son secret. L'effondrement du Reich semblait avoir privé le SS de toute inhibition. Il avait commencé par lui dire qu'il s'était rendu à Berlin en janvier 1945, profitant d'une permission. Dans la ville en ruines, Blume avait joint l'asile psychiatrique où était enfermée son épouse, dans une zone relativement épargnée par les bombardements, loin du centre-ville. Profitant de la confusion, il s'était rendu seul dans la chambre de sa femme et il avait trouvé la force d'achever ses souffrances en lui faisant avaler du cyanure. Il avait ensuite emporté ses papiers et il était aussitôt retourné en Pologne où il était chargé d'évacuer les Juifs survivants des camps vers le sud de l'Allemagne. Jusqu'ici, son récit n'avait malheureusement rien d'exceptionnel dans le chaos ambiant. L'assassinat de sa femme mis à part, bien sûr, encore que le Dr Engel comprît les motivations de Blume. Mais il réalisa ensuite que ce geste était également motivé par un plan pour le moins audacieux et auquel, reconnaissant, il avait contribué autant par amitié que dans l'intérêt de ses recherches : Wilfried Blume voulait changer de sexe. Désormais, il serait Frau Blume, sa propre épouse, et ce serait la meilleure assurance de verrouiller son passé, selon les propres termes de celui qui se proposait d'être son patient. Il disposait de son passeport et de son livret de famille. Il ne lui faudrait que changer la photographie.

Le colonel lui avait demandé s'il pensait une telle opération possible et s'il était d'accord de la conduire en personne. Le médecin lui avait répondu que tout dépendrait des conditions de travail qui seraient les siennes en Argentine. A priori, il pourrait le placer sous hormones féminines, mais sans toucher à ses organes. Il ne s'en sentait pas encore capable et cela semblait inutile, l'apparence extérieure masculine de Blume allant de toute manière se modifier. Le Dr Engel n'était pas au bout de ses surprises. Devant l'insistance du colonel, qui le priait d'aller jusqu'au bout de la transformation, aussitôt qu'il en aurait les compétences et les moyens, il avait compris que cet homme souhaitait profondément devenir une femme. Blume l'avait toujours souhaité, mais les circonstances, comme il disait souvent, l'en avaient empêché. Longtemps, il s'était accusé lui-même des pires turpitudes, rejetant la femme en lui, cherchant à l'écarter à tout prix, se persuadant que sa casquette à tête de mort saurait le prévenir de cette transformation. La férocité avec laquelle il s'autoflagellait n'avait d'égal que sa haine pour les homosexuels de tout acabit. Il les pourchassait jusqu'au sein de la SS, avec l'énergie et la rage avec laquelle il réfrénait ses propres instincts. Après tout, c'est lui-même qu'il n'avait eu de cesse de dénoncer à ses supérieurs, lorsqu'il leur soumettait le cas d'un inverti cherchant à dissimuler ses penchants en contractant un mariage.

Encore fallait-il qu'ils puissent rejoindre l'Amérique du Sud. La chasse aux nazis fuyant l'Europe avait commencé et leur abri italien, même sous la protection du crucifix, n'était pas éternel. Mais là encore, le carnet d'adresses du Standartenführer leur avait été utile. Un certain Anton, un SS autrichien qui avait servi dans la même section que Blume dans les Balkans, leur avait assuré qu'ils étaient attendus à Rome par l'évêque Aloïs Hudal, Autrichien lui aussi, et nazi convaincu. Il les attendait à son domicile, via della Pace 20. Engel conserve le souvenir ému de leurs discussions, chez lui, à l'abri des murs franciscains de la via Sicilia, à Rome, durant les quelques mois qu'ils passèrent là-bas, occupés à de menus travaux dans la bibliothèque du Collegium Germanicum, quand le temps leur semblait trop long. Le prélat s'était toujours efforcé de lancer des ponts entre le national-socialisme pangermanique et l'Église catholique ; l'anticléricalisme des nazis, leur paganisme assumé, comme le lui rappelait Engel, ne l'avaient jamais découragé. Blume, lors de ces entretiens passionnants, semblait ailleurs. Avait-il seulement en tête le souvenir des soirées passées chez Darré, quand celui-ci dressait la liste de ce que l'Église avait dérobé aux paysans allemands ? L'appréhension directe et mystérieuse avec la Nature, la communion avec l'Esprit de la terre. Blume avait évoqué, une fois, avant leur arrivée au Vatican, la haine du catholicisme qui animait ses supérieurs qui disaient qu'il fallait gratter le vernis chrétien pour retrouver la véritable religion de la race allemande. Hudal n'ignorait pas la volonté des nazis de promouvoir le retour des anciennes coutumes. Et c'est pourquoi il nourrissait une grande fierté de voir des SS se convertir au catholicisme dans son cloître romain, première étape avant les faux papiers qui leur assuraient un ticket pour Buenos Aires. Tous ses protégés se déclaraient ensuite Allemands des territoires perdus, apatrides de l'Est, et le tour était joué. La Croix-Rouge leur délivrait le tampon tant attendu. Et c'est ainsi que Blume et Engel, qui n'avaient même pas pris la peine de changer de noms, contre l'avis du bon Hudal qui pensait qu'il valait mieux changer d'identité, « histoire de ne pas réveiller le chat qui dort », comme il disait avec son accent tyrolien, avaient quitté Rome pour Gênes, où ils avaient embarqué en février 1947 sur le paquebot *Tucuman*.

En Argentine, le Dr Engel avait bénéficié du soutien actif de collègues médecins, qui lui avaient fait bon accueil. Le gouvernement de Perón favorisait l'intégration des nouveaux migrants allemands. Engel était en particulier reconnaissant à Santiago Peralta, un anthropologue qui l'aida à ouvrir un cabinet à Buenos Aires en 1947. Sachant combien l'Église catholique, très influente en Argentine, aurait désapprouvé la nature de ses travaux, le médecin attendit d'être bien installé avant de se lancer dans le traitement hormonal qu'espérait tant Wilfried Blume. Durant cinq ans, celui qu'il considérait désormais autant comme un ami qu'un patient s'était caché dans une ferme de Patagonie, proche de la *Colonia Suiza* où il avait fini par le rejoindre, convaincu qu'il pourrait y travailler en toute discrétion, loin de Buenos Aires, qu'il jugeait également par trop cosmopolite. Cette décision avait enlevé en revanche toute possibilité d'opération chirurgicale, parce qu'il ne disposait pas là-bas des conditions nécessaires à la castration, encore moins à une vaginoplastie. Blume s'en était fait une raison et les résultats du traitement hormonal avaient été à tel point concluants qu'il s'était accommodé de cette première phase de changement de sexe. Mais il n'avait jamais perdu tout à fait l'espoir qu'un jour viendrait où il pourrait se sentir pleinement femme.

Jusqu'à aujourd'hui, le Dr Engel ne s'est jamais senti en danger à la *Colonia Suiza*. Mais ce soir, le billet de Blume lui a fait un drôle d'effet. Pour lire en détail la presse internationale, qu'il se fait livrer par poste, soucieux de suivre les affaires du monde et les progrès de la science, il sait que la chasse aux anciens nazis a été ouverte par quelques idéalistes juifs. Le plus inquiétant, c'est qu'il semble que ceux-ci agissent hors la loi, dans le plus grand secret, allant jusqu'à tuer sans autre forme de procès. En 1948, quand il avait appris la création de l'État d'Israël, le Dr Engel ne s'était fait aucune illusion. Le jour viendrait où les Juifs réclameraient des comptes aux nazis. Il s'y était préparé, conservant toujours sur lui une capsule de cyanure. Lui seul déciderait de l'heure de sa mort. On n'en était pas là et ce n'était pas deux étrangers dans une voiture américaine qui lui faisaient peur. En attendant, il se sentait décidément trop nerveux. Ce soir, il ferait ses cauchemars, c'était couru d'avance, comme chaque fois qu'il était forcé de penser à ses années de service dans les camps.

Le Dr Engel met une bûche dans la cheminée et relance le feu. Il avale un somnifère après avoir vérifié que la porte est bien verrouillée. Ce soir, autant se coucher de bonne heure. Avant de fermer les yeux, il songe qu'il serait vraiment dommage qu'on touche à Frau Blume. Sa créature, la seule qui ait jamais survécu à ses traitements hormonaux.

Chapitre 26

Thessalonique, 7 août 1943

La locomotive crachait des jets de vapeur dans l'air brûlant. Le dix-neuvième convoi était prêt au départ. Le Standartenführer Blume fit un dernier tour des wagons pour vérifier qu'ils étaient bien cadenassés. En raison de la forte chaleur, il avait doublé la ration d'eau et ordonné la distribution d'un kilo de pain par personne. Le trajet jusqu'en Pologne durait quatre à cinq jours, cela dépendait des alertes aériennes sur le parcours. L'administration du camp s'était plainte de l'état des passagers à l'arrivée : incapables même de marcher, inaptes au travail et perdus pour les expériences médicales. Or, les médecins comptaient en particulier sur les Juives de Thessalonique pour leurs tests de stérilisation aux rayons. Les ordres étaient clairs : il fallait limiter au maximum les pertes durant le voyage. Blume voulait bien, il faisait de son mieux mais, jusqu'à nouvel avis, les boulangers grecs ne multipliaient pas encore les pains et il ne pouvait assurer la subsistance jusqu'en Pologne. Ils n'avaient qu'à s'en prendre aux unités intermédiaires, en Autriche, notamment.

Mais tout cela serait bientôt terminé. Au coup de sifflet, le dernier train allait quitter la petite gare avec à bord mille huit cents Juifs, tous des travailleurs forcés dont la présence ici était désormais inutile. La ville était propre, maintenant, nettoyée. En sept mois, ils avaient effacé quatre cent cinquante ans de présence juive à Thessalonique.

Sans attendre le départ, Blume décida d'aller rendre son rapport au quartier général de la Gestapo. Il décida de rejoindre le centre-ville à pied et il fallait pour cela traverser le quartier du Baron Hirsch. C'est là, dans les environs immédiats de la gare, qu'ils avaient parqué bon nombre des familles juives avant leur transfert en Pologne. Les plus pauvres d'entre elles étaient déjà nombreuses à vivre dans ces taudis depuis le grand incendie de 1917. Elles avaient dû se serrer pour faire de la place aux bourgeois qui vivaient dans de somptueuses demeures le long des avenues du centre de Thessalonique et sur le bord de mer. Juste retour des choses, se dit Blume en traversant les ruelles poussiéreuses. Ce n'avait pas été une mince affaire d'organiser le déménagement. L'arrivée du commandant Brunner avait facilité les choses, la communauté était bien intégrée dans la ville et très soudée. Le chef de la Gestapo avait su s'y prendre, en s'appuyant sur la police juive créée par le rabbin Koretz. Il avait aussi promis à des familles grecques l'usufruit des expropriations. Le cimetière juif avait été détruit et les pierres utilisées comme matériau de construction, une excellente initiative. Quant au terrain, la municipalité pourrait en faire ce qu'elle voudrait.

Les rues du ghetto étaient jonchées de ballots abandonnés. Un bourdonnement parvenait des maisons vides : des mouches, partout, collées aux carreaux des vitres poussiéreuses. Seules les odeurs n'avaient pas suivi les déportés : les portes des maisons, ouvertes, laissaient s'échapper des relents d'omelettes et de lait caillé. Devant l'épicerie, des cageots de tomates pourrissaient sur un étal abandonné en plein soleil. Quelques poules picoraient devant des sacs de blé vides empilés. Tout le quartier puait la basse-cour et l'urine.

Blume prenait un risque en marchant seul jusqu'au port. Il présentait une cible facile pour la résistance grecque, très active dans le secteur depuis quelques semaines. Mais il n'avait pas peur. Il se sentait protégé par la désolation ambiante, cette torpeur que même le bruit de ses bottes ne parvenait pas à briser. Accroché à un chardon, le long d'un mur, il y avait un lambeau de coton bleu et des traces de sang dans la poussière. Elles conduisaient derrière un tas de plâtre durci par le soleil. Des corbeaux, étonnamment muets, de plus en plus nombreux se rassemblaient sur un olivier rabougri, agitant leurs ailes. Une cigale se tut au passage du colonel SS.

Les grues du port apparurent sur la droite, derrière la masse noire des entrepôts. La mer, étale, avait la couleur de la vase. Aussitôt sorti du quartier juif, Blume vit des enfants nu-pieds, qui s'enfuirent en voyant apparaître sa casquette à tête de mort. Une vieille femme rabattit le volet de sa chambre et un homme le croisa en rasant les murs avec sa bicyclette qu'il poussait sur le mauvais chemin de terre. Blume sentait leur peur, mais cela ne lui faisait aucun effet. Il avait l'habitude et il ne trouva jamais la moindre extase dans ce sentiment de puissance. Non, ses plaisirs à lui étaient tout autres. Après avoir passé par la maison des SS, il rejoindrait la demeure où l'attendait un grand miroir et une salle de bains. C'était décidé, aujourd'hui, il irait jusqu'au bout de lui-même, il vivrait sa passion. Plus rien ne l'en empêchait, désormais. Tout était perdu, il le sentait. Il avait rempli sa mission. Il n'y avait plus un Juif dans cette ville et c'était une autre unité qui se chargerait d'Athènes. De toute manière, le temps jouait contre l'Allemagne, il en avait conscience. Il avait reçu un ordre de marche pour Buchenwald. Mais il lui fallait déjà songer à la fuite. La guerre était perdue.

À midi, le Standartenführer, en nage, rejoignit la place Aristotelou par la rue Mitropoleos avant de se diriger vers le boulevard de la Victoire, sur les quais. Blume sourit en pensant que la ville entière semblait avoir été vidée de ses habitants. Comme si, avec le dernier wagon de Juifs, Thessalonique avait rendu son dernier souffle. Tremblotante dans la chaleur, la Tour blanche semblait incandescente. En s'enfonçant dans les ruelles intérieures, le colonel eut le sentiment de pénétrer dans une forge. Sur Vasillissis Olgas, il trouva la maison Kapantzi, avec sa tourelle et ses fenêtres en ogive, ses persiennes closes, et son drapeau à croix gammée flottant sur le toit pointu. Deux sentinelles, braves dans leur uniforme noir, détrempé de sueur, montaient la garde devant la grille. Escaladant les escaliers de la terrasse, quatre à quatre, Blume entra dans le séjour. Une odeur de pharmacie le prit au nez. Des serviettes tachées et des paquets de pansement traînaient sur la table où tournait un petit ventilateur. Probablement encore un type qui s'était évanoui au sous-sol et qu'il avait fallu réanimer pour poursuivre l'interrogatoire. Une odeur de tabac provenait du hall où Blume croisa deux sous-officiers SS, la casquette sous le bras, s'épongeant le front.

— Putain, j'ai bien cru qu'il allait nous rester entre les mains, disait le premier.

— Avec cette chaleur, faut qu'on calme la dose ou il ne dira jamais rien, ajouta le second.

Le Standartenführer rejoignit son bureau à l'étage. Dans le couloir, il croisa son ordonnance, Rainer, en bras de chemise et qui s'épongeait le front avec un mouchoir.

— Heil Hitler !

— Bonjour, il y a du relâchement dans l'air, à ce que je vois ! répondit Blume.

— Je sais, mon Standartenführer, mais c'est un four, cette baraque.

— Avez-vous réglé le cas Bauer ?

— Oui, il a été fusillé ce matin à sept heures.

— Et ?

— Vous savez bien, Standartenführer, ce n'est pas facile quand c'est un collègue, si vous voyez ce que je veux dire.

— Il a dit quelque chose ?

— Non, j'étais là quand on l'a conduit au poteau. C'est moi qui lui ai arraché son insigne SS. Il est resté digne.

Blume n'ajouta rien et lança sa casquette sur son bureau avant de filer aux toilettes se passer le visage sous l'eau.

— Rainer ?

— Oui, mon Standartenführer ?

— N'y pensez plus, allez ! Je comprends ce que vous ressentez. Nous n'avions pas le choix, l'honneur de la SS, c'est ainsi. Oh ! Pendant que j'y pense, ne me dérangez sous aucun prétexte cet après-midi. Le dernier convoi est parti ce matin à onze heures moins le quart. En ce qui me concerne, j'en ai fini avec Thessalonique. Je pars demain pour Berlin, comme prévu. Je passerai chez moi tout à l'heure, pour faire mon sac.

— Bien, mon Standartenführer. Si je peux vous être utile…

— Demandez votre affectation à Rhodes ou à Athènes. N'allez surtout pas à l'Est, Rainer, ce serait dommage qu'un type comme vous soit envoyé à l'abattoir.

Blume aimait bien Rainer, un gars pas compliqué, qui ne posait jamais de question. Il l'avait connu à l'époque où il travaillait encore au RUSHA, avant que Darré ne se fasse confier le ministère de l'Agriculture. Il lui avait demandé une tâche ingrate, ce matin : faire fusiller un SS, un camarade.

Le Standartenführer n'avait pas hésité. Wilfried Bauer avait été pris il y a deux jours en flagrant délit de dépravation. Lors du nettoyage du ghetto de Kalamaria, de l'autre côté de la ville, il avait enlevé douze jeunes Juives pour leur couper les tresses avant de les relâcher. Malheureusement pour lui, l'une d'entre elles avait profité de cet intermède pour prendre la fuite. C'est en essayant de l'attraper quand elle sauta par la fenêtre que Bauer se fit remarquer par une patrouille de SS qui vérifiaient que toutes les maisons avaient été vidées. Dans la pièce où il avait séquestré les filles, Blume, aussitôt appelé par la patrouille, trouva les tresses alignées sur une table où étaient posés des ciseaux. Chaque paire était étiquetée, avec le nom de la femme dépossédée de sa chevelure, le lieu et la date de cette opération. Au mépris des ordres, qui disaient de faire vite, Bauer avait pris le risque de faire capoter le ratissage du ghetto. La fuite de la fille aurait pu tout faire rater, ses cris semant la panique dans les colonnes de déportés.

Mais surtout, il avait été vu par ses camarades, courant après la jeune femme en tenue débraillée, le pantalon ouvert. Le médecin SS qui l'examina confirma les faits : Bauer avait souillé son uniforme en prenant plaisir à couper les tresses des Juives. Blume le fit interroger à la villa Kapantzi. Il avoua d'autres crimes du genre ; en Yougoslavie, durant son service récent, il avait également poursuivi sa passion des nattes. Il finit par reconnaître des forfaits plus anciens. Et cette fois commis avant-guerre sur de jeunes Allemandes ! À Berlin, il était responsable d'une vingtaine d'agressions depuis 1930. Il avait commencé dès l'âge de quinze ans, disait-il.

Blume, lui-même, finit par le questionner. Oui, Bauer avait fréquenté l'Institut des sciences sexuelles de Hirschfeld. Il ne pensait pas faire mal, il n'avait jamais eu mauvaise conscience, mais il était prêt à s'excuser. Le Standartenführer consigna toutes ces informations dans un dossier qu'il expédia à Berlin, à destination du SD qui était désormais également en charge des affaires criminelles. Le châtiment se devait d'être exemplaire. La SS ne compterait pas de dépravés dans ses rangs. Et c'était lui, Blume, officier modèle de la SS qui l'affirmait. Tout soldat d'élite devait répondre de ses actes contraires aux principes fondateurs de l'Ordre noir. Bauer avait péché contre son propre peuple, il avait violé l'intégrité de jeunes aryennes. Il avait pris du plaisir au contact des cheveux de Juives. Il avait donné une image dépravée de la SS et il avait compromis le succès d'une opération surveillée de près par Himmler en personne : le nettoyage de la juive Salonique.

Bauer méritait la mort. Et il s'en tirait bien avec un peloton d'exécution. S'il n'y avait pas eu le risque de démoraliser ses camarades, déjà déprimés par les nouvelles de défaite sur le front russe, rudement éprouvés par leurs missions récentes en Yougoslavie et en Ukraine, Blume l'aurait fait pendre. On dirait à sa famille qu'il s'était fait descendre par des partisans.

Chapitre 27

San Carlos de Bariloche, 16 octobre 1958

Une série d'images la poursuit. Des illustrations qu'Anat a découvertes dans l'un des ouvrages du Dr Magnus Hirschfeld, un gros livre à couverture rouge, intitulé *Sittengeschichte des 20.Jahrhunderts*, soit l'Histoire des mœurs au XXe siècle, rien que ça ! Elle ne devrait pas y penser aujourd'hui, alors qu'elle attend le coup de klaxon de Gerhard dans la rue. Ils ont rendez-vous, il veut lui montrer la *Colonia Suiza*, une occasion inespérée de se rapprocher de Blume, s'il s'y trouve. Mais l'idée de retrouver le moniteur de ski réveille chez elle ce trouble ressenti à la vue de cette fille bottée, toute nue pour le reste, dessinée de dos, portant un chapeau de cow-boy et brandissant une carabine devant des pénis accrochés au-dessus d'une cible, sous l'œil lubrique d'une foraine aux seins nus. Il y avait aussi cette scène d'orgie, un dessin daté de 1929, avec des femmes, des Allemandes extasiées, dans les bras de types à monocle et smoking.

Anat les voit toutes défiler dans son esprit : la peinture avec la reine des voleurs en porte-jarretelles assise sur une table couverte de *Deutsche Mark*, toisant avec un mélange de tendresse et d'effronterie ses camarades qui comptent le butin, les catcheuses, la patiente du Docteur qui a fait tatouer *Deutsche Bahn* sur ses fesses, « parce que, voyez-vous, aujourd'hui, il faut mettre des réclames là où il y a le plus de passage ! » Et encore cette caricature française d'un couple bourgeois, élégant, avec en légende un dialogue qu'Anat connaît par cœur : « Chérie, je dois t'avouer que j'ai un amant/Mais ce n'est pas grave mon amour, moi aussi. »

Anat avait passé des heures à tourner les pages du gros livre rouge quand elle cherchait le nom du coupeur de tresses. Jamais son imagination n'avait été à ce point stimulée. Elle s'était laissé gagner par une curiosité frénétique, enregistrant chacun de ces clichés qui s'étaient imprimés dans son esprit pour y diffuser un poison dont elle avait toujours cru connaître l'antidote : le désir. Jusqu'alors, Anat ne s'était jamais intéressée au sexe, pour ainsi dire. Son mari lui procurait sa dose de plaisir, mesuré, comme de juste. Elle, en retour, le gratifiait d'une tendresse épicée d'une gamme de gratifications rapides, quand elle sentait chez lui quelque brusque besoin d'assouvir une pulsion. À eux deux, ils géraient une forme d'économie sexuelle, reposant sur une équation fort simple : le maintien de l'équilibre du corps passe par la copulation, qui, chez eux, se passait pour l'instant de la phase de reproduction, leur mission au service de la patrie ne leur permettant pas d'accomplir ce devoir.

Bref ! Anat n'avait jamais formulé les choses de cette manière, les mots lui manquaient, mais tout cela allait de soi et l'imagination n'était pas nécessaire au maintien de cet équilibre. Pourquoi auraient-ils dû introduire des jeux érotiques dans leurs effusions ? La nature guidait leurs gestes, en toute simplicité, avec un résultat conduisant au contentement.

Et voilà que ces images sottes, ces gribouillis, ces vignettes contenues dans ce livre venaient lui donner des idées. Oui, Anat se verrait bien sur la table des voleurs, en particulier, sous le regard allumé des « Gentils ». Elle sentait leurs mains la frôler quand ils comptaient les billets, elle était cette liasse tassée, empaquetée, désirée et vite flambée. Elle se dressait, convoitée, dérobée, mise à sac. Elle se laissait toucher, palper et c'était comme si elle naissait une seconde fois sous ces doigts sales et ces grosses pattes de salauds.

Hier, dans le *Centro Civico*, Anat avait couru derrière Gerhard, comme si elle risquait de perdre cette occasion unique de se mesurer aux *goyims*. Elle voulait lutter avec lui, le pousser à la renverse, elle ne demandait rien de mieux que de mesurer sa force à celle de ce champion, sûrement un nazi, lui aussi, du temps où il récoltait des médailles dans les Alpes. Sa haine pour ce type décuplait en elle l'effet des caricatures de Hirschfeld, se couplant avec son désir de vengeance. Ce type allait peut-être la conduire à la cible, mais elle lui administrerait bien une sévère correction au passage. Ce n'était pas prévu par le protocole de la mission, mais rien ne l'empêchait de planter ses griffes sur son corps d'athlète et de serrer son cou jusqu'à ce qu'il demande grâce. Après tout, elle était la femme à la carabine, c'est elle qui tenait le fusil par le manche et le Boche n'avait qu'à bien se tenir.

Anat a en tête toutes ces images de garçonne aux cheveux courts, ces Européennes à jambes en l'air du livre rouge, ces putes qui croient lui en remontrer en montant à califourchon ces notables à queue de pie. Elles ne perdent rien pour attendre. Les Juives, elles aussi, ont le sens de la revanche. Elles ne baisseront plus jamais la tête, elles ne monteront plus dans des wagons à bestiaux en serrant dans leurs bras leurs gosses apeurés, elles ne sont pas obligées de faire des enfants, d'ailleurs, elles ne sont pas toutes des mères et c'est sûr, elles n'auront plus jamais peur, elles ne pleureront plus pour les morts d'Israël. Non, elles ne croiseront plus jamais les mains sur leur poitrine, blanches et nues devant les fosses creusées par leurs maris qui s'y entassent, déjà morts, les laissant à la merci des balles d'autres hommes, ce sont elles qui sauveront leur peuple. Femmes libérées, elles ne sont plus les inquiètes et les terrorisées, elles ne sont plus les pleurnichardes, les faibles. Les Juives sont bonnes au lit, elles vont avec qui leur chante, elles sont maîtresses de leur destin et personne, personne ne décidera plus pour elles.

Un coup de klaxon, dehors, le signal. Anat enfile sa veste en vitesse, elle vérifie encore une fois le contenu de ses poches. Le pistolet de cyanure, une paire de menottes aussi, tout y est, elle est prête. Elle ne quittera plus la *Colonia Suiza*, elle s'y montrera jusqu'à ce que le coupeur de nattes l'approche. Il ne pourra pas résister à cette créature qui réveillera ses instincts pervers et il vivra ses derniers instants.

Gerhard a ouvert la portière du pick-up Dodge, il est assis au volant, il la regarde venir. Anat grimpe à bord, souriante, mais sans dire un mot. Dany et son acolyte, garés un peu plus bas dans la rue, les voient passer en trombe dans un nuage de poussière.

Chapitre 28

Thessalonique, 7 août 1943

Après s'être rafraîchi, Blume changea de chemise et partit rejoindre sa maison en tenue légère. La journée avait été longue. Personne ne savait qu'il s'était installé chez un marchand d'huile d'olive, un Juif qui avait fait partie des premiers convois pour la Pologne. Le Standartenführer avait repéré sa demeure, un peu à l'écart des grands boulevards, dont la vue donnait sur la mer. Cette maison lui avait tapé dans l'œil avec ses éléments de décoration néoclassiques mâtinés de Renaissance, au surplomb couvert d'éléments balkaniques. Veuf, ce richissime commerçant vivait là avec sa fille de vingt ans, une pianiste. Blume les fit arrêter et déporter parmi les premiers.

Cette bâtisse, un véritable palais Art Déco, bien meublé, à l'orientale, c'était juste ce qu'il lui fallait. Blume s'y rendait au moins une fois par semaine, humant les étoffes, palpant les tapisseries, caressant les porcelaines de Chine et contemplant les tableaux de pachas turcs ornant le séjour où il aimait faire la sieste sur un canapé tendu de rose, la tête appuyée sur un polochon cousu de fil d'or. Mais plus que tout, il montait à l'étage et il pénétrait dans la chambre de Nora. Assis sur le grand lit tendu de velours, il passait de longues minutes devant l'armoire à habits de la jeune fille : jusqu'à aujourd'hui, il n'avait jamais été plus loin. Il se contentait de regarder les jupes et les blouses, posées sur des cintres de bois. Sous une commode, il y avait la collection de chaussures, des bottines à talons en cuir de Cordoue et des babouches ornées de petites perles, à la turque. Ensuite Blume se levait pour aller ouvrir la porte donnant sur la salle d'eau où trônait un grand miroir, encadré de bois sculpté d'arabesques. La chambre de bains sentait bon l'encens et le savon. Sur le bord d'une baignoire, Nora avait aligné une collection de fioles d'eau de rose de Bulgarie. Blume, immobile, s'asseyait sur un tabouret de métal et il attendait de longues minutes, le visage dans les mains, avant de se lever et de descendre en courant les escaliers pour retrouver au plus vite la rue et ses misérables bicoques ottomanes grimpant sur les flancs de la colline où se dressaient les restes des murailles de Thessalonique.

Aujourd'hui, le Standartenführer Blume ferait le pas. Rasé de près, les cheveux plaqués sur l'arrière du crâne, il allait traverser enfin le miroir. Il commença par ôter sa chemise blanche qu'il lança dans un coin de la pièce. Puis, la main tremblante d'excitation, il saisit un crayon de khôl qu'il trempa dans un flacon. Un passage à la racine des cils et le noir intense du maquillage donna un effet agrandi à ses yeux. Il passa ensuite du rouge sur ses lèvres, partant des commissures pour aller vers le milieu de la bouche. Qu'elle était belle, elle apparaissait enfin, la sournoise, la tenace, la coquine, la terrible, celle qui n'avait jamais renoncé... Blume redressa la tête, il tenait dans ses mains un grand foulard de soie déniché dans une corbeille sous l'évier. Il s'en fit une coiffe, dissimulant son grand front et ses cheveux gominés.

Il passa ensuite dans la chambre pour y enlever son pantalon et ses bottes. Il ôta son caleçon et marcha lentement vers l'armoire, son corps blanc luisant de sueur dans la pénombre de la chambre aux volets tirés. Il n'y avait que le bruit des cigales et des coups sourds dans la poitrine de Blume, cette poitrine qu'il allait recouvrir de sous-vêtements en soie, les plus beaux qu'il eût pu imaginer, bien plus fins, délicats, précieux que l'étoffe des bordels à Berlin, un tissu léger, le parfum de l'Orient, sur sa peau. Mais d'abord, les babouches, les mauves, avec des motifs jaunes, dans ses pieds qu'il faisait tout petits. Et puis les soutiens-gorges, oui ceux-là, les blanc crème, avec la culotte assortie. La robe, ensuite, celle de soirée, avec son col en dentelle, serrant la taille, moulant les fesses.

Des pas nouveaux à apprendre, une démarche différente, la conscience des hanches, le ventre qu'il faut rentrer. Quel travail ! La grâce se mérite, elle n'est pas donnée, elle se cultive. Et la voici qui entre dans la salle de bains, c'est lui, c'est elle, Wilfried, dans le miroir. Mais non, horreur ! Il y en avait une autre, plus féminine encore, plus forte que lui. Blume vit le visage de Nora. Elle le toisait avec ironie. Elle chassait la femme en lui, elle le forçait à reprendre son air impitoyable, sévère. Il était à nouveau le SS qui désignait le camion à la jeune femme qui tenait son père par le bras.

— Plus vite, plus vite, montez, allez, allez ! hurla Blume.

Elle ne voulait pas partir, il la voyait, la Juive, la putain, elle l'empêchait de voir l'autre, celle qui vivait en lui depuis tant d'années, elle lui passait devant, elle l'empêchait de s'admirer dans la glace.

Les coutures craquaient sur les côtés, la dentelle lui sciait les épaules, elle ne recouvrait rien, pas de seins. Blume roula deux serviettes qu'il bourra dans le soutien-gorge. Il esquissa une grimace, un sourire, il devait sourire, il minaudait maintenant, il cherchait quelque grâce dans un mouvement de main, mais celle-ci lui échappa, elle saisit le tabouret de métal et le lança sur le miroir qui se brisa.

Nora riait, elle se moquait de Wilfried, elle se moquait de l'Allemande. La princesse orientale, la moue méprisante, le chassa de sa chambre, il n'était qu'une barbare, une vulgaire teutonne. Un travelo, une tante, honte ! Honte à lui ! La SS était déshonorée, il fallait la passer par les armes, la salope ! « Mais non, mais non, disait le Dr Hirschfeld, mon petit Wilfried, calmez-vous, enfin ! Tout cela n'est que très normal, vous êtes un homosexuel avec une tendance au travestissement. Commencez par vous accepter vous-même, n'allez pas contre votre nature, contre la Nature, dame Nature ! »

Blume, en nage, déchira ses bas et arracha sa

robe. Il fit voler les babouches dans le hall.

Il lui fallait quelqu'un à qui parler, une autorité à qui confier ses tourments. Il ne fallait plus se mentir à soi-même : Blume était encore et toujours le patient du Dr Hirschfeld.

CHAPITRE 29

San Carlos de Bariloche, 16 octobre 1958

GERHARD tient la paire de ciseaux. Ses mains tremblent.

La nuit est tombée et le magasin est plongé dans la pénombre. Gerhard s'avance vers Anat, il voit son visage qui absorbe la seule lumière qui vient de derrière, de l'arrière-boutique avec sa porte vitrée donnant sur le jardin, il distingue ses nattes qui brillent dans le noir. La jeune femme ne lui a laissé aucune chance. Et maintenant elle lui ordonne : « Coupe ! Vas-y, coupe-moi les tresses ! »

Le champion de ski hésite encore, il n'ose pas.

— Avance, je te dis ! Coupe !

Anat le tient en joue avec un pistolet. Il n'a pas le choix.

Tout à l'heure, quand il a sorti la paire de ciseaux du tiroir, dans l'atelier où il range ses outils, la jeune femme lui a balancé son pied dans la figure. Il n'avait jamais vécu ça avant. Les autres, quand il ne les avait pas prises par surprise, comme ça, à la

volée, dans la rue, dans une kermesse à Munich, les autres, celles qu'il avait tenues à sa merci, elles s'étaient laissé faire, tétanisées par la peur. Mais elle, la yankee, aussitôt qu'elle a vu les ciseaux, elle l'a frappé et ensuite il s'est retrouvé collé au sol, avec une douleur fulgurante dans le dos. Elle s'est assise sur lui, un genou sur sa nuque, et elle lui a tordu le bras avec une force inouïe. Il a perdu connaissance et, quand il est revenu à lui, le soleil se couchait. La fille lui a passé des menottes, oui des menottes. Elle était assise sur son tabouret de travail, elle le regardait avec un petit sourire.

— Alors ? C'est toi le coupeur de tresses de San Carlos ? a-t-elle dit.

— Qui êtes-vous ?

— Je t'ai posé une question.

— Qu'est-ce que vous me voulez ?

— Écoute, champion, si tu ne me réponds pas, tu vas faire le grand saut, celui dont tu ne reviendras pas, t'entends ?

Gerhard, jusqu'ici ahuri, a senti tout d'un coup monter la peur, comme lors de ses derniers sauts à ski, quand il a su qu'il ne serait plus jamais un héros, quand tout ce blanc, quand ce vide ne lui était plus apparu dans une ligne droite et qu'il avait éprouvé un vertige immense. La guerre touchait à sa fin, il s'était battu dans l'infanterie de montagne, en Albanie, et sa rencontre avec la mort avait cassé son élan. Il n'avait jamais été un nazi convaincu, il était seulement un patriote, lui, il aimait sauter, c'est tout, et ces brassards à croix gammée, il s'en fichait, il les portait sans fierté, c'était pour faire bien dans le décor, les honneurs.

— Les nattes, oui, je sais, ce n'est pas bien.

— Je ne te demande pas de te justifier. Et tu ne m'as toujours pas répondu…

— C'est moi le coupeur de tresses, oui.

— Tu as commencé à quel âge ?

— Quand j'étais soldat…

— Quand ?

— Pendant la guerre, en Albanie, dans les villages de montagne, je ne savais plus ce que je faisais.

— Pas avant ?

— Non, je vous jure, avant j'avais des tendances, mais je n'avais pas le temps d'y penser, avec le ski, qui me prenait toute mon énergie. C'est cette foutue guerre…

— Je t'ai dit que tu n'as pas à te justifier. Tu étais donc dans la Wehrmacht ?

— Oui, dans l'infanterie de montagne, je n'ai pas eu le choix.

— Tu n'étais pas un peu SS, aussi ? Un champion de ski, un bon Allemand, comme toi…

— Qui êtes-vous ?

— Tu n'aurais pas servi en Grèce, aussi ?

— Oui, en Épire, nous étions sur la frontière.

— Et Thessalonique ?

— Non. J'ai débarqué à Corfou. Et ensuite on a été parachutés dans les montagnes.

— Gerhard, tu ne connaîtrais pas un certain Blume ?

— Blume ? Non, ce nom ne me dit rien.

— Tu en es sûr ? Un Allemand, comme toi, qui vit ici, à la *Colonia Suiza*…

— Non, je vous assure, pourquoi je vous mentirais ?

— Parce que tu as peur et que tu protèges tes petits copains nazis qui, comme toi, se sont réfugiés ici en Argentine.

— Je ne suis pas un nazi.

— Pourquoi tu es venu jusqu'ici, pour la beauté du paysage, peut-être ?

— J'étais détruit par la guerre. Je ne contrôlais plus mes pulsions, cette folie, les nattes…

— Eh bien, quoi ?

— Après la guerre, j'ai commencé à couper des nattes, je changeais toujours d'endroit, dans toute la Bavière, je me suis rendu à Munich, je choisissais le plus souvent des fillettes, très jeunes, parce que les autres elles ne portaient plus de nattes. J'ai été repéré. La police était à mes trousses.

Anat s'est levée, elle a tourné dans l'atelier, avec l'air de réfléchir. Gerhard, les mains prisonnières, l'a regardée sans comprendre.

— Écoute, Gerhard, tu vas pouvoir t'offrir un dernier plaisir. Tu vas couper mes tresses.

Et c'est maintenant qu'il s'avance, incrédule, terrorisé aussi, et qu'il voit briller les tresses dans le noir, et il sent aussi l'odeur de la jeune femme, elle sent le fer, oui c'est ça, la rouille, comme un piquet métallique qui aurait trempé dans l'eau longtemps. La jeune femme ne lui a pas libéré les poignets mais elle lui a glissé les ciseaux dans les mains.

— Allez ! coupe.

Gerhard a la sensation des tresses, leur épaisseur à travers tout ce métal, les ciseaux et les menottes froides sur ses avant-bras en sueur et le canon du pistolet sur son visage. Il ferme les yeux, il coupe.

— L'autre.

Gerhard cherche, il touche l'oreille, la jeune femme ne bouge pas, il trouve la natte, celle qui reste, il ferme les doigts, la tresse chute dans la sciure de l'atelier.

Anat respire. Elle se sent libérée d'un poids, femme comme jamais. Elle recule d'un mètre, elle secoue ses cheveux courts, elle les sent dans le haut du cou. Elle doit ressembler maintenant aux garçonnes des photos, elle fait ce qu'elle veut de son corps.

Anat regarde le visage de Gerhard. Elle braque son pistolet sur le visage défait du champion déchu. Quelques gouttelettes de cyanure projetées dans sa petite gueule de nazillon. On le retrouvera étendu dans ses copeaux. Crise cardiaque.

Non, Anat ne tire pas. Elle est en mission. Elle ne tuera pas le skieur. Le protocole. La Direction n'apprécierait pas. C'est un autre qu'ils sont venus chercher ici. Ils ont fait fausse piste. Il faut rentrer, reprendre tout à zéro, opération annulée. Et puis la mort de Gerhard ne changerait rien. Peut-être même qu'elle compliquerait la tâche du Mossad. Il ne s'agit surtout pas d'éveiller le moindre soupçon dans la communauté allemande du coin avec une mort suspecte. Il y a du travail en Argentine, c'est sûr. Ils reviendront.

Dehors, il y a Dany et Amos qui l'attendent. Elle leur laissera le soin de neutraliser Gerhard. Ils décideront ce qu'il faudra faire de lui.

Un bruit de vitre cassée fait sursauter Anat. Il y a quelqu'un dans la pièce, derrière, Gerhard s'est retourné, il fait mine de bouger.

— Pas un geste ! chuchote Anat.

— Anat ?

Quelqu'un appelle l'agent Anat. Ce ne peut être que son camarade.

— Dany ?

Oui, c'est bien lui, Anat penche la tête, elle regarde par-dessus l'épaule de Gerhard, elle reconnaît la silhouette de Dany dans l'encadrement d'une fenêtre. Il passe la main à travers le carreau qu'il vient de briser et il tourne la clé de la porte de derrière.

— Attends ! Je viens t'ouvrir, tout est sous contrôle, dit Anat.

Deux détonations sourdes et Gerhard s'effondre au pied de la jeune femme.

— Mais ?

— Viens, vite ! ne perdons pas de temps. Foutons le camp d'ici.

— Ce n'était pas lui, la cible.

— Et tes nattes, c'est peut-être toi qui les a coupées ?

— Quoi ? mes nattes, ah ! oui…

— Anat, j'espère que tes explications seront convaincantes.

— Dany, je…

— Pas ici, Anat, le débriefing aura lieu en Israël.

Cette nuit-là, vers neuf heures et demie, Frau Blume vit passer à toute allure la voiture verte devant ses fenêtres. Elle en aurait juré, il y avait trois personnes à bord, cette fois. Frau Blume ne parvint pas à s'endormir. De nouveau ses insomnies. Les images du passé ne la quittaient plus désormais, tous ces visages de suppliciés et les candidats au mariage, aussi, il y avait même les gueules des SA dans la caserne au petit matin, ils étaient tous devant elle et ils voulaient savoir ce qu'il était devenu. Lui.

CHAPITRE 30

Mer Morte, 12 décembre 1958

KARL n'ira pas plus loin. Un peu plus loin, le sentier se perd dans un éboulis et il n'est pas équipé pour une telle randonnée. Son guide, un jeune Bédouin dont il ne connaît que les yeux et la haute silhouette drapée, désigne du doigt une falaise.

— C'est là-bas qu'ils ont creusé…

Sur la paroi rocheuse tombant à pic sur le rivage de la mer Morte, et qui surplombe la terrasse marneuse où se tiennent les deux hommes, rien ne permet de distinguer l'entrée d'une grotte. Mais cela suffit à Karl, qui voulait voir cet endroit où ont été découverts les manuscrits dont parlent les journaux. La chaleur, même à cette heure avancée de l'après-midi, fait danser les perspectives. Karl s'éponge le front avec le foulard que lui a donné le Bédouin et dont il sent l'odeur forte, terrienne. Ce soir, ils s'en retourneront dans la plaine, un peu plus bas. Et comme hier, ils boiront le thé avant de se coucher à même le sol, lui enroulé dans une couverture et l'autre, assis en tailleur à ses côtés, silencieux, veillant sur son sommeil. Karl est venu ici, à Qumrân, pour oublier.

— Et tu dis qu'ils ont fouillé ici pendant des années ?

— Oui.

— Et tu as vu ce qu'ils ont trouvé dans les grottes ?

— Ils ont sorti des mots de la terre.

— Des mots, dis-tu ?

— Oui, il y avait des histoires enfouies depuis très longtemps et ils les ont emmenées avec eux.

— Tu as travaillé avec les archéologues, toi aussi ?

— J'ai donné de mon temps à tous ceux qui voulaient lire ces histoires.

— As-tu seulement pu voir ces manuscrits ?

— J'ai soufflé sur les inscriptions, pour ôter le sable qui les cachait. Mais je ne sais pas lire.

— Moi non plus, je n'aurais pas su les déchiffrer.

Karl est venu ici, sur les rives de la mer Morte, pour sentir le temps qu'il n'a pas vu passer, toutes ces années où il ignorait que les plaisirs sont si courts, aussitôt ressentis, aussitôt évanouis. À Berlin, il a compris qu'il ne vivrait plus que dans leur souvenir et c'est ça qu'il appelle « oublier ». Et désormais, il voudrait même échapper au verbe, par où tout a commencé.

Parmi ces parchemins et papyrus, arrachés à leur cachette millénaire, les archéologues ont découvert un fragment d'un rouleau des livres un et deux de Samuel. Avant de préparer cette expédition, cela fait quelques jours, Karl a lu, pour la première fois, ces textes attribués au dernier des Juges d'Israël. Il a découvert la complainte de David sur Jonathan : *Je t'aimais tant ! Ton amitié était pour moi une merveille plus belle que l'amour des femmes.* Karl a souri. S'il en était encore à chercher dans la Bible hébraïque la justification, si ce n'était pas une autorisation d'aimer les hommes, il aurait pu reprendre cette magnifique déclaration à son compte. S'opposant en cela aux rabbins qui veulent ne voir dans cette déclaration, pathétique, que l'absolue confiance des deux hommes en Dieu. Debout, dans toute leur autorité, ils préviennent cette profession de foi contre toute interprétation libre. Comme si ce chant, prononcé par le roi en deuil, pouvait à lui seul remettre en question les six cent cinquante lois de l'ancienne alliance, et celle en particulier interdisant l'homosexualité.

Karl, lui, aime cette image de David pleurant Jonathan, il en perçoit toute la splendeur, la formidable portée érotique, immédiatement saisissable. Sauf que pour lui, elle n'a de sens que hors de toute interprétation. Un homme en aime un autre, soit, et pourquoi devrait-on ramener leur amour à leurs attributs masculins ? Et si ces deux guerriers devaient s'être étreints, s'ils avaient dû partager leur couche, s'être caressés, en quoi cela nous regarde-t-il ? L'amour échappe à l'entendement, il est absolu, il n'a ni genre ni fonction, il est hors texte.

Karl voudrait, comme le jeune Bédouin, n'avoir jamais su lire.

Le soleil a disparu derrière une crête rocheuse. Karl colle aux semelles du berger, il le suit sur le chemin du retour et c'est comme s'il voyait déjà le troupeau d'étoiles qui les attend dans leur refuge à ciel ouvert.

La nuit, dans le désert, est peuplée d'odeurs trahissant autant de présences invisibles : des choses ouvertes dans lesquelles coule un sang d'encre, cette matière anxieuse dont sont faites les fables. Comme ces fictions que des hommes, il y a très longtemps, enfouirent ici dans des jarres, au-dessous du niveau des autres mers, pour mettre à l'abri quelque signification du monde. Voulaient-ils préserver ainsi une loi fondatrice, des commandements menacés par le flot de paroles nouvelles, destructrices dans leurs propos rénovateurs ?

De toutes les représentations, celle du sexe est la plus constante et la plus tragique, celle que l'humanité n'a de cesse de réinventer. Karl voudrait savoir quand cessera cette folie : la sexualité, cette instance qui détermine le permis et l'interdit. Pas de soi possible sans attribution d'un genre. Parce que le sexe contiendrait ce secret au cœur de toutes les mythologies : la vérité sur nous-mêmes.

Depuis ce jour où, pour la première fois, il aima un garçon, dès le moment où il lui vint ce désir de s'habiller en femme, pour ensuite retrouver le plaisir d'être un homme, avant, de nouveau, d'enfiler des bas, à chaque fois qu'il fut lui-même, comme aujourd'hui, dans cette tenue de nomade, Karl aurait-il dû, devrait-il, cette nuit encore, passer aux aveux ?

« Oui, rabbi, *ja* Herr Doktor, tout à fait Monsieur le psychanalyste, je suis un inverti, un homosexuel, un travesti, une tante, un pédé, un gay, je le confesse. » Comme si le seul fait d'aimer, de désirer justifiait qu'on en appelle toujours au sexe, qu'on en réfère à son institution sacrée, contraignant l'âme à se pencher sur le corps, à l'appesentir, pour le soumettre à la norme.

« Coupable ! Vous ne participez pas à la reproduction de la race ! » disent les nazis.

« Guérissable ! Vous devez nourrir un rapport de fidélité à votre mère, dont vous endossez l'identité pour la protéger contre votre père qui la battait ! » dit le psychanalyste.

« Classable ! Vous êtes un inverti, génétiquement déterminé, avec une tendance fétichiste au travestissement ! » dit le bon Dr Hirschfeld.

« Engagé ! *Be yourself* et dis-le à tout le monde, fais ton *coming out* et milite pour le droit des gays ! » dit Izzy.

« Et si vous me foutiez tous la paix avec le sexe ? » hurle Karl.

Karl, une fois de retour en Israël, s'est souvenu des paroles de Rivka, quand, dans une rue de Berlin, elle lui avait conseillé de lire la kabbale. Qu'avait-elle voulu lui dire ce soir-là ?

Dans l'enceinte de la vieille ville de Jérusalem, où il n'avait jamais mis les pieds jusqu'alors, Karl s'est muré dans les textes. Par fidélité envers son amie disparue, plus que par conviction, il a réveillé des lettres enlacées, endormies depuis des siècles, avec tout de même le fol espoir de découvrir qui il était. En cela, il obéissait à la lettre M, *Mèm*, le mouvement et le dynamisme, le questionnement sur notre identité. Allait-il trouver une réponse en remontant à la lettre N, ce *Noun* des eaux matricielles, avant la petite enfance où se constitue le caché, l'intime, où se blottit notre être à venir ? Il se fraya un passage par le D, ce *Dalèt* féminin, sexe ou sein de femme, lieu d'abondance, il se glissa dans le canal du F, la *Vav* du coït, ce phallus qui est aussi un doigt tendu, volontaire, une invitation à la relation.

Ce n'était pas assez pour Karl. Il grimpa dans l'arbre séfirotique, symbole de vie, déployant le monde caché du langage, signifiant le nom divin. Il lui fallut l'aide des nombres pour trouver dans l'infini d'*en Sof*, l'équivalence entre le masculin et le féminin. Une branche a cassé, Karl a chuté, il est retombé sur la sacro-sainte union de l'homme et de la femme. La sexualité matrimoniale, symbole de la puissance créatrice. L'union du mâle et de la femme comme forme de l'existence idéale. Point de salut pour Karl qui n'allait quand même pas s'identifier à Dieu, qui, seul, réunit en lui, en elle, le masculin et le féminin. À moins que ?

Karl pense à ce courrier que lui a envoyé Anat, il y a quelques jours. Un message de sympathie, des remerciements pour sa collaboration mais aucune mention sur la réussite de cette mission dont il n'a jamais rien su. Dans l'enveloppe, il y avait aussi son dossier, une vingtaine de pages manuscrites extraites de la liste des patients du Dr Hirschfeld.

J'imagine que vous serez content de retrouver ces documents, lui avait écrit Anat. *Je les ai lus, comme vous pouvez vous en douter. Je vous avoue que cela a changé ma manière de voir les homosexuels. J'ai été très touchée par ce que vous dites de votre enfance à Brno. J'espère que vous trouverez la paix ici en Israël, votre patrie. Vous êtes juif, Karl, et tous les Juifs, tous, ont leur place sur la Terre promise. Si vous deviez rencontrer quelque difficulté, si quelqu'un devait vous reprocher vos préférences sexuelles, faites-le-moi savoir à l'adresse de la boîte postale ci-dessous.*

Des mots, encore des mots. Mais Karl est sensible à l'amitié d'Anat. Il la retrouvera un jour, mais ce sera pour boire une orangeade à Jaffa. Il n'a pas besoin de la Terre promise, il n'attend aucune aide de personne. Il veut seulement sortir du texte, s'extraire de l'histoire, retourner à son corps et le laisser s'exprimer, au gré des humeurs et tant qu'il lui sera permis de l'habiter. Karl a commencé à lire le dossier établi par le Dr Hirschfeld, avant d'abandonner. Ce n'était pas de lui qu'il s'agissait, mais d'un autre, ce patient qu'il s'est promis d'effacer de sa mémoire.

La nuit est tombée et des éclats de lune réaniment les eaux mortes. Ils ont retrouvé les cendres du matin dans leur cercle de pierres. Le Bédouin allume le feu. Karl s'éloigne un peu. Il soulève sa robe bleue et il pisse debout, très haut, très droit.

L'eau pour le thé frémit. Les deux hommes font leurs ablutions avec ce qui reste dans leur gourde du jour. Le Bédouin prépare deux verres et Karl sort les pains du sac. Il sent la fatigue de la marche, le poids de son corps ; rien ne compte autant, désormais, que ces gestes amoureux : tirer la couverture sur ses jambes endolories, remercier son compagnon la main sur le cœur, dire son bonheur d'être là, avec seulement une prière dans les yeux : demeurer ici, à jamais dans la nuit, dans la lueur fauve de l'âtre. Sans un mot, jouir, enfin, dans l'insignifiance.

FIN

Postface

DEPUIS, bien des choses ont changé. Depuis ce jour de mai 1933 où les nazis ont mis à sac l'Institut de sexologie. Depuis 1958, cette année où Karl Fein est retourné à Berlin. Que s'est-il passé, depuis ?

1) La première *Gay Pride* de Berlin, dénommée *Christopher Street Day*, a lieu en 1979.
2) L'abolition, en 1994, du paragraphe cent soixante-quinze en Allemagne de l'Ouest.
3) Yaron Cohen, un Israélien opéré en 1992 à l'âge de vingt ans pour une modification de sexe, remporte le concours Eurovision de la chanson en 1998 avec la chanson *Diva* et sous le nom d'artiste de Dana International.
4) En 2008, à l'occasion des soixante ans de la création de l'État d'Israël, Angela Merkel, chancelière de la RFA, réaffirme le lien indéfectible unissant l'Allemagne et Israël à travers la Shoah. Ce disant, elle souligne aussi le fait que son pays est le premier partenaire économique de l'État hébreu en Europe.

J'interromps cette liste de faits historiques pour y ajouter aussitôt un événement qui relève autant de la fiction que de la réalité. Au 10 de la Brunnenstrasse, là où vivait mon personnage Karl Fein dans les années trente, une soirée *gay friendly* a été organisée dans l'arrière-cour de l'immeuble, dans une ancienne fabrique de meubles :
Samedi 08.01, Brunnenstrasse 10, ZURMOEBELFABRIK, Meschugge// The Unkosher Jewish Night! Gay Friendly. (S'annonce chaud, donc dis à ta maman de rester à la maison ce soir).

Je suis tombé par hasard, hier, sur cette affichette placardée sur les murs lépreux de Prenzlauer Berg, un quartier situé à l'est de Berlin.

Fiction : Karl Fein n'a jamais vécu à cette adresse mais c'est précisément cette soirée qui m'a donné l'idée de situer là son domicile.

Réalité : cette soirée « non casher » s'est bien déroulée hier, le 8 janvier 2011. J'y étais. Un spectacle étonnant : des homosexuels, israéliens et allemands, réunis sous une guirlande de drapeaux de l'État hébreu, dans une cave au décor rudimentaire. Aux platines, une jeune femme à l'allure post-kibboutzim, avec sa chemise jaune à carreaux, ses salopettes en jeans et ses bottes tout-terrain. La musique ? De la pop israélienne, Alpha Blondie, les Pet Shop Boys, la kitchissime chanteuse Roni Superstar, et, bien entendu, Dana International. Sur une paroi de briques suintant l'humidité, les organisateurs de la soirée, israéliens, projettent un étonnant diaporama où se succèdent les clichés de Golda Meir, le visage las, feu la chanteuse Ofra Haza, des cochons, des travestis en tenue de gala sur fond de palmiers de Jaffa, des soldats de Tsahal torse nu et le pantalon kaki déboutonné.
On en revient aux points 1, 2, 3 et 4 cités plus hauts : sans l'abolition du paragraphe cent soixante-quinze, sans la libération des mœurs, en Allemagne comme en Israël, sans la reconstruction des liens entre Israël et l'Allemagne, cette soirée n'aurait pas eu lieu. Mais c'est vrai, les vieux démons hantent encore les rues de Berlin. Dehors, à quelques centaines de mètres, des policiers allemands gardent la synagogue d'Oranienburger Strasse. Des barrières de sécurité protègent un café avec enseigne en hébreu. Mais tout de même, quelque chose s'est passé. Depuis. Ce soir, dans le quartier de Wedding, la voix d'Aviv Russ, trente-trois ans, né à Tel Aviv, parle en hébreu sur la FM « Alex ». Il annonce la soirée Meschugge au club ZMF.
Karl aurait-il aimé cette soirée non casher ? Il aurait été sensible à la transgression : l'histoire d'Israël travestie sur les murs du club. Le retour à Berlin des petits-enfants des survi-

vants de l'Holocauste. Leur façon de se jouer de l'histoire, déguisés, maquillés, pour certains habillés en femme.

Réalité: Karl Fein, né le 9 mars 1894, a bel et bien existé. Juif, il était avocat en Tchécoslovaquie, une démocratie alors en sursis.
Poursuivi par les nazis, Karl Giese trouva refuge chez Fein, à Brno, cette petite ville appelée Brunn par les Allemands et dont la langue et la culture imprégnaient la culture locale. Giese se suicida chez lui en 1938, quand les troupes du Reich envahirent la Tchécoslovaquie. Quelques sources laissent entendre que Karl Fein mourut en déportation en 1942. Vérification faite auprès de la communauté juive de Brno, cette information n'est pas confirmée.
L'architecte Jaroslav Klenovsky, qui veille à la préservation des monuments et de la culture juive en Slovaquie, n'a pas retrouvé la trace de Karl Fein dans la liste des déportés de Brno. À l'en croire, il serait mort à Prague à une date indéterminée. Directeur de la Fédération des communautés juives en République tchèque, le Dr Tomas Kraus n'a lui non plus trouvé aucune trace de Fein parmi les noms des Juifs de Bohème et de Moravie déportés à Lodz et à Theresienstadt.
À tous les deux, j'adresse mes remerciements pour leur aide.

Fiction: mon personnage de Karl Fein, dont rien ne dit qu'il était homosexuel ou travesti.

Réalité: Le Dr Magnus Hirschfeld est curieusement peu connu de nos jours, du moins en dehors du monde de la médecine et de la sexologie et en particulier dans l'espace francophone. Ce grand défenseur de la cause homosexuelle est né en 1868 à Kolberg (Kòlobrzeg), sur les bords de la mer Baltique, dans ce qui se nommait alors la Poméranie occidentale, au nord-ouest de la Pologne actuelle. Son père était un médecin réputé. Sa philanthropie lui valut une stèle commémorative dans un parc qui fut démolie par les nazis durant les années trente.
Magnus Hirschfeld se voua d'abord à la philosophie et à la philologie avant de s'adonner aux sciences et à la médecine.

À la toute fin du XIXe siècle, il entreprit de grands voyages en Amérique, en Orient et en Europe avant de s'installer à Magdebourg où il exerça la médecine. En 1910, il s'établit à Berlin comme spécialiste des maladies psychiques sexuelles. En 1897, il fonda le Comité scientifique humanitaire (*Wissenschaftlich humanitäres Komitee*) visant à l'éducation de l'opinion publique en faveur des droits des homosexuels. Magnus Hirschfeld s'offusquait des préjugés à leur encontre et il choisit la science pour les combattre. En 1897 toujours, il lance une pétition visant l'abrogation du paragraphe cent soixante-quinze du Code pénal allemand réprimant l'homosexualité. Il obtient plus de six mille signatures. Parmi celles-ci, et non des moindres : Einstein, Freud, Gide, Mann, Proust, Rilke, Wilde, Zola, Zweig.
Les théories du Dr Hirschfeld reposent sur le stéréotype de l'inverti efféminé. À partir de quatre critères (organes sexuels, caractères physiques, instinct sexuel et caractères moraux), il classe les individus au sein d'un vaste intermédiaire sexuel reliant le « type mâle » parfait et le « type femelle » parfait. Il ne rejette pas complètement le facteur héréditaire tout en luttant contre l'idée d'une dégénérescence.
Parmi ses ouvrages les plus illustres, on trouve *Les Homosexuels de Berlin* (1908 pour la première traduction française), écrit à la manière d'un reportage journalistique et qui donne une illustration détaillée de la vie des homosexuels, leurs pratiques et les lieux qu'ils fréquentent.
Au lendemain de la Première Guerre mondiale, en 1919, Magnus Hirschfeld ouvre à Berlin l'Institut de sexologie qui fit autorité dans le monde entier avec ses études de l'homosexualité et comme lieu de soutien psychologique.
Magnus Hirschfeld participa aussi en 1919 à l'écriture d'un film documentaire, *Anders als die Andern* (*Différent des autres*), qui visait à informer et à rassurer la population allemande sur l'homosexualité. Réalisé par Richard Oswald, avec l'acteur Conrad Veidt et Magnus Hirschfeld jouant son propre rôle, ce documentaire-fiction, aujourd'hui disponible en DVD, mais sous forme fragmentaire, plaide pour la dépénalisation

de l'homosexualité et dénonce les chantages dont sont victimes les homosexuels poussés parfois au suicide.

Sous son toit, l'institut de Hirschfeld rassembla la plus grande collection d'archives traitant de l'amour entre hommes jamais réunie : plus de vingt mille ouvrages (documents anthropologiques, médicaux, légaux, sociaux), et quelque trente-cinq mille photos. L'institut employait en général quatre médecins et de nombreux assistants, qui donnaient des consultations en tout genre, de l'avortement aux maladies vénériennes, en passant par l'homosexualité.

Comme décrit dans mon roman, l'Institut de sexologie fut détruit par les nazis le 6 mai 1933 et sa mise à sac constitua la première action d'envergure du nouveau pouvoir en place à Berlin. Durant les quelques semaines qui précédèrent cet événement, la Gestapo tenta à plusieurs reprises de mettre la main sur les précieuses listes du Dr Hirschfeld, tant pour mener la chasse aux homosexuels et faire chanter des personnalités gênantes que pour protéger la réputation de membres du parti nazi qui figurèrent au nombre des patients du Docteur. Mais les informations à ce propos sont maigres et peu détaillées, ce qui constitue à la fois un obstacle et un avantage pour le romancier : peu de sources à disposition, mais libre cours à l'imagination. À noter que les descriptions que je fais de l'Institut de sexologie, dont il ne reste qu'une maquette des murs extérieurs et de l'agencement des pièces au Schwules Museum de Berlin, sont inspirées par les témoignages de visiteurs et de pensionnaires des lieux. Christopher Isherwood (1904-1986), romancier anglais, en parle dans son célèbre et délicieux *Goodbye to Berlin* (1939). Louis-Charles Royer (1896-1970), un littérateur érotique français, décrit lui aussi avec force détails les pièces de l'institut dans *L'Amour en Allemagne* (1946), un ouvrage de sociologie pour le moins fantasque.

Il existe peu d'ouvrages en français traitant de la vie de Magnus Hirschfeld. Pour tout savoir sur ce savant d'un autre âge, une biographie remarquable s'avère incontournable : *Magnus Hirschfeld, a portrait of a pioneer in sexology* (1986) signé par Charlotte Wolff (1897-1986), une sexologue et chirologue allemande qui connut Magnus Hirschfeld. Je

conseille aussi la lecture de l'excellente biographie intitulée *Magnus Hirschfeld, Deutscher – Jude – Weltbürger* (2005) par Ralf Dose, fondateur et directeur de la Société Magnus Hirschfeld à Berlin.
Déchu de sa nationalité par les nazis qui auraient souhaité l'arrêter, en exil forcé adouci par la présence à ses côtés de son ami chinois Tao Li, Magnus Hirschfeld mourut en exil à Nice en 1935.

Fiction: mon roman témoigne d'une réalité: la persécution des homosexuels sous le troisième Reich. Une histoire tragique qui, aujourd'hui toujours, demeure dans l'ombre de la Shoah. Entre 1933 et 1945, en Allemagne, on estime que cent mille hommes considérés comme des homosexuels ont été arrêtés par la police. Près de soixante mille d'entre eux ont été emprisonnés comme tels et entre dix et quinze mille ont été déportés. Mais ces statistiques seraient en dessous de la réalité et les historiens peinent à établir les faits. Pas étonnant quand on sait que les sociétés d'après-guerre n'ont pas abandonné les lois répressives contre l'homosexualité. Le Code pénal allemand a conservé intégralement le paragraphe cent soixante-quinze, sans même corriger les peines doublées par les nazis, jusqu'en 1969 où il fut enfin modifié. Il a fallu attendre 1994 pour le voir abrogé.

Berlin, le 9 janvier 2011

Du même auteur

Le Rendez-Vous de Thessalonique
Roman
Orbe : Bernard Campiche Éditeur, 2005
Prix Bibliomedia Suisse 2006

Traduction grecque :
To Rendez-vous tis Thessalonikis
Traduction : Maria Christidou
Athènes : Haramada Éditeur, 2011

Chromosome 68
Roman
Orbe : Bernard Campiche Éditeur, 2008

Saga
Le Corbusier
Roman
Orbe : Bernard Campiche Éditeur, 2009

Cet ouvrage,
qui constitue l'édition originale de
« Le Patient du docteur Hirschfeld »,
a été achevé d'imprimer
en octobre 2011
sur les presses
de l'Imprimerie La Source d'Or,
imprimeur n° 15468
à Clermont-Ferrand

Imprimé en France